해부학자

EL ANATOMISTA
by Federico Andahazi

Copyright © Guillermo Schavelzon & Asociados, Agencia Literaria, 1997
Korean translation copyright © MUNHAKDONGNE Publishing Corp., 2011
All rights reserved.

Korean translation rights by arrangement with Guillermo Schavelzon & Asociados, Agencia
Literaria through Imprima Korea Agency.

이 책의 한국어판 저작권은 임프리마 코리아 에이전시를 통해
Guillermo Schavelzon & Asociados, Agencia Literaria와 독점 계약한
(주)문학동네에 있습니다.
저작권법에 의해 한국 내에서 보호를 받는 저작물이므로 무단 전재와 무단 복제를 금합니다.

이 도서의 국립중앙도서관 출판시도서목록(CIP)은
e-CIP 홈페이지(http://www.nl.go.kr/cip.php)에서 이용하실 수 있습니다.
(CIP제어번호: CIP2011000378)

세계문학전집
067

Federico Andahazi : El anatomista

해부학자

페데리코 안다아시 장편소설

조구호 옮김

문학동네

차례

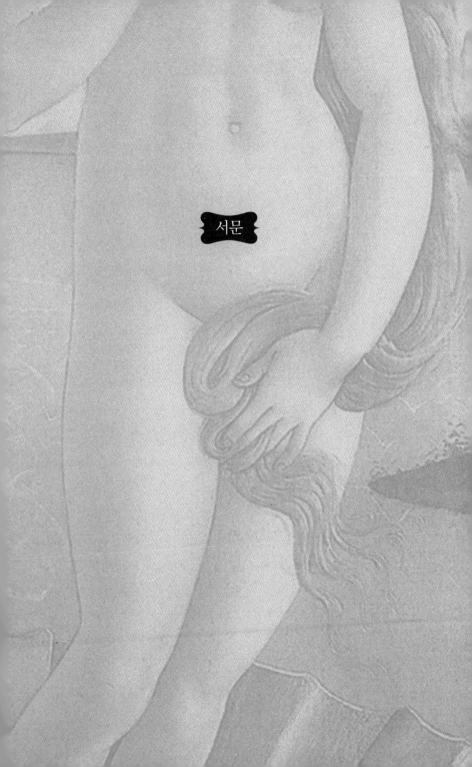

서문

관찰의 봄

"오, 나의 아메리카여, 나의 달콤한 신대륙이여!" 마테오 레알도 콜롬보(혹은 에스파냐 인명 표기법에 따르면 마테오 레날도 콜론)는 저서 『해부학에 관해』[*]에서 이렇게 쓴다. '유레카!' 같은 과장된 탄성이 결코 아니다. 하나의 비탄이고, 그와 성이 같은 제노바 출신의 크리스토포로 콜롬보^{**}라는 인물에 투영되어 있는, 자신의 영고성쇠와 불운에 대한 쓰디쓴 패러디다. 두 사람은 성(姓)이 같고, 어쩌면 운명까지 같을 수 있다. 하지만 서로 친척도 아니고, 한 사람이 죽었을 때 다른 사

---

* 『해부학에 관해』, 베네치아, 1559년, 제11권 제16장.(원주)
** 흔히 '크리스토퍼 콜럼버스'라고 불리는 탐험가로, 이탈리아 이름은 '크리스토포로 콜롬보(Cristoforo Colombo)'이고, 에스파냐에서는 '크리스토발 콜론(Cristóbal Colón)'이라 부른다.

람은 고작 열 살이었다. 마테오의 '아메리카'는 크리스토포로의 '아메리카'보다 덜 멀리 떨어져 있고, 한량없이 작다. 실제로 못대가리보다 그리 많이 크지도 않다. 그럼에도 불구하고 마테오의 '아메리카'는 발견자가 죽을 때까지 조용히 지내야만 했고, 크기가 무의미할 정도로 작았는데도 적지 않은 혼란을 야기했다.

르네상스 시대다. 이 시대의 주요 동사는 '발견하다'이다. 순수하게 선험적인 추론과 과도한 삼단논법이 퇴조하고 경험주의적인 시각이 우세해진다. 정확하게 말해 '관찰의 봄'*이다. 스콜라 철학자들이 삼단논법의 반복되는 미로 속에서 방황하던 바로 그 시각에 무식한 로드리고 데 트리아나**가 자신이 발견한 것이 무엇인지도 모른 채 "육지다!"라고 외치며 관찰에 기반을 둔 새로운 철학에 대해 알리고 있었다는 사실을, 아마도 영국의 프랜시스 베이컨과 나폴리 왕국의 캄파넬라는 발견했을 것이다. 스콜라 철학은—가톨릭교회는 결국 그 개념을 이해했다—썩 큰 수익을 남기는 것이 아니었거나, 적어도 하느님이 죄인들에게 돈을 요구하기로 작정한 이후 면죄부를 팔았던 것보다 유용하지는 않았다. 새로운 과학은 황금을 얻는 데 소용될 때만 좋은 것이다. 성서의 진리를 부정하지 않으면 좋은 것이고, 그것이 재산문서라면 훨씬 더 좋다. 태양이 지구 주위를 도는 행진을 멈추자—이는 하룻밤 사이에 일어난 일이 아니었다—같은 식으로 기하학은 종이의 평면성이 지닌 한계를 뛰어넘어 지세학의 3차원적인 공간을 식

---

* '관찰의 봄(La primavera de la mirada)'은 중세의 폐쇄적이고 낡은 시각과는 다른 새롭고 자유로운 시각이 움트기 시작하는 시기를 의미한다.
** 콜럼버스가 아메리카에 갔을 때 함께 갔던 안달루시아 출신 선원.

민지로 만들기 시작했다. 이것은 르네상스 미술이 획득한 최대의 성과다. 자연이 수학적인 언어로 쓰였다면—갈릴레오는 이런 식으로 밝힌다—미술은 자연에 대한 새로운 개념의 원천이 되어야 한다는 것이 바로 그 성과다. 로렌초 데 모나코의 〈예수 그리스도의 탄생〉과 〈카펠라 델라 피에타〉*의 애프스를 덮고 있는 〈십자가의 승리〉를 구별해주는 개념상의 큰 차이가 증명하듯이 바티칸의 프레스코화(畫)들은 하나의 수학적 서사시다. 한편으로, 그럼에도 서로 유사한 이유들 때문에 영영 바뀌지 않는 지도는 없다. 하늘의 지도도 바뀌고, 땅의 지도도 바뀌고, 육체의 지도도 바뀐다. 그리고 육체에는 외과 수술의 새로운 항해 지도인 해부학 지도가 있다…… 이제 우리의 마테오 콜롬보에게로 돌아가보자.

마테오 콜롬보는 자신의 성이 제노바 출신 해군 제독과 같다는 사실에 용기를 얻었기 때문인지 자신의 운명 역시 '발견하는 것'으로 결정했다. 그리고 항해를 떠났다. 물론 그와 성이 같은 사람의 바다와 그의 바다는 같지 않았다. 그는 당대의 가장 위대한 해부학적 탐험가였고, 그가 이룬 가장 소박한 발견들 중에는 다른 것은 차치하고도 영국의 해부학자 하비(『심장과 혈액에 관해』)가 보여준 것보다 앞선 혈액 순환에 관한 발견이 있는데, 이런 발견도 '그의 아메리카'에 비하면 그리 중요하지 않다.

---

* 미켈란젤로가 1499년에 만들어 성 베드로 대성당에 안치한 대리석 조각. '피에타'는 '슬픔' '비탄'을 뜻하는 말로, 기독교 예술의 주제 가운데 하나다. 주로 성모 마리아가 십자가에서 내려진 예수 그리스도의 시체를 떠받치고 비통해하는 모습을 묘사한 조각품을 일컫는다.

마테오 콜롬보가 자신의 발견이 세상에 널리 알려지는 것을 보지 못했다는 것은 확실하다. 그가 죽은 해인 1559년에야 비로소 공표되었기 때문이다. 그는 가톨릭교회의 의사들을 조심해야 했다. 그런 경고성 예들은 넘쳐난다. 3년 전, 루치오 바니니는 자신이 '늙고, 부유한 독일인'이 될 때까지는 영혼의 불멸성에 관한 자신의 견해를 밝히지 않을 것이라고 발표했음에도, 혹은 어쩌면 발표했기 때문에 종교재판에 의해 '불태워져버렸다.'* 마테오 콜롬보의 발견은 분명 루치오 바니니의 견해보다 더 위험했다. 우리의 해부학자가 살을 태우는 불과 살 타는 냄새에 대해 느낀 혐오감이 어느 정도였는지는 말할 필요도 없고, 그 살이 자신의 살이었다면 더욱 싫어했을 것이다.

---

* A. 웨버의 『유럽 철학의 역사』.(원주)

여자의 세기

16세기는 여자의 세기였다. 크리스틴 드 피장*이 100년 전에 뿌린 씨앗은 저서 『진정한 애인의 진술』의 달콤한 향기와 더불어 전 유럽에서 꽃을 피우고 있었다. 그 일이 일어났던 장소에서, 같은 시기에 마테오 콜롬보의 발견이 이루어졌다는 것은 결코 우연이 아니다. 16세기까지만 해도 '역사'는 남성의 목소리로 이야기되었다. "어디를 보든지 간에 그곳에는 늘 여자가 있다. 16세기에서 18세기까지 가정, 경제계, 지식계, 공공 무대, 투쟁의 무대, 심지어는 사교계의 놀이 무대에서도 우리는 여자를 만나게 된다. 일반적으로 여자는 자기 일을 하느라 바쁘다. 하지만 사회를 구성하거나 변화시키거나 해체시키는 각종 사건에도 여자가 있

---

* 베네치아에서 태어나 유럽 최초의 전업 작가로 활동한 프랑스의 여성 시인, 소설가.

다. 여자는 사회 계급의 맨 꼭대기에서 바닥에 이르기까지 모든 공간을 차지하는데, 여자를 주시하는 자들은 늘 여자의 존재에 관해 말하고, 가끔은 여자를 두려워한다." 나탈리 제면*은『여자들의 역사』**에 이렇게 쓴다.

마테오 콜롬보의 발견은 정확히 말해 늘 대문 안으로 제한되던 여자들의 활동 범위가 차근차근, 부지불식간에 수녀원과 수도원의 담 밖으로 나가고, 유곽 밖으로, 혹은 따뜻하면서도 수도원 같은 분위기가 감도는 가정 밖으로 나가기 시작하면서 이루어진 것이다. 여자는 겁을 먹은 채 남자와 논쟁을 하려고 시도해본다. 약간 과장하자면 16세기에 '성의 전쟁'이 발발한다고 말할 수 있을 정도에 이르렀다. 이것이 확실하건 확실하지 않건, 여자들이 해야 하는 일에 관한 문제가 남자들의 토론 주제가 된다.

이런 상황에서 마테오 콜롬보의 '아메리카'는 무엇이었을까? 확실히 발견과 발명의 경계는 단순한 겉보기보다는 훨씬 더 모호하다. 마테오 콜롬보—이제 그에 대한 얘기를 할 때가 되었다—는 모든 남자가 한 번쯤 꿈꾸던 것을 발견했다. 그것은 바로 여자의 마음을 여는 마술의 열쇠, 여자의 사랑이 지닌 신비한 의지를 지배하는 비밀이다. 그것은 역사가 시작된 이래로 마술사와 마녀, 주술사와 연금술사 들이 찾던 것이고—온갖 약초를 섞는 방법을 쓰거나 신이나 악마들의 호의를 입어—결국은 사랑에 빠졌다가 자신의 불면과 불행을 유발하는 대상이 사랑을 제대로 주지 않음으로써 상처받은 모든 남자가 항

---

* 미국의 여성학자, 역사학자. 전공인 16세기 프랑스사뿐만 아니라 근대 초 사회사, 문화사, 여성사 분야에서 탁월한 업적을 쌓았다.
**『여자들의 역사』, 타르쿠스 출판사.(원주)

상 갈망하던 것이다. 그리고 그것은 분명 오직 전지전능한 인간이 되려는 야심 때문에 제왕과 군주들이 꿈꿨던 그것, 즉 여성의 변덕스러운 의지를 정복하는 도구다. 마테오 콜롬보는 그것을 찾아 순례의 길을 떠났고, 마침내 그토록 갈망하던 자신의 '달콤함 땅'을 발견했다. 그것은 바로 '여자의 사랑을 지배하는 기관(器官)'이었다. '비너스의 사랑'*— '만약 내가 발견한 이것에 이런 이름을 붙일 수 있도록 허용해준다면' 하고 생각한 해부학자는 이렇게 부를 것이다—은 도저히 파악할 수 없고, 항상 모호한 여자의 자유의지를 지배할 힘을 가진 진정한 도구였다. 확실히 그런 발견은 심각한 결과를 초래했다. "만일 악마의 군대가 죄의 대상인 여자를 장악해버린다면, 기독교가 어떤 불행을 겪게 될지 알겠습니까?"라고 가톨릭교회의 의사들이 분개해서 서로에게 물었다. "가난한 곱사등이라도 가장 비싼 고급 창녀와 사랑을 할 수 있다면, 매춘이 돈 버는 사업이 될 수 있을까요?"라고 베네치아의 호화로운 유곽 주인들이 서로에게 물었다. 혹은 그보다 더한 것은, 이브의 딸들이 자신들의 가랑이 사이에 천국의 열쇠와 지옥의 열쇠가 있다는 사실을 알게 된다면 무슨 일이 일어날까? 하는 것이었다.

마테오 콜롬보의 '아메리카' 발견은 아무리 생각해봐도 어느 비가(悲歌) 때문에 유독 두드러지게 들리는 한 편의 서사시와 같은 것이었다. 마테오 콜롬보는 크리스토포로 콜롬보만큼 모질고 무자비했다. 크리스토포로 콜롬보만큼—문학적 특성인 은유를 사용해보자면—자신이 발견한 땅, 여자의 몸에 대한 권리를 주장한 잔인한 '정복자'

---

* '비너스의 사랑(Amor Veneris)'에서 'veneris'는 사랑의 여신 '비너스'를 가리킬 뿐만 아니라 성적으로 대단히 민감하게 반응하는 '음부(mons veneris)'를 가리키기도 한다.

였다.

  그러나 다른 한편으로 '비너스의 사랑'이라는 기관이 '의미하는' 것 외에도 이 기관의 '존재'는 또 다른 논쟁을 유발할 수 있었다. 마테오 콜롬보가 기술한 기관은 존재하는가? 하지만 이는 아무 소용이 없는 질문이었기 때문에 어떻게든 다음과 같은 질문으로 대체되어야 했을 것이다. "'비너스의 사랑'은 존재했는가?" '사물'은 결국 사물의 이름을 부르는 '목소리'다. '비너스의 사랑, 혹은 그것의 감미로움' —그 기관을 발견한 사람이 그 기관에 직접 붙여준 이름은 이렇다— 은 지극히 이단적인 내용을 담고 있다. 만약 '비너스의 사랑'이 더욱더 탈신앙적이고 좀 더 중립적인 '클리토리스'(여러 가지 정의 가운데 하나에 따르면, 이는 '간지럼을 타는'이라는 뜻이다)— 클리토리스는 원인보다 결과를 더 암시한다—와 일치한다면, 이는 육체의 역사를 연구하는 사람들이 우려할 만한 사건이 될 것이다. '비너스의 사랑'은 해부학의 여러 가지 이유를 위해 존재했다. 여자를 새롭게 '설정했기' 때문이 아니라, 비극을 초래했기 때문에 존재했다. 이어지는 이야기는 어느 발견의 역사다.

  이어지는 이야기는 어느 비극의 연대기다.

제1부

삼위일체

I

　몬테 벨도 산 맞은편, 보치아리 거리의 산타 트리니다드 성당 바로 옆에 베네치아에서 가장 비싼 곳이자 서양 전체에서 가장 호화로운 창녀 집인 파우노 로소* 유곽이 있었다. 이곳의 매력은 베네치아에서 가장 비싼 창녀 모나 소피아였다. 그녀는 확실히 서양에서 가장 멋진 창녀였다. 전설적인 창녀 렌나 그리파보다 훨씬 더 상급이었다. 렌나 그리파가 그랬던 것처럼 모나 소피아 역시 두 명의 무어인 노예가 드는 가마에 비스듬히 드러누운 채 베네치아 거리를 돌아다녔다. 렌나 그리파가 그랬던 것처럼 달마티안 암캐 한 마리를 가마 다리에 매어 두고, 어깨에는 수컷 앵무새 한 마리를 올려놓았다. 「유곽의 모든 창

---

* '붉은 파누스'라는 뜻. '파누스'는 고대 로마의 목신으로, 가축의 번식을 주관하는 힘과 예언의 힘을 갖고 있다고 한다.

녀의 이름을 화대와 함께 수록한 목록」*에 따르면, 모나 소피아의 이름은 굵은 활자로 인쇄되어 있고, 화대는 가장 눈에 잘 띄는 숫자로 표시되어 있었다. 10두카도, 이는 전설적인 렌나 그리파의 화대보다 6두카도나 비싼 것이다.** 선택된 여행객들을 위해 출간된 그 목록에는 자세한 설명이 곁들어져 있는데, 모나 소피아의 에메랄드처럼 푸른 눈, 아몬드처럼 단단하고 직경과 조직이 어느 꽃의—그런 꽃이 있다면—잎사귀와 같다고 할 수 있는 젖꼭지에 관해서는 전혀 언급되지 않았다. 야수처럼 탄력적이고, 선반으로 깎은 나무처럼 부드러운 곡선을 자랑하던 허벅지에 관해서도, 활활 타오르는 장작 같은 목소리에 관해서도. 어찌나 작은지 음경을 감싸쥘 수도 없을 것처럼 보이는 손에 관해서도, 발기한 음경을 집어넣을 수도 없을 정도로 작은 입에 관해서도 전혀 언급되지 않았다. 쇠약한 노인도 발기시킬 수 있는 그녀의 창녀적 재능 역시 전혀 언급되지 않았다.

　1558년 겨울의 어느 새벽, 시리아와 콘스탄티노플에서 가져온 두 개의 화강암 기둥 사이로 해가 보이기 조금 전, 그리고 날개 달린 사자 상과 성 테오도로 상 사이에 해가 놓이기 조금 전, 시계탑에서 기계처럼 길들여진 무어인 종치기들이 여섯 개의 종 가운데 첫 종을 치

---

* 목록은 D. 메레코브스키가 『레오나르도 다빈치』(후벤투드 출판사, 바르셀로나, 1940년)에서 언급한 것이다.(원주)
** 몇 천 두카도는 평생을 호화롭게 살기에 충분한 돈이라는 사실을 염두에 두어야 한다.(원주)

려고 했을 때, 모나 소피아는 마지막 손님인 돈 많은 비단 상인을 막 배웅했다. 그 남자는 유곽의 좁은 현관으로 연결되어 있는 계단을 내려가면서 루코* 위에 걸친 양털 목도리를 매만지고서, 베레타**를 눈썹까지 푹 눌러쓰고, 문지방에서 주위를 살피며 자신이 유곽에서 나오는 것을 보는 행인이 없는지 확인했다. 그는 유곽을 나와 산타 트리니다드 성당을 향해 곧장 걸어갔다. 그때 성당의 시계탑에서 첫 미사를 알리는 종소리가 들려왔다.

모나 소피아는 등이 뻐근했다. 침실 창문을 가리는 자주색 비단 커튼을 젖히자, 짜증스럽게도 벌써 날이 밝아 있었다. 길거리의 소음을 들으며 잠을 자야 한다는 사실이 싫었다. 하지만 잠을 자지 않는 것은 낮을 온전하게 이용하기 위한 좋은 기회일 수 있다고 혼잣말을 했다. 그녀는 침대 머리판에 비스듬히 몸을 기댄 채 그날의 계획을 세우기 시작했다. 우선은 여염집 부인처럼 옷을 입고 산 마르코 대성당의 미사에 참석해―사실 미사에 가본 지도 꽤 오래였다―고해성사를 하고, 모든 고민을 훌훌 털어버리고 나서, 마지막으로 '무어인의 상점'에 들러 오래도록 별러왔던 향수 몇 개를 살 생각이었다. 그녀는 담요로 자신의 몸을 조금 더 덮으면서―피곤한 밤을 보낸 뒤의 휴식이라 생각이 흐트러지기 시작했다―계속해서 계획을 세워갔고, 생각을 더욱더 분명하게 하기 위해 눈을 감았다.

종소리가 채 그치기도 전에 모나 소피아는 매일 아침 그렇듯이 깊고 평화롭게 잠들었다.

---

* 중세부터 르네상스 시대까지 이탈리아 남자들이 입던 길고 무거운 겉옷.
** 주로 성직자들이 쓰던 각진 모자.

II

같은 시각, 피렌체에서는 비교적 소박하다고 할 수 있는 산 가브리엘 대수도원 종루 위로 보슬비가 내리고 있었다. 종소리가 아주 강렬했기 때문에 종의 줄을 잡아당기는 사람은 뚱뚱한 대수도원장이지 가냘픈 손을 가진 여자는 아니라고 생각할 수 있었을 것이다. 그러나 대수도원장은 아직 잠을 자고 있었다. 이네스 데 토레몰리노스는 추우나 더우나, 비가 오나 눈이 오나, 매일 아침 동이 트기 전에 한결같은 정성으로 침대에서 일어나 그 가벼운 몸으로 종의 줄을 잡고, 마치 전지전능한 하느님으로부터 기운을 받은 듯 종을 움직였다. 종은 그녀의 가냘프고 순결한 몸보다 너끈히 천 배는 더 무거웠다.

이네스 데 토레몰리노스는 피렌체에서 가장 부유한 여자 축에 속했음에도 프란체스코 수도회의 교리에 따라 금욕적인 생활을 하고 있었다. 에스파냐계 귀족 가문의 장녀였던 그녀는 어린 나이에 피렌체의 저명한 영주와 결혼했다. 이네스는 결혼의 규범에 따라 고향 카스티야를 떠나 피렌체에 있는 남편의 궁으로 갔다. 운명은 이네스가 남편의 귀족 가문 혈통을 잇지도 못한 채 과부가 되도록 만들어버렸다. 딸만 셋을 낳고 아들은 낳지 못한 것이다.

젊디젊은 미망인 이네스가 가진 것이라고는 아들을 낳지 못했다는 회한, 수많은 올리브 밭, 포도밭, 성(城), 돈, 그리고 헌신적이고 자비로운 영혼이었다. 그래서 이네스는 남편을 기리며 고통을 잊고 자신의 과오를 보상하기 위한 방편으로 남편이 물려준 피렌체의 재산과 작고한 친정아버지가 물려준 카스티야의 재산을 팔아 수도원을 세우기로 결심했다. 그런 식으로 순결을 지키고 독신으로 살면서 불멸의 남편과 영원히 결합될 것이고, 그녀의 배가 낳을 수 없었던 아들들, 수도원 공동체, 가난한 사람들에게 봉사하는 데 여생을 바치게 될 것이다. 그녀는 그렇게 했다.

이네스는 행복한 여자였다고 말할 수 있으리라. 프란체스코 수도회의 교리를 따르는 그녀의 눈빛은 따스하고 평온했다. 고통받는 자들에게 그녀의 말은 향유와도 같았다. 그녀는 위로받지 못한 자들을 위로하고, 길 잃은 자들에게 길을 알려주었다. 그녀가 방해물 없는 성인의 길을 가고 있었다고 말할 수 있으리라.

1558년 그날 새벽, 베네치아에서 모나 소피아가 돈을 버느라 진이 빠지는 일과를 마친 바로 그 시각, 이네스 데 토레몰리노스는 행복하고 자비로운 하루 일과를 시작하고 있었다. 두 사람은 멀리 떨어져 있는 상대의 존재를 모르고 있었다. 그래서 두 여자가 무언가 공통점을 지녔으리라고는 아무도 상상하지 못했을 것이다. 그럼에도 불구하고 우연은 가끔 불가능한 길들을 그려낸다. 두 여자는 자신의 운명에 관해 전혀 모르고 서로의 얼굴도 모른 채, 동일한 삼위일체의 한 부분을 이루었는데, 그 삼위일체의 정점은 파도바에 있었다.

까마귀

I

베로나와 트렌토를 가르는 거대한 절벽의 가장 높은 곳, 몬테 벨도 산꼭대기를 고리처럼 둘러싸고 있는 구릉들의 가장 높은 바위 위에서 까마귀 한 마리가 자신이 앉아 있는 바위처럼 꿈쩍도 하지 않고 있었다. 어스레한 하늘에 까마귀의 옆모습 윤곽이 선명하게 보였다. 하늘을 물들이는 황금빛의 진원은 아직 희미하게 빛을 내뿜고 있는 해가 아니라 황금빛 베네치아인 것처럼 보였다. 왜냐하면 둥그런 황금빛 천장 같은 하늘의 형상이 저 멀리 떨어진 산 마르코 대성당의 비잔틴 양식 돔 지붕을 닮았기 때문이다. 동이 트는 시각의 여명이었다. 까마귀는 기다리고 있었다. 참을성이 많았다. 그리고 늘 그렇듯이, 절박하지는 않지만 배가 몹시 고팠다. 까마귀의 활동 범위는 베네치아 전체, 즉 베네치아 에우가네아—트레비소, 로비고, 베로나, 그리고 더 멀리 있는 비첸차—그리고 베네치아 줄리아였다. 그러나 까마귀의 보금자리는 파도바였다.

저 아래에서는 성 테오도로 축제, 즉 '투우 축제'를 위한 만반의 준비가 되어 있었다. 정오가 지나면, 군중은 술을 마시면서 황소 대여섯 마리의 다리를 묶을 것이고, 황소 수만큼의 여자들이 각각 황소의 뿔을 잡고 늘어지는 동안 칼이 정확하게, 단번에 황소의 목을 하나하나 찌를 것이다. 까마귀는 일이 그렇게 되리라는 사실을 이미 알고 있었다고 말할 수 있다. 까마귀가 가장 좋아하는 냄새가 벌써 후각을 자극하고 있었다. 그렇다면 구태여 먼 여행을 감행하고 기를 쓰며 위험을 감수할 이유가 없었다. 그러나 까마귀는 운이 좋다고 해도 개들과 다툼을 벌여가며 내장 쪼가리나 눈알 하나를 겨우 낚아챌 수 있으리라는 사실 또한 알고 있었다. 멀리 날아갈 필요도, 위험을 자초할 필요도, 애를 쓸 필요도 없었다.

까마귀는 여전히 꿈쩍도 하지 않았다. 특유의 참을성을 발휘하는 중이다. 시계탑의 무어인 종치기들이 마지막 종을 칠 때까지, 즉 여느 아침처럼 병원에서 시체를 수거해 공동묘지 섬으로 운반하는 공용 거룻배 한 척이 그런데 운하에 나타날 때까지 기다릴 수도 있었을 것이다. 하지만 그럴 필요 또한 없었다. 운이 좋으면 페스트에 걸려 말라비틀어진 불결한 고기 한 조각을 낚아챌 수 있었기 때문이다.

까마귀가 몸을 돌려 반대편, 즉 동쪽을 바라보았다. 그곳에 보금자리가 있었다. 그곳에 주인이 있었다. 까마귀는 파도바를 향해 날아올랐다.

까마귀는 바실리카*의 둥근 지붕 열 개를 지난 뒤 파도바 대학 위를 날았다. 안마당으로 통하는 네 번째 문의 박공에 내려앉았다. 그리고 기다렸다. 머지않아 주인이 나온다는 사실을 알고 있었다. 그것은 매일의 일과였다. 까마귀는 참을성이 많았다. 까마귀가 한쪽 날개를 펴서 깃털 사이로 부리를 들이밀었다. 부리로 가슴 털을 쓰다듬어 멋을 내고 이 한 마리를 잡는 내밀한 쾌락에 탐닉하느라 다른 것에는 신경을 쓰지 않았다고 말할 수도 있으리라.

미사를 알리는 종소리가 울린 바로 그 순간 까마귀는 팽팽한 줄처럼 바짝 긴장하더니, 천천히 날개를 펴고 둔탁한 울음소리를 토해내고는 주인의 어깨에 내려앉을 채비를 했다. 주인은 여느 아침처럼 아치 밑 통로로 나와 본당으로 가기 전에 자신의 까마귀가 무척 좋아하는 것, 아직 온기가 남아 있는 내장 한 조각을 주기 위해 시체 보관소에 들를 것이다.

하지만 그 겨울날 아침은 일이 평소와 달리 진행될 것 같았다. 첫번째 타종이 끝났건만 주인이 아직 나타나지 않은 것이었다. 까마귀는 주인이 아직 자기 방에 있다는 사실을 알고 있었는데, 주인의 냄새를 맡을 수 있었고, 심지어 숨소리까지 들을 수 있었다. 그러나 주인은 나오지 않고 있었다. 까마귀가 불쾌하게 까옥거렸다. 배가 고팠던 것이다.

---

* 고대 로마의 법정 건물에서 유래한 건축양식인 바실리카 양식으로 지은 성당.

까마귀와 주인은 서로를 잘 알고 있었다. 그리고 바로 그런 이유 때문에 종종 서로를 은근히 불신했다. 레오나르디노—이는 주인이 까마귀에게 지어준 이름이다—는 단 한 번도 마음 놓고 주인의 어깨에 내려앉지 않았다. 짧고 규칙적으로 날개를 퍼덕거리면서 살짝 공중에 떠오른 상태로 자기 발과 주인의 스톨* 사이에 최소한의 간격을 유지했다. 주인 역시 자신의 동반자를 신뢰하지 않았다. 그들은—둘 다 그 사실을 알고 있었다—서로의 고깃덩이 속에 감춰진 것이 무엇인지 알아내고자 하는 똑같은 호기심을 공유하고 있었다.

두번째 타종이 이루어졌건만 주인은 여전히 나타나지 않았다. 뭔가 심상치 않은 일이 일어나고 있었고, 까마귀는 그것이 무슨 일인지 알 수 있었다.

레오나르디노는 매일 시체 보관소의 계단 난간에 앉아 주인의 동작을, 능숙하게 메스질을 하는 주인의 손동작을 주의 깊게 바라보았다. 레오나르디노는 메스의 날이 지나간 뒤에 생기는 가느다란 고랑에서 배어나오는 피를 보고 좌우로 몸을 흔들어대면서 만족스럽게 울어댔다.

주인이 무진 애를 써보았건만 레오나르디노는 주인의 손바닥에 놓인 고기를 먹으려 들지 않았다. 레오나르디노가 겁을 낼 이유가 없지는 않았다. 전날 주인이 준 내장이 어느 동물의 것인지 잘 알고 있었다. 레오나르디노는 어제까지만 해도 주인을 믿고 주인의 무릎에 앉아 있던 고양이의 냄새를 맡을 수 있었는데, 주인이 고양이를 쓰다듬

---

* 서양식 정장 위에 착용하는 목도리 형식의 의상으로, 사제들이 영성체, 고해, 미사 때 목에 걸치기도 한다.

고 먹이를 주던 바로 그 손으로 고양이 박제를 만들기 위해 내장을 빼
낸 것이다.

"레오나르디노……"

주인이 팔을 뻗어 내장을 살살 흔들어대고 까마귀에게 천천히 다가
가면서 부드럽게 말을 걸었다.

"레오나르디노……"

주인이 다정하게 까마귀의 이름을 부르며 한 걸음 다가가면 까마귀
도 한 걸음 뒤로 물러났다.

레오나르디노는 주인의 손에 든 내장을 쳐다보지 않았다. 그렇다,
냄새는 맡았지만 쳐다보지는 않았다. 레오나르디노의 눈은 언제나 주
인의 눈을 주시했는데, 주인의 두 눈이 내장보다 더 맛있어 보였다.
그러면 주인은 까마귀에게 내장을 던져주었고, 까마귀는 오랫동안 참
았던 식욕을 드러내며 게걸스럽게 부리로 내장을 쪼았다.

그런데 그날 아침은 아치 밑 통로에 아무도 나타나지 않았다. 세번
째 종소리가 울릴 때 까마귀는 주인이 평소의 약속을 지키지 않으리
라는 사실을 알아차렸다. 기분이 상하고 배가 고파진 레오나르디노는
베네치아를 향해 날아올랐다.

정점

I

주인의 이름은 마테오 레알도 콜롬보였다. 1558년 그 겨울날 아침, 마테오 콜롬보가 미사에 참례하러 가기 전에 레오나르디노와 만나는 일상의 약속을 지키지 못한 데는 그럴 만한 이유가 있었다. 그 시각 마테오 콜롬보는 파도바 대학 구내 자기 방의 네 벽 안에 틀어박혀 글을 쓰고 있었던 것이다.

"본인이 발견한 그 신체기관에 이름을 붙일 권리가 본인에게 주어진다면, '비너스의 사랑 혹은 쾌락'이라고 부를 것입니다." 마테오 콜롬보는 밤새도록 쓴 진술서의 결론을 이렇게 맺었다. 겉장을 새끼 양 가죽으로 만든 두툼한 공책에 글을 쓰고 나서 공책을 덮은 바로 그 순간 미사를 알리는 종소리가 들려왔다. 그가 눈을 문질러댔다. 눈은 충혈되었고, 등이 뻐근했다. 책상 위에 달려 있는 작은 창문 쪽을 바라보고 나서 공책 옆에서 타고 있던 초가 이제 쓸모없게 되었다는 사실을 깨달았다. 저 멀리 대성당의 둥근 지붕들 위로 떠오른 태양이 대기를 미지근하게 만들고, 대학 건물 주위에 깔려 있는 정원의 풀을 더욱 푸르게 보이도록 하는 이슬을 조금씩 증발시키고 있었다. 예배당에서 막 피운 향냄새가 마당 건너편으로부터 풍겨왔는데, 향냄새는 이따금 바람결의 이동에 따라 부엌 굴뚝에서 새어나오는 친근한 냄새로 대체되었다. 아치 통로의 지붕 위로 해가 올라가는 것에 맞추어 과일시장에서 들려오는 은근한 소음 또한 커지고 있었다. 가게 주인들이 고함을 지르는 소리, 행상인들이 와자지껄 떠드는 소리, 2두카도에 팔려나온 양들이 우는 소리, 양들을 끌고 도시로 들어온 시골 아낙네들이 고래고래 악쓰는 소리는 미사를 알리는 종소리가 정적을 깨뜨리는 수도원의 적막감과 대조를 이루었다.

잠이 덜 깬 학생들이 추위를 누그러뜨리기 위해 언 손을 비비고 뽀얀 입김을 내뿜으며 대학 건물에서 나와, 중앙 뜰을 둘러싸고 있는 아치 밑 통로를 향해 일렬로 늘어서더니 열의 선두가 예배당의 작은 현관으로 들어가기 시작했다.

대학의 주임신부 곁에 서 있는 알레산드로 데 레냐노 학장이 정렬하고 있던 학생들을 주의 깊게 감시하고, 삼엄한 눈길로 여기저기를 쳐다보면서 침묵을 강요하고 있었다. 규칙을 위반하는 학생이 있으면 쉰 목소리로 정확하게 지적해 침묵을 유지시켰다.

마지막 종이 울리기 전, 마테오는 자리에서 일어나 문으로 걸어갔다. 문손잡이를 돌려보고서야 비로소 방문이 밖에서 잠겨 있다는 사실을 깨달았고, 그 종소리가 자신을 위한 것이 아니었음을 기억해냈다. 촛불을 밝혀놓고 밤을 지새우느라 피곤한 탓도 있었지만, 무엇보다도 습관의 힘—그 힘은 매일 아침 예배당으로 가기 전에 그를 잠시시체 보관소로 이끌었다—때문에 마테오 콜롬보는 현재 자신이 최고재판소의 명령에 의해 방에 감금되어 있다는 사실을 깜박 잊은 것이다. 레오나르디노에게 미안한 마음이 들었다. 아마도 마테오 콜롬보자신은 운이 좋다며 고마워하고 있을 수도 있었다. 산 안토니오 감옥의 춥고 더러운 감방에 갇혔더라면 틀림없이 더 나빴을 것이다. 손과발에 족쇄를 채우지 않은 것만으로도, 그리고 자기 방의 작은 창문으로 미지근한 겨울 해를 바라볼 수 있는 것만으로도 재판소와 학장에게 고마워할 것이었다. 확실히 그에게 씌워진 죄목들은 엄중한 처벌을 받을 만한 것이었다. 이단죄, 위증죄, 모독죄, 미신 숭배죄, 악마숭배죄였다. 비슷한 죄목으로 기소된 죄인들이 감옥에 갇히는 것에비하면 그가 받고 있는 벌은 훨씬 경미한 것이었다. 지금도 형구(刑具)를 찬 채 광장에 전시되어 있는 죄수들에게 악담을 퍼붓고 침을 뱉어대는 행인들의 소리가 마테오 콜롬보의 방까지 들려왔다. 사실 그죄수들은 좀도둑에 불과했다.

마테오 콜롬보의 방 창문 옆을 마지막으로 지나가던 학생들이 발뒤꿈치를 들어 방 안을 들여다보고 있었다. 그때 해부학자는 어제까지만 해도 자신의 제자였고, 심지어 신뢰할 만한 제자가 될 수도 있었던그들이 수군대는 소리와 심술궂게 낄낄거리는 소리를 들을 수 있었다. 그들의 얼굴도 볼 수 있었다.

마테오 콜롬보가 현재 자신의 운명에 감사해야 할 처지라 할지라도, 그는 자신이 고향 크레모나를 떠나던 날을 저주했다. 현재 그를 고소한 사람, 즉 학장이 그를 해부학과 외과의 교수직에 앉히기로 작정한 그날을 저주했다. 그리고 42년 전, 자신이 태어난 날을 저주했다.

II

고향 사람들은 '외과의사'라 부르고, 파도바에서 망명 생활을 할 때는 '크레모나 사람'이라 불린 마테오 레알도 콜롬보는 현재 감금되어 있는 대학에서 약학과 의학을 공부했다. 처음에는 레오니엔스 교수의, 나중에는 베살리우스 교수의 수제자였다. 베살리우스 교수는 1542년 독일과 에스파냐에 학교를 세우기 위해 떠나면서 알레산드로 데 레냐노 학장에게 자신의 교수직을 승계할 사람으로 크레모나 출신 마테오 레알도 콜롬보를 추천했다. 마테오 레알도 콜롬보는 아직 새파랗게 젊은 나이에 곧바로 대학의 주임교수 자격을 얻었다. 이 크레모나 출신 교수는 나중에 이 분야에서 부당하게도 월계관을 받은 바 있는 영국 출신 동료 하비보다 훨씬 먼저 혈액의 순환 원리를 발견하여 알레산드로 데 레냐노 학장에게 자긍심을 느끼게 해주었다.

그가 갈레노스*의 이론을 감히 반박하면서, 우리 몸의 피는 폐에서 산소와 결합하며, 심장을 둘로 나누는 벽에는 구멍이 뚫려 있지 않다

---

* 그리스의 의학자(129~199). 해부학, 생리학, 치료학에 걸쳐 방대한 저작을 남겼다. 인체 구조 및 작용에 관한 그의 이론은 정설로 통용되어왔으며, 근세 초기까지만 해도 의학의 최대 권위자로 인정받았다. 하지만 그의 시대에는 인체 해부가 허용되지 않았기 때문에 개, 원숭이, 돼지, 소 같은 동물로 얻은 지식을 이론으로 보완해 인체에 적용함으로써 혈액의 흐름이나 뇌 구조 등에 대한 기본적인 오류를 저질러 후세의 비판을 받았다.

고 주장했을 때, 많은 사람들은 그가 미쳤다고 생각했다. 사실 그것은 위험한 주장이었다. 그보다 1년 전에 미겔 데 세르베트*는 저서 『기독교주의의 복원』에서 "피는 육체의 영혼"이라고 주장한 이후 에스파냐에서 도망쳐 나와야 했다. 그는 성 삼위일체 교리를 해부학적 용어로 설명하려 시도했다가 제네바의 화형장으로 끌려가서 "죽음의 고통을 연장시키기 위해" 생 장작불에 태워졌다**. 하지만 마테오 콜롬보의 발견을 기려야 했을 월계관은 그로부터 100년 후 영국의 하비가 가져갔는데, 홉스가 『육체에 관해』에서 밝힌 바에 따르면, "하비는 자신의 주장이 받아들여지는 것을 살아서 목격한 유일한 해부학자였다."

마테오 콜롬보는 명백히 르네상스적인 사람이었다. 르네상스의 조형술, 화려함, 장식성의 영향을 받고 태어난 남자였다. 그는 성당의 둥근 지붕에서 농부가 사용하는 컵에 이르기까지, 궁전을 장식한 프레스코에서 추수하는 농부의 낫에 이르기까지, 비잔틴 양식 성당의 기둥머리 장식에서 목동의 나무 지팡이에 이르기까지, 모든 것이 비상한 솜씨로 만들어지는 세상의 탕아였다. 마테오 콜롬보의 영혼도 그와 동일한 솜씨로 만들어져 있었다. 즉 당대의 장식적인 우아함과 온후한 '멋'이 반영되어 있었던 것이다. 모든 것에는 레오나르도 다빈치의 숨결이 들어 있었다. 기술자는 예술가였고, 예술가는 과학자였고, 과학자는 전사였으며, 전사는 다시 기술자였다. 안다는 것은 손으

---

* 에스파냐의 의학자이자 신학자. 종교개혁 시대에 삼위일체 교리를 반대하여 로마 교회와 개신교회로부터 정죄를 받고 제네바 시의회에 의해 화형당했다. 미카엘 세르베투스로도 알려져 있다.
** 크누트 헤거, 『그림으로 보는 수술의 역사』.(원주)

로 만들 줄 안다는 것을 의미했다. 혹시 이런 예가 부족할까봐 교황 에우제니오 1세는 썩 고분고분하지 않은 어느 장관의 목을 직접 자르기도 했다.

마테오 콜롬보는 겉장을 새끼 양 가죽으로 만든 공책에 펜을 휘갈기던 바로 그 손으로 붓을 잡고 물감을 준비해서 가장 훌륭한 해부학 지도를 그렸다. 마음만 먹으면 시뇨렐리나 미켈란젤로만큼 그려낼 수 있었다. 그는 자화상에 자신의 모습을 세련되고 정력적으로 표현했다. 검은 눈동자, 검고 짙은 턱수염은 그가 무어인의 후예일 수도 있다는 사실을 드러내고 있었다. 훤칠한 이마는 양 갈래로 퍼져 어깨까지 내려온 곱슬머리 사이에서 훨씬 더 도드라져 보였다. 마테오 콜롬보 자신이 증언한 바에 따르면, 손이 가냘프고 핏기가 없었는데, 기다랗고 가는 손가락은 가히 여성적이라 할 수 있을 정도로 우아한 분위기를 풍겼다. 엄지와 검지 사이에는 메스가 들려 있었다. 그의 자화상은 외모뿐만 아니라 그의 강박관념을 충실하게 표현해냈다. 자화상을 자세히 들여다보면—알아차리기는 솔직히 꽤 어렵지만—그가 들고 있던 메스 밑에, 즉 그림의 밑바탕에 축 늘어진 여자의 벌거벗은 몸이 흐릿한 안개에 휩싸여 있는 것처럼 그려져 있다는 사실을 알 수 있다. 그 그림은 동시대에 그려진 세바스티아노 델 피옴보의 〈성 베르나르도〉를 상기시킨다. 성인(聖人)의 얼굴 표정에 드러난 행복감과 악마의 몸에 나무 지팡이를 꽂는 성인의 모습 사이에 존재하는 불균형은 여성의 몸에 메스를 꽂는 해부학자의 표정과 동작에서도 동일하게 드러난다. 해부학자는 승리자의 표정을 짓고 있다.

유명한 사람들의 이름과 개성 넘치는 것들로 이루어진 한 시대에 마테오 콜롬보는 무거운 짐 하나를 지고 있는 것처럼 자신의 이름에 짓눌려 있었다. 그와 성이 같은 제노바 출신 유명 인사에 대한 기억이 그에게 드리운 부담스러운 그늘에서 그가 어떻게 하면 벗어날 수 있을까? 마테오 콜롬보는 풍자의 대상이 되고, 그를 비난하는 사람들의 손쉬운 조롱거리가 되었다.

사실 마테오 콜롬보의 과업은 그와 성이 같은 남자의 과업보다 덜 특별하지는 않았다. 마테오 콜롬보 역시 자신의 '아메리카'를 발견했고, 그 사람처럼 영광과 비운을 겪었다. 그리고 잔인함이 무엇인지도 알았다. 마테오 콜롬보는 자신의 '식민지'를 세우는 순간, 크리스토포로 콜롬보보다 양심의 가책을 더 많이 느끼지도 않았고, 자비심을 더 많이 가지지도 않았다. 식민지 건설을 알리는 그의 나무 깃대는 열대 해변의 미지근한 모래사장이 아니라 그 스스로 발견했다고 주장하는 새로운 땅의 중심, 즉 여자의 몸에 꽂힐 예정이었다.

III

마테오 콜롬보는 자기 방에 갇힌 상태에서 법정에 제출할 진술서의 작성을 막 끝마쳤다. 미사를 알리는 마지막 종소리의 여운이 채 가시기도 전에 그는 창문 너머로 빛을 등진 형체 하나가 어른거리는 것을 보았다.

"뭐 좀 도와줄까?" 실루엣이 속삭였다.

마테오 콜롬보는 법원의 명령에 따라 금언서약을 지켜야 했기 때문에 신중하게 침묵을 유지하면서 창문 쪽으로 조금 가까이 다가갔다. 빛을 등지고 서 있는 그 형상이 친구 비토리오 씨임을 비로소 알아볼 수 있었다.

"자네 혹시 미친 거 아냐? 나처럼 갇히고 싶어서 그래?" 마테오 콜롬보는 이렇게 속삭이고 쌀쌀맞은 표정을 지으며 그에게 즉시 그곳을 떠나라고 손짓했다.

비토리오 씨는 창문 격자 틈새로 한 손을 집어넣어 산양 젖이 담긴 가죽부대와 빵 한 자루를 친구에게 내밀었다. 마테오 콜롬보는 본심과는 달리 짜증난 표정을 지으며 그것들을 받았다. 사실 배가 고팠던 것이다.

몰래 찾아온 방문객이 등을 돌려 예배당을 향해 떠나려는 순간, 속삭이는 소리가 들렸다.

"사람을 시켜서 피렌체에 내 편지 한 통 보내줄 수 있나?"

비토리오 씨가 잠시 머뭇거렸다.

"좀 더 쉬운 일을 부탁하면 좋겠네만…… 학장이 우편물 검사를 얼마나 꼼꼼하게 하는지 자네도 알잖아……" 바로 그 순간 두 남자는 예배당 입구에서 학생들이 빠짐없이 미사에 참석하는지 확인하고 있는 알레산드로 데 레냐노 학장의 모습을 보았다.

"알았어, 편지 이리 주게. 이제 가봐야 해." 비토리오 씨가 격자 사이로 손을 들이밀며 말했다.

"사실은 아직 안 썼어. 혹시 미사가 끝나고 다시 들러줄 수 있을지……"

그때 학장이 아치 밑 통로에 서 있는 비토리오 씨를 보았다.

"거기서 뭐하는 거요?" 학장이 두 손을 허리에 얹고, 원래 찌푸려져 있던 이마를 더욱더 찌푸린 채 캐물었다.

그러자 비토리오 씨는 샌들 끈을 고쳐 맨 다음 예배당 쪽으로 걸어갔다.

"혹시 구두와 얘기를 한 거요?"

하지만 비토리오 씨는 바보같이 씩 웃으며 얼굴을 붉힐 뿐이었다.

마테오 콜롬보는 미사가 끝나기 전에 짧은 시간 동안 편지를 써야 했다.

그는 예배당 밖에 사람이 아무도 없다는 것을 확인한 다음에 작은 책상 밑에 숨겨둔 공책을 다시 꺼내—글을 쓰는 것도 금지되어 있으므로—거위 깃털로 만든 펜을 들어 잉크병에 담갔고, 공책의 마지막 장에 편지를 쓰기 시작했다. 법정이 명령한 금언 수행은 법원이 임의로 내린 형벌이 아니었다는 것은 의심의 여지가 없었다. 명확한 근거가 있었다. 마테오 콜롬보의 악마적인 발견이 바람에 날리는 씨앗처럼 널리 퍼지는 것을 막기 위해서였다. 그리고 같은 이유로 글도 쓰지 못하게 했다. 시간이 별로 없었다. 마테오 콜롬보는 근처에 사람이 없는지 다시 한 번 확인한 뒤에야 비로소 편지를 쓰기 시작했다.

친애하는 부인.

제 영혼은 불안의 심연 속에서 투쟁하고 있으며, 하느님의 이름으로 비밀을 지키겠다고 맹세했으면서도 부당하게도 하느님의 신성한 작품을 감추려고 시도함으로써 거룩한 이름을 욕되게 해버린 남자의 고통 속에서 주눅이 들어 있습니다. 친애하는 이네스여, 저는 파도바 대학 학장과 가톨릭교회의 의사들이 제게 명령한 금언 서약을 하느님의 이름으로 어기기로 작정했습니다. 죽음보다 금언이 더욱 두렵습니다. 비록 제가 이 두 가지 형을 선고받은 상태라고는 하지만 말입니다. 이 편지가 피렌체에 도착할 즈음에 저는 이미 죽어 있을 것입니다. 저는 내일 아침 카라파 추기경이 주재하는 재판에서 발표할 진술서를 작성하느라 어젯밤을 꼬박 새웠습니다. 그렇지만 제가 저 자신을 변호하기 위한 말을 채 내뱉기도 전에 이미 형이 결정되어 있을 것이라는 사실을 모르지는 않습니다. 모닥불로 태워지는 것 말고는 다른 운명이 없다는 사실을 알고 있습니다. 만약 부인께서 제 목숨을 구하기 위해 이 우스꽝스러운 재판에 개입해주실 수 있다는 사실을 제가 알게 된다면, 저는 틀림없이 부인께 그렇게 해달라고 요청할 것입니다. — 부인께 많은 것을 부탁해왔습니다만, 한 가지만 더…… — 하지만 제 운은 이미 결정되어 있다는 사실을 알고 있습니다. 지금 부인께 간청하는 것은 오직 제가 드리는 말씀을 들어달라는 것뿐입니다. 오직 그뿐입니다.

제가 왜 부인께만 비밀을 털어놓겠다고 작정했는지 궁금해하실 수도 있을 것입니다. 아직 그 이유를 모르실 텐데, 사실 제가 해낸 그 발견들의 원천이 바로 부인이었기 때문입니다.

이제 모든 것은 부인께 달려 있습니다. 만약 제가 침묵을 지키겠다는 맹세를 어기고 말을 함으로써 신성 모독죄를 저지른다고 생각하신다면, 지금 당장 편지 읽기를 중단하시고 이 편지를 불에 태워버리십시오…… 그러나 혹시 제가 아직까지는 부인께 조금이라도 신뢰할 만한 사람으로 보이고, 또 부인께서 편지를 계속 읽기로 작정하셨다면, 이 비밀을 하느님의 이름으로 지켜주시기를 간청합니다.

편지를 쓰다 말고 마테오 콜롬보는 잠시 망설였다. 시간이 촉박했다. 미사는 절반쯤 진행되었을 것이다. 그는 잠시 눈을 비비고, 의자에 앉은 채 몸을 돌린 다음, 다시 편지를 쓰기 전에 자신이 미친 짓을 하는 건 아닌지 자문해보았다.

그것은 비극의 시작이 될 것이다. 그가 이네스 데 토레몰리노스에게 자신의 비밀을 누설하는 것이 죽음이나 금언보다 더 나쁘다는 사실을 알았더라면 더 이상 한 글자도 쓰지 않았을 것이다. 마침내 그는 깃촉을 다시 잉크병에 집어넣었다.

마테오 콜롬보가 편지의 마지막 줄에 마침표를 찍었을 때, 미사에 참석했던 사람들이 예배당에서 나오기 시작했다.

마테오 콜롬보는 공책에서 편지를 떼어내어 편지지 뒷면이 겉으로 나오도록 접었다. 학생들이 말없이 밖으로 쏟아져 나와 안마당 중앙에서부터 작게 무리를 지어 각자의 강의실로 들어갔다. 마지막으로 비토리오 씨가 나왔고, 그와 함께 알레산드로 데 레냐노 학장이 나왔다. 비토리오 씨는 현관에 멈춰 서서 머리를 숙여 학장에게 작별 인사를 했다. 마테오 콜롬보는 학장이 비토리오 씨 옆에 서서 좀체 떠나지 않는 것을 자신의 방 창문을 통해 보고 있었다. 기둥에 몸을 기댄 학장이 일상화된 심문을 시작하고 있었다. 그들의 말소리는 들리지 않았지만, 양손을 허리에 댄 채 평소보다 더욱 미간을 찌푸리고 심문하는 알레산드로 데 레냐노의 표정을 해부학자는 아주 잘 알고 있었다. 해부학자가 비토리오 씨에게 편지를 건네줄 희망이 완전히 사라져버렸다고 생각한 순간, 놀랍게도 학장은 순순히 자기 방을 향해 멀어졌다. 비토리오 씨는 조금 더 시간을 끌다가 안마당에 사람이 하나도 없고, 아치 밑 통로를 어슬렁거리는 사람도 없다는 사실을 확인하고 나서야 해부학자의 방 창문을 향해 곧장 빠른 걸음으로 걸어왔다. 그러자 마테오 콜롬보가 창문 격자 틈새로 아치 밑 통로를 향해 편지를 내던졌다. 비토리오 씨는 편지를 발로 밀어 충분한 거리를 이동시킨 뒤, 쭈그리고 앉은 자세로 편지를 집어들어 샌들의 굽과 밑창 사이에 집어넣었다. 바로 그 순간 알레산드로 데 레냐노가 아치 밑 통로 끝부분에서 나타났다.

"신발을 바꿔 신을 시각인 것 같군요." 학장은 이렇게 말하더니 비토리오 씨가 미처 대꾸를 하기도 전에 다음과 같이 덧붙였다.

"작업실에서 기다리겠소." 학장은 이렇게 말한 뒤 몸을 돌려 아치 밑 통로 너머로 사라졌다.

비토리오 씨는 학장이 죽는 꼴을 보고 싶었을 것이다. 어떤 의미에서 그것은 비토리오 씨가 이루어지는 것을 보고자 했던 소망이었다.

학장

I

비토리오 씨의 책상 위에 놓인 알레산드로 데 레냐노의 머리가 작업실 천장을 쳐다보고 있었다―사실 두 눈은 생명력이 없는 두 개의 구체(球體)였기 때문에, 빗대어 말하자면 고정되어 있었다고 할 수 있을 것이다―그 조각의 장인이 '목이 잘려 있다'고 표현할 수 있는 학장의 이마를 손바닥으로 쓸어내려가다 미간의 주름살 부위에 이르러 멈춘 뒤 끝을 대고 망치로 한 번 둔탁하게 치자, 뼛가루 같은 하얀 먼지가 일었다. 학장은 죽은 사람처럼 딱딱했으나 표정은 살아 있는 사람 같았다. 그럼에도 불구하고 얼음처럼 차가웠다. 죽은 사람보다 훨씬 더 차가웠다. 비토리오 씨가 알레산드로 데 레냐노의 흉상을 완성하는 데는 반년이 걸렸다. 학장이 앉아 있던 의자에서 일어나 스스로를 기리기 위해 주문한 조각상을 향해 걸어갔다. 학장은 흉상을 응시하다가 흉상의 코에 자신의 코를 갖다 댔다. 마치 카라라*의 대리석으로 만든 거울을 들여다보는 듯했다. 장인이 고객의 얼굴 표정을 흉상에 아주 정확하게 표현해놓았기 때문에 흉상을 찬찬히 살펴본 사람이라면 학장의 얼굴을 직접 보았을 때 경험한 것과 유사한 혐오감을 느꼈을 것이다. 그것은 정확히 말해 지난 6개월 동안 비토리오 씨에게 일어난 일이었다. 그는 알레산드로 데 레냐노의 진짜 이마에 끌을 박아버리고 싶은 마음이 없지 않았던 차에 흉상에 관한 학장의 최종 평가를 듣고 난 후에는 더더욱 그런 마음이 들었다.

"더 엉망인 작품들도 봤소." 학장은 역설적인 경멸감을 드러내며 자신의 흉상을 바라보면서 이렇게 말하더니, 15두카도를 비토리오 씨의 얼굴에 내던지다시피 했다.

"오늘 오후에 내 집무실로 옮기라고 하시오." 학장이 몸을 돌리며 이렇게 덧붙이고는 문을 쾅 닫고 작업실을 떠났다.

비토리오 씨가 막 완성한 흉상은 모델을 쏙 빼닮았다. 학장의 표정은 완벽하게 바보 같다고 말할 수 있을 정도였다. 푸석하게 부은 얼굴, 일종의 턱뼈로 만든 발코니에 얼굴을 씌워놓은 듯한 형상의 심한 주걱턱, 졸린 듯한 느낌을 주는 반쯤 감긴 눈꺼풀. 피렌체 출신의 그 조각가는 인정사정없는 사람이었다. 물론 고객이 마음에 들면, 예를 들어 메디치 가문과 가까운 어느 유명 인사의 구제 불능이던 옆얼굴을 고쳐준 것처럼, 살짝 예쁘게 만들어주는 관대함은 지니고 있었다. 어찌 되었든 알레산드로 데 레냐노의 흉상은 그에 대한 비토리오 씨

---

* 세계적으로 유명한 이탈리아 대리석의 메카로, 미켈란젤로가 조각을 위해 늘 찾던 곳이기도 하다.

의 견해가 고스란히 반영된 것이라고 하겠다.

파도바를 통틀어 학장을 좋게 생각하는 사람은 아무도 없었다. 그리고 학장이 죽었다 해도 애석하게 여길 사람은 아무도 없으리라는 점도 확실했다.

매일 오전이면 늘 그렇듯 알레산드로 데 레냐노는 정오가 되기 전에 과일시장으로 갈 것이다. 그는 산 베네데토 강을 건널 것이고, 그가 지나가면 만나는 사람마다 과장되게 큰 소리로 인사를 할 것이고, 그가 타디 다리를 향해 돌아 내려가면 사람들은 그에게 가장 불길한 일이 일어나라고 저주할 것이다. 비토리오 씨가 열망하던 것과 마찬가지로 뚱뚱한 과일 장수 여자—다른 날과 마찬가지로 학장은 살구를 살 것이다—는 그에게 맛있게 먹으라고 말하면서도 속으로는 먹다가 목구멍에 씨가 걸리기를 바랄 것이다. 과일 장수처럼 재단사도—학장은 비단 루코를 주문하기 위해 그의 양복점에 들를 것이다—지난주에 학장이 주문한 고운 스톨에 학장이 목이 졸려 죽는 모습을 보고 싶어할 것인데, 사실 지난주에 학장이 그 스톨을 걸쳐보고는 불쾌하다는 표정을 지으며 재단사에게 말했다.

"혹시 이 스톨 재단을 이빨로 한 거요?"

알레산드로 데 레냐노는 모든 사람이 자신을 미워한다는 사실을 알고 있었다. 그런데 그것이 그에게는 엄청난 즐거움이었다.

학장은 파리 출신인 자코브 실비우스 교수의 제자였다. 하지만 학장은 의술에서 스승의 재능을 따라가지 못한 것이 확실했다. 알레산드로 데 레냐노가 실비우스에게서 물려받은 것이라고는 동료들을 업신여기는 심보뿐이었다. 그 프랑스 출신 해부학자를 수식하는 수많은 형용사—대표적인 것만 든다면 인색하고, 무례하고, 오만하고, 성마르고, 냉소적이고, 욕심 많은—는 파도바 대학 학장을 제대로 표현하기에 부족했고, 학장 역시 자신의 묘비명이 스승의 묘비명보다 덜 저주스러울 것이라고는 기대하지도 않았다.

"공짜 일은 결코 하지 않았던 실비우스, 여기 눕다.

그가 죽어 있는 지금, 그대가 이 묘비명을 공짜로 읽는 것이 그를 화나게 한다."

II

그날 아침 학장은 기분이 아주 좋았다. 편해 보였다. 전투에서 승리한 사람처럼 정신이 고조되어 있었다. 그리고 실제로 정확히 그랬다. 그는 불을 붙이는 일이 자신에게 주어진다면 기꺼이 자기 손으로 불을 붙여줄 모닥불을 고대하며 즐기고 있었다. 방금 전에 시작된 하루가 어서 빨리 지나기를 초조하게 기다리고 있었다. 내일은 그가 온갖 난관을 극복해가며 카라파 추기경과 알바레스 데 톨레도 추기경, 그리고 최종적으로는 교황 파울루스 3세에게 제기한 재판이 시작될 것이다.

알레산드로 데 레냐노는 수년 동안 지겨운 짐처럼 그를 괴롭히던 통풍이 단번에 나아버린 것처럼 활기차게 걷고 있었다. 기분이 너무 좋은 나머지 비토리오 씨의 샌들에서 잘못 접힌 종잇조각이 삐져나온 것도 알아차리지 못했다. 아마 비토리오 씨가 신중하게 행동했기 때문에 학장이 모를 수밖에 없었을 것이다. 어쩌면 피렌체 출신 조각가는 발각되면 친구와 같은 운명에 처해진다는 사실을 몰랐을 수도 있다. 가톨릭교회법에 따르면 이단자 죄수와 말만 섞어도 이단자로 취급받게 되어 있었다.

마테오 콜롬보는 학장의 마지막 강박관념이었다. 두 사람은 서로에게 좋은 마음을 가져본 적이 단 한 번도 없었다. 알레산드로 데 레냐노는 마테오 콜롬보를 속으로 상당히 높이 평가하는 만큼이나 미워하고 있었다. 학장은 늘 해부학자를 경멸하는 태도로 대하고, 기회만 생기면 학생들 앞에서 '이발사'라고 부르며 깎아내렸다. 이는 외과의사들을 왕립 의과대학에서 배제해 이발사 조합에 가입하도록 강제하는 규정에 따른 것으로, 그들을 제빵업자, 양조업자, 공증인과 동등하게 취급했다. 물론 마테오 콜롬보가 유명 인사가 됐을 때에도 학장은 온갖 칭송을 자기 것으로 만들었으며, 자기 학교의 교수가 혈액의 순환 법칙을 발견했을 때, 마치 그 공적이 학장이라는 자신의 직위가 발산하는 영감에서 비롯된 것인 양 각지에서 보내온 축하 인사를 자신이 받았다.

해부학자와 학장은 서로 호감을 가져본 적이 결코 없었다. 그 반대였다. 두 사람은 정도가 다르긴 했지만 서로를 시기했다. 마테오 콜롬보는 유럽에서 가장 존경받는 해부학자였다. 명성은 자자했으나 권력이 없었다. 반면에 학장은 만인이 인정하고, 심지어 가톨릭교회의 의사들까지도 부인하지 않았다시피 지적 능력이 노새와 비슷했으나, 바티칸의 영향력을 향유했고 교황 파울루스 3세의 총애에 의존하고 있었다. 그는 막강한 권한을 가지고 있었고, 일부 종교재판관들 사이에서도 평판이 좋았는데, 이는 이단자 동료에게 화형 선고를 내린 재판에서 종교재판관들을 변호한 적이 있었기 때문이다.

마테오 콜롬보의 새로운 발견은 관용의 모든 한계를 넘어선 것이었다. '비너스의 사랑'—마테오 콜롬보의 아메리카—은 과학이 허용하는 한계를 넘어서 있었다. 누군가 '비너스의 쾌락'이라는 말을 살짝 언급하기만 해도—한 가지 이상의 이유로 인해—학장은 피가 곤두설 지경이었다.

학장이 판단하기에는, 마테오 콜롬보가 외과 주임교수로 임명된 이후 대학은 시골 여자들과 고급 창녀들이 드나드는 매음굴로 전락하고 말았는데, 심지어 수녀들까지 밤에 들어왔다가 새벽이 되기 전에 나간다는 소문이 나돌 정도였다. 소문에 따르면, 대학에 드나드는 여자들은 모두 초점 없는 눈동자에 모나리자 같은 미소를 띠고 있었다고 한다. 이런 소문으로도 모자라, 타베르나 델 물로*의 맨 위층에 있는 창녀들이 해부학자의 방을 들락거렸다는 얘기까지 학장의 귀에 들렸다. 그리고 그것은 헛소문이 아니었다.

Ⅲ

교황 보니파키우스 8세의 칙서로 시체 해부가 금지된 이후 시체를 구하는 것은 위험한 일이 되었다. 그럼에도 불구하고 파도바에는 은

---

* '타베르나'는 술집이고, '물로'는 노새를 의미한다. 번역하자면 '노새의 술집' 정도가 된다.

밀하게 죽은 사람을 매매하는 시장이 있었다. 시장의 가장 큰 고객은 줄리아노 바티스타였는데, 그는 어떤 의미로는 거래 질서를 바로잡아 온 사람이었다. 마르코 안토니오 델라 토레가 대학의 해부학 주임교수직을 맡은 이후로 그의 제자들은 주저 없이 무덤을 파헤치고, 병원의 시체 보관소를 약탈하고, 심지어 경고조로 공개 교수형에 처해진 사람들의 시체를 교수대에서 끌어내리기도 했다. 마르코 안토니오 자신은 예비 해부학자 패거리가 밤에 행인들을 죽이지 않도록 말려야 했다. 학생들이 시체 구하는 일에 어찌나 열심이었던지 서로 몸조심을 할 정도였다. 시체에 대한 애정이 너무나 대단한 나머지 그들은 여자들이 가장 좋아할 아부성 칭찬을 시체를 향해 해댔다.

"자네 정말 아리따운 시체를 구했군." 시체의 목을 자르기 전에 학생들은 이렇게 말했다.

시체 해부의 선구자는 250년 전에 볼로냐 대학에서 대중이 지켜보는 가운데 최초로 시체 두 구를 해부한 몬디노 데 루치였다. 그는 사람의 머리가 '영혼과 이성이 거주하는 곳'이라는 이유로 시체의 머리를 열지 않는 무한한 예의를 보였다.

줄리아노 바티스타는 말하자면 시체 시장을 독점하고 있었다. 가난한 친척, 사형 집행인, 무덤 파는 사람으로부터 시체를 사들였다. 시체를 시장에 내놓을 정도의 상태가 되도록 손질한 뒤에는 대학생, 교수, 그리고 이름깨나 날리는 시체 애호가에게 되팔았다.

그럼에도 불구하고 줄리아노 바티스타는 마테오 콜롬보에게는 상품을 치장할 필요가 없다는 사실을 알고 있었기 때문에—다른 한편으로 해부학자를 속이는 것은 불가능한 일이었다—뺨에 연지를 발라 불그레하게 만들거나, 눈동자에 송진을 발라 생기를 불어넣거나, 손톱에 외국에서 들여온 유약을 발라 윤기를 내는 일은 하지 않아도 되었다.

가령 해부학자가 간을 검사해야겠다고 하면, 줄리아노 바티스타는 시체에서 간을 떼어내고, 그 자리에 삼베나 헝겊 쪼가리를 집어넣고는 시체를 따로 보관해놓았다가 비단실로 배를 꿰매 다른 고객에게 팔았다. 설령 시체가 원형을 복원할 수 없는 상태가 되어버린다 해도, 줄리아노 바티스타는 각 부위에 합당한 용도를 찾아냈다. 버리는 부위는 단 하나도 없었다. 예를 들어 머리카락은 이발사 조합에, 이빨은 금은세공업자 조합에 팔았다.

시체 해부는 불법이었지만 그만큼 횡행하고 있었다. 보니파키우스 8세의 칙서도 아무 효력이 없었다. 그럼에도 불구하고 학장은 유독 마테오 콜롬보에게만 칙서에 따라 해부 금지령을 발효시켜놓고 있었다. 해부학자는 알레산드로 데 레냐노 학장이 마테오 콜롬보 자신만 빼놓고 모든 사람을, 심지어 학생들까지도 눈감아준다는 사실을 잘 알고 있었다. 따라서 마테오 콜롬보는 각별히 조심해야 했다.

최근 들어 마테오 콜롬보는 10여 구의 시체를 사들였다. 모두 여자였다. 그는 해부한 시체 목록을 꼼꼼하게 작성했다. 이름, 나이, 사인(死因)을 기록하고, 검사한 기관뿐만 아니라 시체 하나하나의 표정에 관해 기술하고, 그림으로 남겨놓기까지 했다.

하지만 마테오 콜롬보의 실습은 시체보다 살아 있는 육체에 더 적합했다. 그리고 무엇보다도 어느 특정 부위의 살에 더 적합했는데, 대학 문 안에서 실습하는 경우는 거의 없었다. 그 살은 금지된 것이었기 때문이다. 물론 학장이 주도면밀하게 금지하려고 애를 썼지만 그리 성공적이지는 않았다. 실제로 대학 학칙에는 여자의 대학 출입이 금지되어 있었다. 그런데도 대수도원에 인접한 농장에서 오는 시골 여자들이 자주, 은밀하게 대학 안으로 들어오는 이유는 대부분 학문적인 사안보다는 육체적인 충동에서 비롯되었다. 여자들은 의사와 학생들에게 쾌락의 밤을 선사했다.

대학으로 들어오는 방법 중 하나는 높은 담을 넘는 것 말고도, 일주일에 한 번씩 공용 수레에 실려 시체 보관실로 들어오는 시체들 틈에 끼어 오는 것이다. 그렇게 덮개 밑에 숨은 여자들은 지하실 시체 보관소에 홀로 남겨질 때까지 꼼짝 않고 있다가 애인들에 의해 수거되었다.

한번은 명망 있는 어느 의사가 아마도 오랫동안 계속된 강제적인 금욕생활 탓에 다급했던지 시체들 사이에 있던 한 시골 여자의 옷을, 바로 그 시체 보관소에서 모든 시체들이 있는 가운데 벗겨버렸고, 멋진 펠라티오가 절정의 순간에 다다랐을 때, 대학의 주임신부가 그 음산한 지하실로 들어왔다. 신부가 보니 방금 전에 지하실로 들어가는 것을 확인했던 그 '시체'가 뭐라 설명할 수 없이 활기차게 움직이고 있었던 것이다. 그 저명한 의사가 하느님에게 속한 방문객의 존재를 눈치채기까지는 시간이 약간 걸렸는데, 신부는 그 교수의 마른 다리와, 균형 잡힌 '죽은 여자'의 몸에 부산하게 정액을 뿌려대는 썩 마르지 않은 음경을 넋을 잃고 바라보고 있었다. 교수는 마지막으로 몸을 바르르 떨고 나서 문에 서 있는 영성 지도 신부를 보았고, 그 순간 화들짝 놀란 표정을 지으며 소리만 질러댔다.

"기적이에요! 기적이라고요!" 의사가 외쳤다. 그리고 정액이 몸에서 배출되면서 운반하는 기(氣)에 대한 아리스토텔레스의 이론에 관해 자신이 방금 전 확인한 바를 즉각적으로 설명하기 시작했는데, 그 형이상학자에 따르면 그 기는 생명을 만들어내는 것이었다. 그리고 만약 정액이 물질에 생기를 불어넣을 수 있다면, 같은 이유로 죽은 사람을 살릴 수도 있을 것인데, 그것이 가능하지 않을 이유가 어디 있겠느냐고 말하면서 아직도 약간 발기되어 있는 음경을 옷 속으로 집어넣었다.

미치광이 같은 독백을 끝낸 의사는 지하실 입구 맞은편으로 가면서 "기적이에요! 기적이라고요!"라고 외치며 계단을 뛰어올라갔다.

확실한 사실은 마테오 콜롬보가 여자들을 대학으로 끌어들인 것은 그만한 이유가 있었다는 것이다. 그리고 은밀하게 그를 찾는 여자들 또한 나름대로 이유가 있었다는 것은 틀림없다.

마테오 콜롬보의 손은 음악가의 손이 악기를 다룰 줄 알듯 여자의 몸을 다룰 줄 알았다. 그의 손은 과학과 예술 사이의 모호한 경계를 넘나듦으로써 가장 숭고하고, 가장 고귀하고, 가장 난해한 도구가 되었다. 그의 손재주는 쾌락을 주는 일시적인 예술이었고, 대화술 훈련처럼 흔적도, 증거도 남기지 않는 훈련이었다.

IV

정오 무렵 비토리오 씨는 대학 정문을 나서 광장 쪽으로 갔다. 미지근한 겨울 태양 아래서 떠돌이 서커스 단원들이 행인에 둘러싸인 채 층층이 사람 탑을 쌓다가 허물어뜨리는 시범을 보여주고 있었다. 건너편 광장 앞에는 성인 남자 한 무리가—상인과 신사 들이—그날의 경매 물건 목록을 번갈아가며 목청껏 불러대는 경매인들을 에워싸고 있었다. 그곳에서 몇 걸음 떨어진 곳에는 몬테 벨도 산 건너편에서 막 넘어온 여행객들의 얘기를 들으려는 사람들이 있었는데, 그 여행객들은 진짜건 아니건 적어도 재미는 있는 소식들을 들려주고 있었다.

비토리오 씨는 잰걸음으로 걷고 있었다. 그날 잡힌 도둑을 전시해놓은 세 개의 차꼬 곁을 지났는데, 그곳에서는 죄수들에게 침을 뱉고 욕을 하려고 우르르 몰려든 여인들과 아이들의 틈새를 헤치며 가야 했다. 광장 건너편에는 아직 출발하지 않은 마지막 우편배달부가 말 안장에 매달아놓은 편지 가방을 막 닫으며 말에 오를 채비를 하고 있었다.

여전히 신경이 예민한 상태였던 비토리오 씨는 경매인들의 입을 통해 최근 소식을 들을 수 있었다. 다시 그 차꼬 곁을 지나가면서 비토리오 씨는 등골이 오싹해지는 무시무시한 느낌을 떨쳐버릴 수 없었다. 날씨가 계속 좋다면 편지는 한 달이 채 못 되어 피렌체에 도착할 것이다. 편지가 피렌체에 도착할 즈음이면, 기적이 개입하지 않는 한 마테오 콜롬보는 죽어 있을 것이다.

운명은 좋은 날씨가 유지되는 것을 원했다.

목표

I

마테오 콜롬보의 방은 각 변의 길이가 네 걸음 정도 되는 정사각형이었다. 소박한 책상 위에 달려 있는 작은 창문에는 유리가 없었다. 사실 대학에서 창문에 유리가 달린 곳은 학장실과 대강당뿐이었다. 비록 유리가 아주 실용적이라고는 해도— 특히 겨울에는— 문이나 창문 같은 것을 막고 치장해주는 최고급 베네치아 비단에 비하면 아주 저급한 취향에 속했다. 당시 파도바에서 신흥 부자들의 집은 금방 눈에 띄었다. 창문마다 색유리를 끼워놓았기 때문이다. 확실한 것은 마테오 콜롬보가 기거하던 방의 작은 창문에는 평범한 비단 덮개 하나도 붙어 있지 않았다는 사실이다. 바람을 막기 위해 창문을 온통 싸구려 모직 천으로 가려놓았는데, 그 통에 한 줄기 빛조차 들어오지 않았다. 그래서 해부학자가 빛을 쬘 필요가 있을 때면 동시에 바람과 추위를 견뎌야 했고, 비라도 내리면 빗물까지도 감수해야 했다. 안마당을 둘러싸고 있는 아치 밑 통로에서 들어갈 수 있게 된 방은 어두컴컴한 천장까지 닿아 있는 책장에 의해 반으로 나뉘어 있었다. 두 개로 나뉜 방의 뒷부분이 침실이었다. 나무 침대―물론 침대의 머리판은 없다―가 있고, 침대 옆에는 사이드테이블과 촛대가 있었다. 책장 앞부분, 아치 밑 통로와 접하고 있는 벽 옆에는 작은 책상이 놓여 있었다. 그래서 아치 밑 통로에서 들어오면 곧바로 측면에 책장이 놓인 책상이 보였는데, 책장 선반에는 각종 맹수와 특이하게 생긴 동물의 박제가 진열되어 있어서 혹 도둑이 방심하고 들어왔다가도 문지방을 넘어서지 못할 정도였다.

마테오 콜롬보는 자기 방에 갇혀 지낸 후 창문 격자 틈새로 밖을 내다보면서 대부분의 시간을 보냈다. 그는 정확히 어딘지 모를 어떤 곳을 멍한 시선으로 바라보고 있다가 비토리오 씨가 막 정문으로 들어오는 것을 보았다. 비토리오 씨는 친구에게 위험한 심부름을 완수했다는 표시를 살짝 보냈다. 마테오 콜롬보는 안도의 한숨을 내쉬었다. 사실 그는 이미 결정되어 있는 자신의 운명보다 비토리오 씨의 운명을 더 걱정하고 있었다.

해부학자는 종교재판에 회부되었을 때 사면을 받았던 스승 안드레아스 베살리우스와 달리, 사면을 기대하지 않았다. 언젠가 안드레아스 베살리우스는 하마터면 화형장으로 끌려갈 뻔한 창피하고 불쾌한 사건에 관해 마테오 콜롬보에게 털어놓았다. 그는 치료를 받던 중 숨진 에스파냐의 젊은 귀족 남자를 해부할 수 있게 허락해달라고 요청했다고 한다. 베살리우스가 죽은 젊은이의 부모에게서 허락을 받아

가슴을 열어놓고 보니, 놀랍고 절망스럽게도 여전히 심장이 뛰고 있었다. 이 일을 알게 된 젊은이의 부모는 베살리우스를 살인죄로 고소하고, 동시에 종교재판 소송을 시작했다. 종교재판에서 베살리우스는 사형을 선고받았다. 그러나 장작에 불을 붙이기 직전에 왕이 몸소 형집행을 중지시켰다. 왕은 그 해부학자의 형을 감해주기로 작정하고 대신 성지를 순례하면서 죄를 씻도록 조치했다.

마테오 콜롬보는 영원히 모르고 있어야 할 것을 밝혀냈기 때문에 그 '죄'가 엄청나게 무겁다는 사실을 알고 있었다. 그렇기 때문에 파도바 대학의 졸업생인 갈릴레오 갈릴레이가 그랬던 것처럼 희망 같은 것은 애당초 갖지 않았고, 자신의 발견을 번복할 마음도 전혀 없었다. 갈릴레오의 발견은 실제적인 의미에서 지나치게 '실체가 없는 것'이었다. 반면에 마테오 콜롬보의 '아메리카'는 아무리 단순한 사람이라도 접할 수 있는 것이었다.

"만약 악마의 힘이 당신의 발견을 차지해버린다면 인간은 어떻게 되겠소?" 학장은 마테오 콜롬보의 발견이 발각되어 금언 명령을 내렸을 때 이렇게 말하면서, 발견자가 갈수록 확장되는 악마의 군대 숫자를 늘려주는 사람들 가운데 하나임이 확실하다는 말을 지나가는 투로 덧붙였다.

"만약에 악이 여자들의 의지를 지배하게 되면 인간이 어떤 불행에 처하게 될지 누가 안단 말이오?" 학장은 자신의 의도는 단지 '선'이 여자들의 의지를 지배하도록 하기 위한 것임을 마테오 콜롬보에게 이해시키면서 이렇게 말했다.

그렇기 때문에 마테오 콜롬보는 화형장으로 끌려가는 것 말고 다른 운명을 기대할 수가 없었다.

　그럼에도 불구하고 마테오 콜롬보의 목을 치밀고 올라오는 슬픔의 원인은 다른 것이었다. 그것은 죽음이 가까워졌다는 확신 때문도, 감금 생활 때문도, 금언 명령 때문도 아니었다. 이네스 데 토레몰리노스에 대한 추억 때문도, 그녀에게 써 보낸 편지의 운명에 대한 불안감 때문도 아니었다. 마테오 콜롬보가 금언 서약을 파기했다는 근거도 없었고, 밝히지 않겠다고 맹세한 비밀을 누설했다는 근거 또한 없었다. 그를 고통스럽게 한 것은 자신이 발견한 것을 공표할 수 없는 그 불행한 일 때문이 아니라, 오히려 발견을 하도록 그를 이끌던 순수한 의도가 실패해버렸다는 것이었다.

　발견을 하기까지 마테오 콜롬보를 이끌어준 목표는 그가 이미 소개한 적이 있는 그 이론적인 전제도 아니고, 그가 이미 기초를 마련한 바 있는 철학적 지식을 얻겠다는 야심도 아니며, 애석하게도 그가 이미 이룩해낸 바 있는, 해부학에 혁명을 일으켜야겠다는 열망도 아니었다. 그는 해부학자 미겔 데 세르베트처럼 진리의 이름으로 결연하게 화형장으로 걸어가고 있지도 않았다.

　그의 발견의 원천은 실패한 사랑일 뿐이었다. 그가 갈망한 것은 여성의 어두운 면모가 아니라, 단지 여성의 마음에 있는 한 지점을 지배하는 일반 법칙을 이해하려는 것이었다.

　마테오 콜롬보를 '발견된 달콤한 땅'으로 이끈 목표는 확실한 이름을 가지고 있었다. 그것은 바로 모나 소피아였다.

창녀

I

모나 소피아는 코르시카 섬에서 태어났다. 태어난 지 채 두 달도 지나지 않은 어느 여름날 아침, 어머니는 아이를 데리고 바다에 접한 시냇가로 빨래를 하러 갔다가 아이를 도둑맞고 말았다. 확실히 당시 코르시카 섬은 여자가 예쁜 딸을 낳기에는 썩 좋은 곳이 못 되었다. 처음에는 마르쿠스 안토니우스가, 나중에는 폼페이우스가 실리시아에 있는 자신들의 '공화국'에서 해적들을 몰아낸 뒤, '실리시아 사람들'은 유럽과 소아시아의 바다를 항해해 먼 거리를 이주해간 끝에 인내심과 대단한 끈기를 발휘하여 이번에는 자신들의 조국을 코르시카와 사르데냐 섬에 다시 세웠다. '검은 고르가르'의 해적들은 갓난아기지만 유달리 예쁘고 장차 미인이 될 게 분명한 모나 소피아를 몽골 노예들과 함께 쌍돛대 범선에 태웠다가 어느 그리스 상인에게 팔아 넘겼다. 그 어린것이 항해에서 살아남을 수 있었던 것은 젊은 여자 노예의 보살 핌 덕분이었는데, 어린 아들과 강제로 헤어지게 된 그 노예에게서 약 간의 젖이 나왔던 것이다. 모나 소피아는 아주 잠깐 동안 그리스에 머물렀다. 베네치아의 어느 상인이 모나 소피아를 헐값에 사서 다시 배에 태웠고, 이번에는 베네치아로 향했다. 베네치아에 모나 소피아를 사겠다는 사람이 있었던 것이다.

II

돈나 시돈나는 그 여자아이를 사는 것이 아주 괜찮은 거래라는 확신을 가졌기 때문에 20플로린을 지불했다. 때가 끼어 새까매진 아이를 보고는 우선 욕조에 비눗물을 풀어 아이를 담갔다. 녹슨 냄비를 닦을 때처럼 신이 나서 아이를 씻고, 물에 헹구고, 물기를 닦아주었으며, 장미수로 만든 화장수를 발라주었다. 이렇게 모든 조치를 취했건만 뱃사람 냄새를 지워버리기는 쉽지 않았다. 돈나 시돈나는 철사처럼 빳빳한 아이의 긴 머리카락을 깎아준 다음, 불가에 깔아둔 담요에 눕혔다. 아이가 깊이 잠들자, 돈나 시돈나는 자기 집에 사는 모든 창녀에게 채워주는 금과 상아로 만든 팔찌를 아이의 손목에 채워주었다. 돈나 시돈나는 항해 도중 자기 몸 하나도 건사하기 어려운 여자 노예의 비쩍 마른 젖을 먹고 살아난 아이가 빼빼 마른 데다 빈혈기가 있는 것이 분명해 보였기 때문에, 올리바를 아이의 유모로 붙여주었다. 올리바는 이집트에서 태어난 젊은 여자 노예였다. 그녀의 젖은 양도 많고 영양가가 있었다. 그녀에게 올리바란 이름을 지어준 이유는 피부가 올리브색이고, 키도 올리브 나무만 했기 때문이다. 몸은 말랐지만 유방이 크고, 젖꼭지도 플로린 금화만 했다. 올리바는 유모의 조건을 완벽하게 갖추고 있었다. 게다가 피부와 머리색이 가무잡잡했다—금발 백인 여자의 젖은 쓰고 묽으며, 흑인 여자의 젖은 야생동물을 먹이기에는 좋으나 백인 아이에게는 부적합하다고 알려져 있었다—일주일이 지나자 아이의 상태는 눈에 띄게 좋아졌다. 아이는 통통하게 살이 올라 아주 건강해 보였고, 어른처럼 힘차게 트림을 했다. 돈나 시돈나가 꼼꼼히 살펴보니 대변이 단단하고 색깔도 장 상태가 좋다는 사실을 드러내고 있었다.

아이가 집에 도착한 지 한 달이 지났을 때 돈나 시돈나는 아이에게 레이스가 달린 예쁜 드레스를 입히고 몸에 재스민 향을 뿌려준 다음, 아이가 세례를 받을 수 있도록 사람을 시켜 신부를 불렀다. 훌륭한 창녀는 당연히 기독교도여야 했기 때문이다. 전에도 자주 그랬듯이 그녀는 성사를 치르는 데 드는 비용을 신부와 흥정했고, 두 사람은 비용을 다음과 같은 방식으로 지불하기로 합의했다. 신부는 한 달 동안 매일 그 집 창녀의 성 접대와 '구강성교'를 요구했고, 돈나 시돈나는 딱 일주일 동안만 성 접대를 제공하며 전통적인 '프란체스카' 체위로만 할 것을 제안했다. 마침내 두 사람은 신부가 보름 동안 창녀의 성 접대를 받고 구강성교를 하는 것에 합의했다. 그날 아이는 영세를 받았고 돈나 시돈나는 아이에게 닌나라는 이름을 지어주었다.

닌나는 동일한 조건을 지닌 여자아이 여덟 명과 함께 살았지만, 아주 일찍부터 그 집의 다른 여자아이들과 구분되기 시작했다. 닌나처럼 고집스럽게 울고 또 왕성한 식욕으로 먹어대는 아이는 없었다. 닌나에게 젖을 먹이고 나면 올리바의 젖꼭지가 거무스름하게 변해버렸다. 몸매가 망가지는 것을 막기 위해 돈나 시돈나가 매일 밤 코르셋을 채울 때에도 닌나는 다른 아이들과는 달리 완강하게 거부했다. 닌나가 거부의 표시로 악을 써대며 울어대는 통에 다른 아이들도 합창으로 따라 울었는데, 돈을 받고 곡을 해주는 여자들이 남편 잃은 미망인의 울음소리를 따라하는 식이었다. 이는 위험한 반란의 첫번째 징조이자 단순한 징조였다. 좋은 창녀는 좋은 아내와 마찬가지로 온순하고 순종적이며 감사하는 마음을 가져야 했다.

아이는 나이를 먹어 키가 자라고 예뻐지는 것에 비례해 성격 또한 갈수록 사나워졌다. 아이의 반달 같은 푸른 눈에는 활처럼 휘어진 기다랗고 검은 속눈썹이 붙어 있었고, 뱀의 시선이 먹잇감에게 불어넣는 바로 그 매력과 공포를 동시에 불러일으키는 지적이고 냉소적인 심술이 들어 있었다. 미신을 믿는 사람들은 아이를 보고 공포와 불길한 징조를 느꼈다. 신심이 두터운 사람들의 정신에 악마적인 공포를 불러일으킨 것인데, 아름다운 여자의 지성은 악마의 영향을 받았다는 확실한 표시라고 알고 있었기 때문이다.

돌이 되기 조금 전부터 닌나는 기초적인 단어 몇 개를 떠듬떠듬 말하기 시작했다. 다른 아이들이 발음도 제대로 못하는 것에 비하면 놀라운 현상이었다. 이렇듯 꼬마 창녀들이 자기 유모를 이름으로 부르기 시작했을 때 아이다운 감사의 표시로 돈나 시돈나를 '엄마'라고 불렀는데, 닌나는 자신에게 은혜를 베푼 돈나 시돈나가 나타나면 일부러 무시하면서 눈길도 주지 않았다. 유모들이 닌나를 팔로 들어올려서

엄마 앞에 갖다 대고는 '엄마'에게 웃어보라고 얼러대는 등 아무리 애를 써보아도 소용없었다. 웃기는커녕 자기를 보호해주는 그 여자의 코앞에서 왕성하게 트림을 해댔다. 돈나 시돈나는 닌나의 운명이 한 여자가 꿈꿀 수 있는 가장 좋은 운명이라는 사실을 닌나가 이해하기에는 아직 너무 어리다고 생각하면서 마음을 달랬다. 아이들은 자신들 각자에게 얼마나 많은 돈이 투자되고 있는지 아직 헤아릴 수가 없었다. 어찌 되었건 돈나 시돈나는 여자 하나가 세상에 가져오는 불운을 닌나의 부모에게서 덜어준 셈이었다. 어린 딸을 도둑맞은 부모의 슬픔이 아무리 컸다고 해도 고통을 평생 질질 끌지 않고 단번에 끝내버리는 것이 훨씬 더 나은 일이었다. 사실 닌나의 조상들이 돈나 시돈나에게 감사해야 할 일이었다. 이 세상에서 정신이 제대로 박힌 사람이라면 누가 딸을 낳고 행복해할 수 있겠는가? 처녀 시절에 쓰는 비용은 차치하고, 남편감을 구하는 행운을 얻는다 해도 지참금을 지불하는 문제가 여전히 남아 있을 것이다. 설사 모든 사람이 그 방식을 따른다 해도—돈나 시돈나는 생각했다—지참금 은행의 고리대금업자들은 결혼할 처녀들의 가난하고 절망에 빠진 부모들로부터는 돈을 벌어들이지 못할 것이다. 그래서 닌나가 돈나 시돈나에게 감사를 표했던 것이다. 간악하게 거만한 태도로, 심지어 반항하는 인간들처럼 상스럽게 악을 써대는 방식으로 말이다.

어느 날 아침 돈나 시돈나가 그 배은망덕한 '자식'이 자는 것을 보러 갔더니, 아이는 요람에 선 채 그녀를 뚫어져라 쳐다보며 놀랍게도 이런 말로 인사를 하면서 그녀를 맞이했다.

"창녀……" 닌나는 또박또박 정확하게 말을 한 뒤 덧붙였다. "10두카도 주세요."

이 세 단어는 닌나가 처음으로 한 말이었다. 돈나 시돈나는 성호를 그었다. 할 수만 있었다면 방에서 뛰쳐나갔을 것이다. 하지만 너무도 놀란 나머지 비명만 질러댈 뿐이었다. 돈나 시돈나는 그 세 단어가 곧 아이가 악마에 씌었다는 것을 증명하는 의심할 수 없는 표시라고 믿었다. 그래서 즉각 응급조치를 취하기로 작정했다.

닌나는 젖꼭지가 돋기 전에, 아몬드처럼 단단해지기 전에, 그리고 꽃잎처럼 커지고 매끄러워지기 전에, 10두카도에 어느 상인에게 다시 팔렸다. 돈나 시돈나가 닌나를 살 때 치른 값의 절반 가격이었다.

어느 여름날 아침 광장에서 닌나는 한 무리의 아랍 노예, 어린 창녀와 함께 경매에 부쳐졌고, 무게로 값이 매겨져 '마돈나' 크레타에게 팔렸다. 여러 사업을 하는 박애주의자인 그녀는 베네치아에 있는 어느 유곽의 주인이기도 했다.

Ⅲ

닌나—그 이름은 팔찌에 새겨져 있었다—는 다시 영세를 받고 '닌나 소피아'라는 더 우아한 이름으로 개명했다. 그녀는 유곽에서 가장 어린 창녀였다. 돈 많은 은퇴한 창녀 마돈나 크레타가 닌나의 '새엄마'가 되었다. 마돈나 크레타에게서는 이전의 후원자 돈나 시돈나가 보여주던 온화함이나 헌신 따위는 기대할 수가 없었다. 인내심은 더욱더 기대할 수 없었다. 마돈나 크레타는 처음 닌나를 보자 팔로 안아

올려서 상추 줄기라도 되는 양 요모조모 검사했다. 그녀는 자신이 훌륭한 구매를 했다고 자찬했고, 몇 년만 지나면—2, 3년 정도—자신의 작은 투자가 결실을 맺기 시작할 거라고 평가했다. 그 당시 베네치아에는 세 가지가 넘치고 있었다. 귀족, 신부, 유아 지향성 성욕자였다. 물론 이 세 가지에 모두 해당되는 사람들도 있었다. 그래, 아주 괜찮은 사업이고말고, 마돈나 크레타가 혼잣말을 했다. 그녀가 그 젊고도 아직 때 묻지 않은 살을 보았을 때 그녀의 뇌리에는 벌써 지롤라모 디 베네데토 씨의 얼굴이 떠올랐다. 그 늙어빠진 손가락으로 벌어진 음부를 쓰다듬게 해주는데 누가 돈을 내지 않겠는가. 어린 창녀의 불그스레한 사타구니에 축 늘어진 음경을 비비게 해주는데 무엇인들 주지 않겠는가. 마돈나 크레타는 벌써 금화를 헤아릴 수 있었다. 하지만 결코 쉬운 일은 아닐 것이다.

닌나 소피아는 이미 성숙한 창녀 넷과 함께 쓸 새 방을 둘러보았다. 그곳은 마구간보다도 못했으며 구유 냄새가 났다. 창문이 하나도 없는 사각형 방이었다. 각 벽의 아랫부분에 나무 침대가 하나씩 붙어 있고, 침대에는 매트리스 대신 짚단 몇 개가 깔려 있었는데, 그 가장자리에 새로운 방 친구들이 앉아 있었다. 모두 몇 두카도씩 지불하고 사들인 노예였다. 어느 창녀는 치아가 하나도 없었고, 다른 창녀는 매독에 걸린 듯 보였는데, 발견했을 때는 이미 상태가 중증이었다. 나머지 두 창녀는 각기 다른 불명확한 지점을 멍하니 바라보며 앉아 있었다. 그 지점은 방의 벽 너머에 있는 것처럼 보였다. 넷은 완전히 패배해버렸다는 체념과, 그리 머지않은 것이 확실한 마지막 순간까지 영원히 지속될 슬픔이 담긴 시선을 지니고 있었다. 그녀들이 들이마시고 있던 방 안 공기는 후끈하고 숨이 막힐 듯 답답했다. 닌나 소피아는 날카로운 비명을 지르고 자지러지게 울어대는 것으로 불만을 표시했다. 방문이 열렸을 때, 올리바 유모가 득달같이 달려오기를 기대했던 닌나는 자기에게 다가오는 마돈나 크레타의 모습이 점점 커지는 것을 보았다. 따귀 세 대를 얻어맞고 난 뒤, 닌나는 울음을 그치면 매도 그친다는 사실을 이해했다. 정말 그랬다. 사실 어린 닌나는 평생 다시는 울지 않겠다고 맹세했다. 그리고 그렇게 했다.

닌나 소피아의 영혼은 갈수록 통제가 불가능해지고, 갈수록 거칠어지고, 갈수록 위험해졌다. 닌나 소피아는 독이 든 한 송이 꽃이었다.

마돈나 크레타가 사랑하는 마음으로, 그리고 물론 자기 자신을 위해 닌나 소피아를 벌주었건만 아무 소용이 없었다. 등을 가로지르는 본보기 채찍질도, 밤에 옥수수 알갱이가 깔린 바닥에 무릎을 꿇게 하는 것도, 반드시 지옥계에 떨어질 거라는 협박도 전혀 소용이 없었다. 닌나 소피아는 활처럼 휘어진 기다란 속눈썹 아래 갈수록 더해가는 심술과 영리함이 가득한 푸른 눈으로 보호자 마돈나 크레타를 쳐다보았다. 지오콘다*의 미소를 머금은 채 눈물 한 방울 흘리지 않고 그녀를 쳐다보며 속삭였다.

"이제 다 끝났나요, 마돈나 크레타?"

마돈나 크레타는 만약 자신의 가르침을 아이가 무시할 만큼 충분히 어른스러워졌다면, 자기 밥값도 해야 할 것이라고 판단했다. 그래서 예정된 날짜보다 일찍 지롤라모 디 베네데토 씨의 집을 찾아갔다. 자

---

* 모나리자의 이탈리아식 이름.

신이 키운 새 창녀에 관해 그에게 알리기 위해서였다.

지롤라모 씨는 베네치아에서 가장 부유한 비단 제조업자로, 지난해까지 비단 제조업자 조합 회장을 지낸 인물이었다. 그는 나이가 들었으므로 공직에서 물러나 한가로운 시간을 보내기로 했다. 몇 년 남지 않은 인생을 그런 식으로 즐기기로 작정한 터였다. 실제로 그는 게으른 생활 이외의 다른 생활은 결코 해본 적이 없었다. 이제는 조합 사무실에서 동료들과 카드놀이를 하는 대신 자신의 안락한 궁에서 카드놀이를 했다. 지롤라모 디 베네데토 씨는 두 가지 약점이 있었다. 도박과 소년이었다. 물론 사람들이 그를 유아 지향성 성욕자라고 부르면 결코 참을 수 없었을 것이다. 어쨌거나 남자아이들을 좋아하는데, 아이들을, 특히 그 아이들의 부모가 가난하다면 경제적으로 조금 도와주는 게 뭐가 나쁘다는 말인가?

지롤라모 디 베네데토 씨는 마돈나 크레타가 지나치게 높은 값을 부른다고 생각했지만, 어떤 반론도 제기하지 않았다. 돈이 넘쳐나는 데다, 남은 생애 몇 년 동안 그 돈을 다 써버리겠다고 작정하면 못 쓸 법도 없었다. 설사 값을 홍정해 깎는 습관이 아직까지 남아 있다고 해도 그처럼 민감한 일에 돈을 아끼고 싶지는 않았다. 다만 마돈나 크레타에게 어떤 아가씨인지 자세히 말해달라고 부탁했다. 지롤라모 디 베네데토 씨는 멍한 눈으로 듣고 있었다. 벌써부터 즐기고 있는 것 같았다. 어린 닌나가 자기에게 할당되리라는 사실을 알았더라면, 지롤라모 디 베네데토 씨는 그날 당장에 죽기를 택했을 것이다.

IV

마돈나 크레타와 합의한 대로 지롤라모 디 베네데토 씨는 약속 시각에 맞춰 매음굴에 나타났다. 그는 사람들의 눈에 띄지 않게 유곽으로 들어가기 위해 시간적 여유를 갖고 미리 도착했다. 이미 행인 몇 사람이 지나가기를 기다렸고, 유곽 입구와 가까운 곳에서 수다를 떨기 시작한 두 여자가 대화를 마치고 사라질 때까지 어느 가게의 문 안에서 기다려야 했다. 그는 두 여자가 헤어진 뒤 완전히 멀어질 때까지 더 기다렸다가 얼굴이 안 보이도록 모자를 푹 눌러쓰고는 마침내 가벼운 발걸음으로 유곽의 좁은 현관에 들어섰다.

지롤라모 디 베네데토 씨는 마돈나 크레타가 건네주는 포도주를 자기도 모르게 업신여기는 투로 거절했다. 한시바삐 일을 치르고 싶었던 것이다. 노쇠한 그의 심장이 갑자기 젊은 사람처럼 두근거렸다. 그런 기회는 매일 있는 것이 아니었다. 그는 남자아이들을 사랑한 것 때문에 몹시 골치 아픈 일을 치른 적이 있었다. 유아 학대 혐의로 두 번 공개적으로 고소를 당했던 것이다. 다행스럽게도 고소인들에게 후한 '배상'을 하고 달래어 재판정까지는 가지 않았지만, 베네치아에서는 지롤라모 디 베네데토 씨의 취향에 관해 말들이 아주 많았다. 반면에 마돈나 크레타는 침묵의 보증서나 마찬가지였다. 그녀의 사업은 신중함을 요구했다. 그런 이유로 인해 그는 약속한 대로 그녀에게 20두카도를 지불하면서도 전혀 아깝지 않았다.

마돈나 크레타는 미리 준비해둔 방으로 그를 안내했다. 문 앞에 다다르자 여주인은 지롤라모 디 베네데토 씨를 방으로 들어가도록 했고, 그를 어린 닌나와 단둘이 남겨두기 전에 상냥한 목소리로 말했다.

"재미 많이 보세요. 하지만 아이가 다치지 않도록 조심해서 다루셔야 해요."

지롤라모 디 베네데토 씨는 어린 닌나를 보는 순간 두 눈이 반짝거렸다. 실오라기 하나 걸치지 않은 알몸으로 배를 깔고 누워 있는 여자아이를 보는 것은 진정한 꿈이었다. 지롤라모 디 베네데토 씨는 맨 먼저 손바닥으로 그녀의 엉덩이를 몇 번 가볍게 두드리고 나서, 늙고 앙상한 손가락으로 불룩한 샅을 쓰다듬었다. 어린 닌나의 작은 등에 끈적거리는 침 한 줄기를 흘리고는 손바닥으로 문질러 퍼지게 했다. 닌나는 아무 저항도 하지 않았으며, 완전히 황홀경에 빠진 노인이 그녀를 무릎에 앉혔을 때는 부드럽게 미소를 지어 보이기까지 했다. 지롤라모 디 베네데토 씨는 음경이 발기하지 않은 지가 벌써 여러 해였으나, 그토록 그리던 발기가 되는 것을 보자마자 어린 닌나는 진정 기적 같은 아이라고 혼잣말을 했다. 물론 젊었을 때 자부심을 갖게 할 정도로 대단했던 발기와는 달랐지만, 그 어느 때보다도 만족스러웠다. 그는 닌나의 겨드랑이를 떠받쳐 공중으로 들어올린 다음, 여전히 입고 있던 양털 루코 위로 볼품없이 솟아 나와 있는 자신의 음경에 닌나의 작은 엉덩이를 올려놓았다. 실로 몇 년 만에 느껴보는 흥분이었다. 닌나는 엉덩이를 깔고 앉은 곳에서 돌출된 부분이 느껴지자 돌출 부위에 고양이처럼 몸을 비비댔고, 그 바람에 더욱더 흥분한 노인은 더 이상 참지 못하고 루코를 배 위로 걷어 올리고는 두 손으로 음경을 쥐어 닌나의 눈앞에 들이댔다. 닌나는 노인이 흔들어대는 검붉은 물건을 자세히 살펴보더니 곧바로 물건을 향해 손을 내밀었다. 닌나의 손이 어찌나 작던지 귀두 둘레를 절반도 감싸지 못했다.

"내 친구에게 키스 한번 하지 않을래?" 노인이 닌나에게 말했고, 닌나의 얼굴에 미소가 번진 것으로 보아 닌나는 자신의 손님이 그 물건을 친구라고 부르는 것에 무척 재미있어 하는 것 같았고, 그 미소가 노인에게는 몹시 도발적으로 느껴졌다. 바로 그것이 정확한 표현이었다. '도발적이다.' 지금까지 어느 소녀에게서도 그토록 음탕한 자태를 본 적이 없었다. 만일 누군가 그 장면을 보았더라면, 틀림없이 어린 닌나가 '노인들의 타락'을 부추기고 있다고 생각했을 것이다. 지롤라모 디 베네데토 씨가 요구한 대로, 닌나는 자기 손님의 물건—이제는 확실히 단단해지고 완전히 발기한 상태였는데, 이는 지금까지 경험해본 것, 심지어 젊은 시절에 경험해본 것 이상이었다—에 입술을 갖다 댔고, 유모 올리바가 돈나 시돈나의 뺨에 입을 맞추라고 가르쳐줄 때마다 늘 거부했지만, 그 방법에 따라 입술로 키스를 했다. 성숙한 여자가 하듯 닌나는 눈을 감고 귀두 주변을 핥았다. 노인은 하얗게 눈을 까뒤집으며 나무 잎사귀처럼 몸을 부르르 떨었다. 마치 젖가슴에서 나오는 젖 대신에 음경에서 나오는 젖을 먹고 자란 아이처럼—그 누구도 닌나에게 펠라티오 기법을 가르쳐준 적이 없건만—닌나는 최대한 입을 크게 벌려 귀두를 통째로 삼켰다. 노인은 눈앞의 광경을 도저히 믿을 수가 없었다.

"어리지만 대단한 창녀군." 그가 중얼거렸다. "창녀 가문의 7대손은 되겠어."

그가 말을 하면 할수록 어린 닌나는 긴 속눈썹이 덮고 있는 푸른 눈으로 노인의 눈을 쳐다보면서 입으로는 음경을 더욱 깊숙이 빨아들였다. 그때 닌나는 자기 입속에 넣고 있던 물건이 경련을 일으키는 것을 느꼈다. 바로 그 순간 턱에 온 힘을 가해 잇몸까지 완전히 박히도록 이빨로 물건을 물어뜯으며 힘차게 침대에서 바닥으로 나가떨어졌다. 닌나는 노인의 음경을 입에 문 채 한순간 공중에 떠 있다가 마침내 바닥으로 떨어졌다. 지롤라모 디 베네데토 씨는 남아 있던 음경에서 피가 폭포처럼 쏟아지는 것을 보고서야 상황을 이해할 수 있었다. 그는 귀두가 제자리에 붙어 있지 않다는 사실을 마치 환영 속에 있는 것처럼 보았다. 어린 닌나는 살 조각을 질겅질겅 씹으며 천진난만한 미소를 머금은 채 노인을 쳐다보았고, 노인이 뒤로 벌렁 나자빠지는 것을 바라보는 그녀의 눈에는 도대체 영문을 모르겠다는 기색이 역력했다. 류트의 줄처럼 팽팽하게 뻗은 그의 양 다리가 침대 위에서 V자 형태를 그리고 있었는데, 닌나가 보기에는 엄청나게 우스꽝스러운 모습이었다.

약속한 시간이 지나자 마돈나 크레타가 문을 반쯤 열고 문밖에서 소곤거렸다.

"시간이 다 됐어요, 어르신. 아이를 다치게 하지는 않으셨겠죠."

마돈나 크레타는 손님의 시체에 발이 걸렸고, 아무 물건이나 붙잡아 몸의 균형을 유지할 새도 없이 바닥에 고인 피에 미끄러져서 시체 옆으로 넘어졌다.

닌나는 방 한구석에 앉아 입에 든 살 조각을 질겅질겅 씹어대고 있었는데, 어린 나이에 그런 일을 치른 것에 대해 만족하는 것처럼 보였다. 그녀는 마돈나 크레타에게 '맘에 들어요? 이런 식으로 내 밥값을 하면 되는 거죠?'라고 말하고 싶은 듯이 씩 웃어 보였다.

바로 그날 낸나 소피아는 자기 구두에 맞는 골처럼 딱 어울리는 일을 찾았다.

창녀 제조업자

I

공포에 사로잡힌 마돈나 크레타는 지롤라모 디 베네데토 씨의 시체를 삼베로 싸고, 어린 닌나를 겨드랑이에 낀 채 작은 곤돌라에 올랐다. 어리둥절해하는 사공에게 빳빳한 현금을 쥐여주어 입을 막은 뒤, 그란데 운하에서 배의 왕래가 가장 뜸한 곳에 '거세된' 시체와 어린 닌나를 물에 던져버렸다.

마치 운명이 그렇게 정해져 있었다는 듯이, 닌나 소피아의 쇠진한 작은 몸뚱이는 산 베네데토 해변, 즉 30년 전 마시모 트롤리오가 세운 스콜라*의 현관으로 올라가는 돌계단과 이어진 부둣가에 정확히 다다랐다.

_____

* '스콜라 디 푸타네(Scuola di Puttane)', 즉 '창녀 학교'를 지칭한다.

마시모 트롤리오는 전 유럽에서 가장 권위 있는 '창녀 중매인'이었다. 확실한 것은 그 역시 여느 상인과 마찬가지로 창녀들을 사고팔았으며, 훔치기도 했다는 것이다.

하지만 그것은 단지 길고 힘든 작업의 시작, 즉 비용이 엄청나게 많이 들지만 그만큼 높은 수익을 보장하는 사업의 첫 연결고리일 뿐이었다. 마시모 트롤리오는 뛰어난 교육자로서, 가장 천박한 남색꾼과 가장 숭고한 교사를 결합해놓은 것 같은 인물이었다.

'중매인' — 일부는 그렇게 불렀다 — 은 가장 권위 있는 스콜라 디 푸타네를 설립한 사람이었다. 말하자면 베네치아에서 가장 훌륭한 창녀들, 그 유명한 렌나 그리파, 메디치가의 궁을 장식하던 모든 창녀, 군주, 대주교의 마음을 사로잡은 창녀들의 아버지였다. 베네치아에서 가장 호화로운 궁들이 들썩거릴 정도로 명예를 누린 모든 창녀의 아버지였다.

그 어떤 여왕도 마시모 트롤리오의 창녀들이 받은 것만큼의 교육은 받지 못했다. 꼬마 닌나 소피아처럼 가장 어린 여자아이들은 지극히 섬세하게 보살핌을 받았다. 마돈나들 — 가장 나이 많은 창녀들 — 은 가장 어린 창녀들의 후견인 역을 맡았다. 마돈나들은 페스트가 창궐해 물을 사용하는 것이 금지되면 늑대의 젖으로 어린 창녀들을 목욕시켰다. 마시모 트롤리오에 따르면, 늑대 젖은 성장을 촉진하면서도 노화를 방지해준다. 어린 창녀의 살이 물렁해지는 것을 방지하기 위해 암말의 침을 피부에 발라 마사지를 했고, 가장 혐오스러운 냄새와 가장 불쾌한 손님도 견디는 법을 배울 수 있도록 일주일에 한 번씩은 돼지우리에서 돼지와 함께 잠을 자도록 했다.

마시모 트롤리오는 일곱 권으로 된 715개의 잠언 전집 『스콜라 디 푸타네』*의 저자였는데, 그는 히포크라테스의 잠언집**에서 영감을 받았음이 분명했다. 특히 이 책에서 그는 가장 유능하고 충실한 창녀는 다음과 같은 사람들에게서 태어난 여자라는 주장을 펼쳤다.

1. 목수 아버지와 목장에서 젖 짜는 어머니
2. 사냥꾼 아버지와 몽골인 어머니(중국 여자라면 더 좋다)
3. 뱃사람 아버지와 삯바느질하는 어머니

또 다음과 같이 확언했다.

"여자는 최대 일곱 명의 다른 남자와 관계해서 아들 하나를 수태할 수 있는데, 그 남자들의 정액이 자궁에 모여서 각 아버지의 정자가 지닌 힘에 따라 서로 결합한다."

"창녀를 만들어내는 일은 가장 숭고한 예술이다. 향수 제조인을 만들어내는 일보다, 연금술사를 만들어내는 일보다 더 숭고한 예술이다. 이들처럼 우리는 가장 고상한 것의 본질을 가장 천한 것, 가장 대립적인 것, 가장 친절한 것의 본질과 결합시킨다."

---

* 『스콜라 디 푸타네』, 베네치아, 1539년.(원주)
** 『스콜라 디 푸타네』의 구조는 히포크라테스의 『잠언집』의 구조와 똑같고, 『잠언집』과 마찬가지로 각 책에 같은 분량의 잠언이 수록되어 있다. 『스콜라 디 푸타네』의 문체는 특이한데, 일부러 『잠언집』과 유사하게 썼다.(원주)

마시모 트롤리오는 하늘이 자기에게 내려준 꼬마 닌나에게 특별한 관심을 보였다. 그는 닌나가 자신이 가르치는 창녀라는 것을 알리기 위해 닌나가 차고 있던 팔찌를 빼고 대신 루비가 여럿 박힌 금팔찌를 해주었다. 새 팔찌에는 새롭고 확정적인 이름을 새겨넣었다. 모나 소피아. 그는 그런 성격의 아이를 본 적이 없었다. 그녀는 그토록 어린 나이에도 참으로 영리한 데다 무엇보다도 독특하고 빼어난 미모를 갖추고 있었다. 모나 소피아는 소녀의 몸 하나에 모든 창녀를 집어넣어 종합한 것, 순수한 최고 창녀의 정수를 뽑아놓은 것이었다. 그럼에도 불구하고 모나 소피아는 두 가지 커다란 문제, 아마도 창녀들의 선생님이 해결해주어야 할 불가사의한 문제들로부터 자유롭지 못한 상태였다. 그 문제는 바로 '사랑'과 '쾌락'이었다. 마시모 트롤리오는 어린 모나 소피아가 그에게 품고 있는 증오심만큼 깊은 증오심을 결코 겪어본 적이 없었는데, 자신이 그 증오의 대상이기 때문에 걱정이 되기보다는, 그의 경험이 그에게 가르쳐준 것 때문에 걱정이 되었다. 다시 말해, 그의 잠언집 중 아홉번째 잠언에는 "증오하는 경향이 높은 여자일수록 사랑을 할 경향이 높다"고 나와 있었다. 두번째 걱정은 근본적으로 모나 소피아가 아무리 고통스러워도 전혀 내색하지 않는다는 것이 아니라, 그 무감각의 가면 뒤에서 모나 소피아의 고통이 크면 클수록 그녀에게 유발되는 쾌락의 강도가 클 것이라는 의구심이었다. 따라서 창녀 교육 제1단계의 가장 시급한 목표는 사랑과 쾌락의 감정을 제거하는 것이었다.

어느 날 남자와 사랑에 빠져 도망쳐버리는—이런 일이 여러 번 있었다—배은망덕한 창녀를 키우기에는 투자되는 돈과 인내력이 너무도 컸다. 마시모 트롤리오는 특히 다음과 같은 잠언을 썼다.

· 타락시키는 일은 가르치는 것보다 더 어렵다.
· 누군가에게서 도덕성을 빼앗는 것보다 도덕성의 체제를 바꾸는 것이
더 쉽다.
· 도덕 교육은 창녀를 만들어내는 데 도움이 된다.
· 창녀를 교육시키는 선생님은 철학자처럼 도덕의 매개체가 되어야 한다.
· 군주에게는 돈을 추구하는 창녀가 쾌락을 추구하는 창녀보다 더 편하다.

마시모 트롤리오는 그리스의 규범을 바탕으로 자신의 이론을 설정
했다. 그의 펜을 이끌고, 결과적으로는 그것을 실천하도록 그를 이끌
던 잠언들은 명백하게 아리스토텔레스의 『형이상학』에 실린 것들이
었다. 마시모 트롤리오의 여자와 남자에 관한 개념은 아리스토텔레스
적인 것이었고, 따라서 출산에 관한 그의 판단 기준도 아리스토텔레
스적인 것이었다. 또한 마시모 트롤리오는 "남자가 여자를 이롭게 하기
위해 봉사하는 것은 당연하다"라는 명제가 무슨 의미인지 설명하는 데
도 아리스토텔레스의 이론의 샘을 마셨다. 마시모 트롤리오는 자신의
잠언집 가운데 '여자들의 기괴한 조건에 관해'라는 장(章)에서 다음
과 같이 썼다.

"아리스토텔레스 선생이 밝혔듯이, 남자의 정액은 미래 존재의 성격을 유
전시키는 본질, 본질적인 잠재력이다. 남자의 정액에는 생기(生氣), 형태,
개성, 즉 사물을 살아 있는 것으로 만들어주는 키네시스*가 들어 있다. 결국

남자는 사물에 영혼을 불어넣어주는 존재다. 정액은 조상이 전해준 운동성을 지니고 있으며, 조상의 형태에 상응하는 어떤 이데아를 실행하는 것인데, 이는 남자에 의해 물질이 전해진다는 의미는 아니다. 이상적인 조건에서는 미래의 존재가 자기 아버지의 정체성을 그대로 소유하게 된다. 여자는 미래의 존재의 피와 몸에, 그리고 늙고 썩고 죽는 살에 물질적인 자양분을 제공한다. 영혼의 본질은 항상 남성적이다. 아리스토텔레스 선생이 지적한 대로, 여자아이를 생산하는 것은 병이나 노화 또는 조숙 때문에 조상의 몸이 약해진 결과다."

"여자는 언제나 물질을 공급하고, 남자는 창조의 근본이다. 우리 인간에게 이는 실제로 남녀 각자의 고유한 기능이며, 이렇게 해서 암컷이 되고 수컷이 되는 것이다. 또한 암컷은 몸을 제공하고 일정 분량의 물질을 제공할 필요가 있는데, 수컷은 그럴 필요가 없다. 남자와 여자가 만들고 있는 생산품들에 도구가 존재할 필요는 없으며, 생산품들을 만들어내는 사람은 더더욱 존재할 필요가 없기 때문이다."

마시모 트롤리오의 이론은 단순히 개념에 대한 어떤 인식이 아니라, 살아 있는 존재의 계보 자체에 대한 인식—늘 아리스토텔레스의 지적 후견 아래—이라 할 수 있다. 즉 "정액은 현재 움직임을 소유하고 있는 하나의 오르가논**이다."*** "정액은 형성 중인 태아의 일부분이 아닌

---

* 어떤 것에 영향을 주는 능력 또는 운동력을 가리킨다.
** 아리스토텔레스의 논리학 저작 전체를 가리키는 명칭. 학문의 실질적인 부분이 아니라 그 도구라는 뜻이다. 한마디로 학술 연구의 원칙, 연구법, 사고법을 의미한다.
*** 아리스토텔레스, 『형이상학』, 제7권, 9장, 1034b.(원주)

데, 이는 물질의 그 어떤 입자도 목수에게서 목수 자신이 만들고 있는 물건으로 옮겨져 목재가 되지 않는 것과 마찬가지다. 따라서 정액의 그 어떤 입자도 역시 배아의 구성에 개입하지 못한다." 마시모 트롤리오는 이에 관해 다음과 같은 예를 든다. "음악이 악기가 아니며, 악기도 음악이 아니다. 그럼에도 불구하고 음악은 작곡가의 이데아와 동일한 것이다."

마시모 트롤리오가 주장하는 이론의 핵심이 무엇인지 다음과 같이 유추할 수 있다. 그것은 바로 소유권, 가장권(家長權)으로, 만드는 사람, 즉 아버지의 자식 소유권이다. 이렇듯 아리스토텔레스의 의도는 그리스 소유권법을 재확인하려는 데 있었다는 것이 분명하다. 이 이론에 따르면, 여자는 부수적인 존재에 불과하며, 여자의 본질은 한 달에 한 번씩 배출하는 피에 있다. 그 피는 거칠고, 불순하고, 정제되지 않고, 무기력하고, 형체도 없고, 당연히 약한 조상의 생기, 즉 키네시스의 영향을 받은 어떤 액체 덩어리다. 따라서 아리스토텔레스가 밝힌 이 마지막 이론은 마시모 트롤리오가 여자들을 교육시키고 착취하는 방법, 양식을 제공해준다.

모나 소피아는 마시모 트롤리오의 제자 가운데 가장 아름다웠고, 가장 빠르게 성장했다. 게다가 일찍부터 직업에 대한 소질을 보여주었다. 또래의 여자아이에게는 드문 관능미를 지니고 있었다. 모나 소피아가 여섯 살이 되었을 때, 마시모 트롤리오는 이제 교육의 제2단계에 들어갈 때라고 판단했다.

스콜라 디 푸타네에서는 새내기들이 아주 어릴 적부터 종교 교육을 받았고, 고대 신화를 배웠으며, 모국어뿐만 아니라 그리스어, 라틴어까지 읽고 쓰는 법을 배웠다. 그러니까 스콜라 디 푸타네가 이탈리아

반도에 있는 수많은 미술학교 가운데 하나처럼 아주 권위 있는 문예부흥 학교였다는 것은 명백한 사실이다. 실제로 스콜라 디 푸타네는 시청으로부터 보조금을 받았고, 학생들은 공무원의 직분을 가지고 있었다.

모나 소피아는 가정교사인 필리파가 들려주는 이야기를 가장 좋아했다. 고래가 요나를 통째로 삼킨 장면을 들을 때마다 눈을 동그랗게 뜨고서 모든 내용을 시시콜콜 다 얘기하지 말고 그 영웅의 운명이 어떻게 되었는지 빨리 말해달라고 졸라댔다.

필리파가 모나 소피아에게 야단을 치기 전까지는 모든 것이 순조롭게 진행되었다. 모나 소피아는 우리 주 예수 그리스도가 십자가에 못 박혀 돌아가신 것이 자신에게도 일정 부분 책임이 있다는 사실을 결코 인정하려 들지 않았다. 자기 때문에 예수 그리스도가 돌아가셨다는 사실을 도무지 받아들일 수 없었던 것이다. 어찌 되었든 그녀가 무슨 대단한 존재란 말인가? 다른 사람이 아닌 바로 그 구세주의 운명과 보잘것없는 그녀의 존재가 대체 무슨 상관이 있단 말인가?

같은 논리로, 그녀는 이브의 죄에 내포되어 있는 모든 과오와 공모는 자신과 아무런 상관이 없다고 우기면서, 더욱이 자기는 이브를 본 적도 없다고 말했다. 하지만 결국은 내키지 않는 태도로 고개를 숙이며 수긍했는데, 무엇보다도 필리파가 질러대는 날카로운 고함소리를 참을 수 없었기 때문이다.

II

마시모 트롤리오는—영광스럽게, 아니 아마도 유감스럽게—모나 소피아를 자신의 최고 작품으로 만들었다. 10년 동안의 교육과 보살핌이 결실을 맺은 것이다. 모나 소피아는 베네치아에서 가장 아름다운 여자가 되었다. 그 창녀 제조업자는 인내할 줄 아는 남자였다. 자신의 여제자가 열세 살이 되자, 일을 시작할 시기가 되었다고 알렸다. 모나 소피아는 마시모 트롤리오가 매년 자신의 궁에서 개최하는 졸업 파티를 통해 사교계에 소개되었다. 졸업생 각자가 공화국의 고위 인사로부터 공무원 임명장을 받는 감동적인 예식이었다. 모나 소피아의 이름이 불리자, 감탄과 경외감으로 식장이 순식간에 조용해졌다. 졸업식장인 홀의 문으로 막 들어서는 그녀에 비한다면 메디치의 비너스는 거친 촌뜨기 여자에 불과했다.

유럽 각처의 귀족들이 그녀를 보기 위해 스콜라 디 푸타네로 와서 큰돈을 써댔다. 채 여섯 달이 되기도 전에 마시모 트롤리오는 제자에게 투자한 돈을 동전 한 닢까지 회수할 수 있었다. 1년이 지났을 때, 그 창녀 제조업자는 전체 투자액의 다섯 배를 벌었다. 모나 소피아의 몸은 마시모 트롤리오의 재산을······ '2천 두카도!'로 불려놓았다.

자유

I

모나 소피아가 마시모 트롤리오의 호화로운 서재에 나타난 것은 졸업한 지 2년째 되던 해였다. 마시모 트롤리오는 책등에 금장을 한 두꺼운 공책을 들여다보며 스콜라 디 푸타네의 회계 장부를 정리하고 있었다.

"제가 자유의 몸이란 걸 알려드리러 왔어요." 모나 소피아가 한마디 인사도 없이 다짜고짜 말했다.

마시모 트롤리오가 보고 있던 회계 장부에서 눈길을 들어올렸다. 모나 소피아의 말을 분명하게 들었으나, 그녀가 마치 낯선 언어로 말하기라도 한 듯이 무슨 뜻인지 이해하지 못했다.

"내가 당신의 고용권에서 독립된다는 서류가 여기 있어요." 모나 소피아가 붉은 잉크로 쓴 양피지를 마시모 트롤리오에게 내밀며 말했다.

"굳이 일어설 것까진 없고요, 여기 서명만 하면 돼요." 모나 소피아가 양피지를 자기 후견인의 책상 위에 놓으며 덧붙였다.

마시모 트롤리오가 너털웃음을 터뜨렸다. 긴 세월을 살아오는 동안 그 누구도 그에게 그런 뻔뻔스러운 요구―제자의 요구를 그렇게 표현할 수 있다면―를 한 적이 없었다. 그렇다, 배은망덕한 제자가 도망치는 바람에 고통을 받은 적은 몇 번 있었다. 도망갔다가 붙잡혀온 어느 제자에게 본보기 벌―버릇을 고치는 데는 발가락 하나를 자르는 것이 가장 좋은 방법이었다―을 준 적은 있었다. 하지만 제자가 자기 사무실에 불쑥 쳐들어와 그런 요구를 한다는 것은 참으로 어처구니없는 일이었다.

"스콜라 디 푸타네에는 학칙과 규범이 있다는 걸 네게 알려줘야겠구나." 마시모 트롤리오가 아버지처럼 온화하게 미소를 지으며 말했다. "그래서……"

모나 소피아는 스승의 말이 채 끝나기도 전에 금장도를 꺼내 날카로운 칼끝을 자기 가슴에 갖다 댔다. 그러고는 극도로 절제된 목소리로 말했다.

"당신이 나를 교육시키는 데 투자한 비용은 내 몸으로 넘치게 갚았어요. 당신이 내 말을 들어줄 마음이 있다면, 당신에게 감사하고 깊은 존경심과 경의를 표하고 싶네요. 하지만 지금 나는 내게 합당한 권리, 즉 내 몸을 돌려달라고 요구하고 있는 거라고요."

마시모 트롤리오의 안색이 하얗게 변하더니 금세 분노로 벌겋게 달아올랐다. 그가 침착함을 유지하려고 애를 쓰면서 말했다.

"네가 죽는다 해도 난 꿈쩍도 하지 않아. 그래, 네가 그렇게 원한다면 요구한 대로 서명은 해주겠다. 하지만 법이 허용한 권한에 따라 내가 널 다시 잡아들일 거라는 생각은 안 해봤어? 그리고 내가 네 못된 버릇을 고쳐주기 위해 무슨 벌을 내릴지는 너도 이미 알고 있잖아."

모나 소피아가 씩 웃었다.

"당신은 내 머리카락 하나도 건드리지 못해요. 난 당신의 작품이니까요. 하지만 내가 배은망덕하다고는 생각하지 마세요. 당신이 이 양피지를 읽어보면 내가 당신을 잊지 않았다는 사실을 알게 될 거예요. 우리 두 사람 중 어느 하나가 죽을 때까지 내 몸으로 버는 돈의 1할을 떼주겠어요. 내가 당신에게 제시하는 1할을 받든지 말든지 알아서 해요." 모나 소피아가 이렇게 말하면서 칼끝으로 가슴을 살짝 찌르자 피한 방울이 배까지 흘러내렸다.

마시모 트롤리오가 잉크병에 펜을 담갔다가 양피지에 서명했다. 모나 소피아는 그의 발치에 무릎을 꿇고서 스콜라 디 푸타네를 영원히 떠나기 전에 스승의 손등에 입을 맞췄다.

마시모 트롤리오는 서재에 홀로 남아 하염없이 울었다. 어린아이처럼 엉엉 울었다.

아버지의 심정으로 울었다.

마테오 콜롬보와 모나 소피아의 만남

I

해부학자가 모나 소피아를 만난 것은 1557년 가을 베네치아에 잠깐 머물 때였다. 어느 공작이 자기 궁에서 생일 파티를 열었을 때였다. 모나 소피아는 이미 경험 많은 성숙한 여자가 되어 있었다. 그녀의 나이 열다섯이었다.

남자들이 자신의 정력을 부끄러워하는 이유와, 또 "하인을 치장하듯 자신의 성기를 격식 있게 치장해야 하는데도 굳이 감추는" 이유를 모르겠다고 레오나르도 다빈치가 발언했기 때문인지 그해는 화려하게 치장한 성기를 과시하는 것이 남자들 사이에서 널리 유행했다. 그날 나이 많은 노인을 제외한 거의 모든 손님이 밝은 색깔의 타이즈를 입어 허리와 사타구니에 묶어놓은 리본을 통해 자신들의 은밀한 부분을 과시함으로써 남성성이 두드러져 보이도록 했다. 창조주에게 감사할 만한 충분한 동기를 지녔던 남자들은 그 유행을 기꺼이 받아들였다. 그렇지 않은 남자들은 부끄러움을 느낄 필요 없이 시대의 조류에 편승하기 위해 다양한 방법을 채택했다. '무어인의 상점'에서는 팬티 속을 치장하는 소품들을 팔았는데, 그것들은 별 매력 없는 남자들에게 매력을 빌려주기 위해 사용되었다.

남자들은 다양한 장신구들—그 '하인'이 두드러져 보이도록 하인을 둘러싸는 보석 장신구에서 진주가 달린 화려한 망사 장식품에 이르기까지—중 하나인, '자기 주인'의 기분 상태를 드러내주는 작은 종 네댓 개가 달린 띠를 차고 다녔다. 그러면 숙녀들은 종이 딸랑거리는 소리를 듣고서 남자가 자신을 받아들일 의사가 있는지 없는지 판단할 수 있었다.

그 파티는 여느 파티나 다름없었다. 처음에는 규칙도 순서도 없이 각자 마음 내키는 대로 몸을 움직이면서 키스 춤을 추었다. 이 춤의 유일한 규칙은 남녀가 짝을 이루든 헤어지든 키스를 하면서 춤을 추어야 한다는 것이었다.

마테오 콜롬보는 춤을 추는 사람들과 떨어져 있었고, 아직 늙은 축에 끼진 않았지만 전통 루코를 입고 있었기 때문에, 유난히 두드러져 보이는 남자들의 엉덩이 사이에서 주요 인사 같은 분위기를 풍겼다. 그래서인지 진짜든 가짜든 자신들의 웅대한 종루를 과시하던 남자들보다 여자들의 시선을 더욱 끌었다.

파티가 무르익기 직전에 모나 소피아가 나타났다. 그녀 자신이 굳이 알릴 필요조차 없었다. 두 명의 무어인 노예가 가마에 탄 그녀를 댄스홀의 문 앞에 내려놓았다. 그때까지만 해도 서너 명의 여자가 사람들의 눈길을 끌고 있었는데, 그녀들 가운데 가장 아름다운 여자라 할지라도 방금 도착한 모나 소피아에 비하면 자신이 볼품없는 여자거나 절름발이거나 곱사등이처럼 느껴진다는 사실을 피할 수 없었다. 모나 소피아는 감탄스러울 정도로 늘씬하고 키가 컸다. 그녀는 치마가 허벅지를 겨우 가리는 옷을 입고 있었다. 반투명한 비단옷이 그녀의 몸매를 고스란히 드러내주었다. 걸을 때마다 둥그런 젖꼭지가 반쯤 드러나 있는 목둘레선에서 젖가슴이 출렁거렸다. 이마에는 에메랄드 하나가 박혀 있었는데, 그것을 박아놓은 이유는 오로지 자신의 푸른 눈이 내뿜는 광채가 에메랄드 빛보다 더 두드러져 보이도록 하기 위해서였다.

모나 소피아가 들어서자 남자들의 물건에 매달린 수백 개의 종이 만들어내는 진정한 명종곡(鳴鐘曲)이 그녀를 영접했다.

II

해부학자 마테오 콜롬보는 댄스홀의 외진 구석에 머물고 있었다. 그 역시 방금 도착한 여자의 아름다움에 무관심할 수가 없었다. 마테오 콜롬보는 우울증에 걸린 한 숙녀가 끊임없이 신세타령을 하며 혼자서 말을 하도록 내버려둘 용기는 있었지만, 어떻게 해야 그녀를 떼어놓을지 방법을 찾지 못하고 있었다.

집주인은 모나 소피아를 맞아들이자마자 그녀를 키스 춤판에 끌어들였다. 춤의 규칙에 따르면, 신사가 숙녀에게 키스를 한 번 해서 춤

신청을 하고, 몇 번 스텝을 밟은 뒤 숙녀는 파트너를 바꿔가며 계속해서 춤을 추기로 되어 있었다. 유혹을 하기에 적합한 춤이었음은 두말할 나위가 없었다. 유혹의 규칙은 다음과 같았다. 숙녀가 마음에 드는 신사가 한 명도 없을 때는 결혼한 남자에게 춤 신청을 함으로써 춤의 규칙에서 벗어날 수 있었다. 반대로 숙녀가 독신 남자를 선택했다면 그녀의 의도는 분명해진다. 한편 키스에도 몇 가지 규칙이 있었다. 숙녀가 신사의 뺨에 입술을 살짝 스치기만 하면 춤을 추며 잠시 즐기는 것 말고 다른 의도는 없다는 뜻이다. 숙녀가 다정하게 소리가 날 정도로 뺨에 키스를 하면 어느 정도는 공식적인 의사, 예를 들어 결혼을 하자는 의사를 표현하는 것이다. 반면에 숙녀가 신사의 입술에 키스를 하면 음탕한 의도를 가지고 있음이 명백하다. 즉 섹스를 하자고 단도직입적으로 꾀는 것이었다.

모나 소피아는 동양식 춤을 추었다. 양손으로 허리를 받친 채 골반을 흔들어댔다. 남자들은 묘하게 조바심을 내며 그녀가 새로 짝을 선택할 순간만을 기다렸다. 젊은 남자들은 장식물을 부착한 불룩 튀어나온 남성성을 과시함으로써 음탕한 의도를 용의주도하게 드러내며 맨 앞줄을 차지하기 위해 경쟁했다. 그렇지만 모나 소피아는 세상에 나올 때부터 달고 있던 장식품 외에 다른 장식품이 없이도 뭐라 설명할 수 없는 남성성을 보여주던 신사를 다른 상황에서 여러 명 보았다. 그녀는 간택을 기다리는 신사들을 한 사람씩 둘러보고는 한 남자에게 다가갔고, 마침내 결정을 한 것처럼 보이다가 갑자기 몸을 돌려 다른 남자를 향해 가더니 그 남자마저도 퇴짜를 놓았다.

모나 소피아는 류트 반주에 맞춰 쉴 새 없이 몸을 움직이면서 멋쟁이 호남들 사이를 뚫고 들어가서 남자들에게 둘러싸였다. 그 순간 마테오 콜롬보는 그녀의 목둘레선에서 출렁이는 젖가슴에 달린 젖꼭지가 자기를 향해 있다는 사실을 알아차렸다. 모나 소피아가 단호한 태도로 해부학자를 향해 걸어오고 있었다. 다른 때 같았으면 마테오 콜롬보도 부끄러움을 느꼈을 것이다. 그러나 예전에는 단 한 번도 느껴본 적이 없는 강렬한 눈길을 보내며 자기에게 다가오는 그녀의 모습을 바라보는 동안 댄스홀에는 그녀밖에 없는 것 같았다. 그럼에도 다른 사람들의 환호성과 류트 반주 소리는 들을 수 있었다. 수많은 손님의 얼굴도 볼 수 있었다. 그는 정확하게 말해 독사 앞의 쥐가 된 듯한 느낌이었다. 그녀의 두 눈썹 사이에 붙어 있는 에메랄드조차 빛이 바랠 만큼 푸른 두 눈동자 외에는, 설령 보고 싶어했다 할지라도 아무것도 볼 수가 없었다. 모나 소피아는 해부학자의 입술에 자신의 입술을 갖다 댔고—그는 그녀의 숨결에서 박하와 장미수 향기를 맡았다—그때 그는 모나 소피아의 혀가 잠깐 스치고 지나는 뜨거운 바람처럼 그의 입가를 짧게 핥았다고 느꼈다. 그렇다, 그는 춤을 추었다. 하지만 자세를 흐트러뜨리지 않았다. 그는 멋쟁이 호남이었다. 박하와 장미수 향기를 머금은 숨결, 잠깐 스치고 지나는 뜨거운 바람, 그를 바라보는 푸른 두 눈을 그 순간부터 죽는 날까지 결코 잊지 못하게 되리라는 사실을 숨길 수 있었다. 그는 춤을 추었다. 춤을 추고 있는 그 엄격한 남자가 마치 독사에게 물려 독이 핏속까지 가차 없이 스며드는 희생물처럼, 결국 중병에 걸려버렸다는 사실을 아는 사람은 아무도 없었다. 그는 춤을 추었다.

해부학자는 자신이 그 심술궂은 눈동자의 매력에 이끌려 춤을 추었다는 사실을 영원히, 죽는 날까지 기억해야 할 것이다. 사람들이 어느 순교자가 죽은 날짜를 기억하듯, 그는 두 사람이 댄스홀을 빠져나와 복도와 정원과 화랑을 헤맸다는 사실을, 궁의 어느 후미진 방에서 류트의 아련한 속삭임을 들으며 진주처럼 단단했지만 꽃잎보다 더 매끄러운 그녀의 분홍빛 젖꼭지에 키스할 수 있었다는 사실을 생애 마지막 날까지 기억해야 할 것이다. 그녀의 활활 타오르는 장작불 같은 목소리와 지옥의 불과 동일한 재료로 만들어진 것 같은 입술의 현란하고 음탕한 파티를, 흐릿하지만 아주 달콤했던 어느 기념일을 기억하듯 죽는 날까지 기억해야 할 것이다. 마치 금식 약속을 지킨 뒤 먹고 싶은 열망을 연장하기 위해 자신에게 제공된 맛있는 음식을 거부한 사람처럼 그녀의 몸을 거부했다는 사실을 생애 마지막 날까지 기억해야 할 것인데, 당시 그는 루코를 여미면서 그녀에게 말했다.

"당신의 초상화를 그리고 싶소."

그리고 그는 수평선에 걸려 있는 구름을 육지로 착각한 그 조난자* 처럼, 둥그런 속눈썹을 가득 채운 그녀의 푸른 눈에서 사랑을 보았다고 믿었다. 하지만 그것은 구름일 뿐이었다.

"당신의 초상화를 그리고 싶소." 감동에 사로잡힌 그가 용기를 내어 다시 말했다.

그는 뱀의 눈에서 본 것과 동일한 감정을 맛보았다고 믿었다. 모나 소피아가 그에게 한없이 다정하게 입을 맞추었다.

"내가 보고 싶으면 언제든지 오세요." 그녀는 이렇게 말하고 나서

---

* 크리스토포로 콜롬보(콜럼버스)를 가리킨다.

소곤거리는 목소리로 덧붙였다.

"내일 당장 오세요."

해부학자는 그녀가 옷매무새를 가다듬는 것을 보았고, 그가 키스를 할 수 있도록 단단한 젖꼭지를 마지막으로 내미는 것을 보았고, 그녀가 문을 향해 돌아서는 것을 보았다. 그는 그녀가 문밖으로 사라지기 전에 그녀의 목소리를 들었다.

"내일 오세요, 기다리고 있을게요."

하지만 그것은 구름일 뿐이었다.

Ⅲ

다음 날 오후 다섯 시 정각, 마테오 콜롬보는 일곱 개의 돌계단을 통해 파우노 로소 유곽의 현관으로 올라갔다. 등에는 여행용 이젤을 메고, 가슴에는 캔버스를 대고, 오른쪽 겨드랑이에는 팔레트를 끼고, 루코 허리띠에는 유화 물감 자루를 매달고 있었다. 어찌나 많은 짐을 주렁주렁 지고 있었는지 하마터면 관리인 여자 앞에서 고꾸라질 뻔했다.

마테오 콜롬보가 문간에 나타났을 때, 모나 소피아는 속이 비치는 베일로 몸을 감싼 채 화장대 거울 앞에 앉아 머리를 땋고 있었다. 해부학자는 짐꾸러미를 든 채 서서 전날 보았던 사랑이 담긴 바로 그 눈을 거울에서 볼 수 있었다. 이제 그 두 눈은 오직 그를 위해, 그의 두 눈을 위해 그곳에 있었다. 그는 자신이 왔다는 사실을 알리기 위해 목소리를 가다듬었다.

모나 소피아는 뒤를 돌아다보지도 않고 쳐다보지도 않은 채 손으로 들어오라는 시늉을 했다.

"당신을 그리러 왔소."

모나 소피아가 뒤를 돌아다보지도 않고 쳐다보지도 않은 채 말했다.

"당신이 날 찾아와서 뭘 하든 난 상관없어요." 그녀는 이렇게 말한 뒤 곧바로 덧붙였다. "아시는지 모르겠지만, 요금은 10두카도예요."

"날 기억하겠소?" 마테오 콜롬보가 낮은 소리로 물었다.

"얼굴을 보면……" 그녀는 들고 온 캔버스에 얼굴이 가려진 익명의 방문객에게 말했다.

그러자 해부학자는 짐꾸러미를 바닥에 내려놓았다. 모나 소피아가 거울에 비친 그를 자세히 들여다보았다.

"한 번도 본 적이 없는 것 같은데요." 그녀가 어물거리는 태도로 말하고 나서 다시 한 번 요금을 상기시켰다. "10두카도예요."

마테오 콜롬보는 10두카도를 사이드테이블 위에 올려놓은 다음 이젤에 캔버스를 끼우고, 허리에 차고 있던 자루에서 유화 물감을 꺼내고, 붓을 준비한 뒤 '사랑에 빠진 여인'이란 제목이 붙게 될 초상화를 말없이 그리기 시작했다.

IV

매일 시계탑의 종이 다섯 번 울릴 때면 마테오 콜롬보는 보치아리 거리에 있는 유곽의 현관으로 이어지는 돌계단을 올라갔고, 모나 소 피아의 방으로 들어가 사이드테이블 위에 10두카도를 놓고는 외투도 벗지 않은 채 이젤에 캔버스를 끼우면서 그녀에게 사랑한다고 말했다. 비록 그녀가 그 사실을 인정하고 싶지 않았다 할지라도, 그녀의 눈에서 사랑을 볼 수 있었다. 그는 붓질을 하는 사이사이에 그녀더러 유곽을 떠나 몬테 벨도 산 너머에 있는 파도바로 함께 가자고 애원하면서 그녀가 원한다면 대학을 떠날 용의도 있다고 말했다. 그러면 모나 소피아는 벌거벗은 몸으로 아몬드처럼 단단하면서도 프리지아 꽃잎처럼 부드러운 젖꼭지를 드러낸 채 침대 위에 앉아, 종이 울리기만을 기다리며 창문 밖으로 치솟아 있는 시계탑에서 눈을 떼지 않았다. 그리고 마침내 시계 종소리가 들리면 심술이 가득한 눈으로 그를 쳐다보았다.

"시간 다 됐어요." 그녀는 이렇게 말하며 화장대로 걸어갔다.

매일 오후 다섯 시, 기둥 위에 놓인 성 테오도로 상과 날개 달린 사자상의 그림자가 하나로 합쳐져 산 마르코 광장에 드리워질 때면, 해부학자는 이젤과 캔버스, 붓을 들고 유곽에 도착했다. 그는 사이드테이블 위에 10두카도를 올려놓고 외투는 절대 벗지 않았다. 팔레트에 물감을 섞으면서 그녀를 사랑한다고, 비록 그녀가 부인한다 할지라도, 누군가의 눈길에 사랑이 담겨 있는 때를 인지할 줄 안다고 말했다. 그는 어느 신의 손도 그녀만큼 아름다운 여자를 모방해 만들어낼

수는 없으며, 또 만약 관리인 여자가 자신들의 결혼을 허락해주지 않으면, 가진 돈을 모두 털어 그녀를 위해 지불할 준비가 되어 있으니 그 불쾌한 유곽을 떠나 함께 크레모나의 고향집으로 가자고 말했다. 모나 소피아는 그의 말은 들은 척도 하지 않고 부드러우면서도 나무에 새겨진 듯 단단한 허벅지를 쓰다듬으며, 손님에게 허용된 시간이 끝났음을 알리는 여섯 번의 종소리 가운데 첫번째 종소리가 울리기만을 기다렸다.

매일 오후 다섯 시 정각, 수로의 물이 돌계단에 차오르기 시작하면 마테오 콜롬보는 산타 트리니다드 성당 근처 보치아리 거리에 있는 유곽에 도착해 머리에 쓰고 있던 베레타를 벗지도 않은 채 10두카도를 사이드테이블 위에 놓고, 이젤에 캔버스를 끼우면서, 그녀를 사랑하니 몬테 벨도 산 너머나 필요하다면 지중해 반대편으로 함께 도망가자고 말했다. 하지만 모나 소피아는 냉소적이고 심술궂은 침묵을 지키면서 길게 땋은 머리를 허리 밑으로 늘어뜨리고 젖꼭지를 쓰다듬을 뿐, 초상화 그리는 작업에 관해서는 도무지 관심을 보이지 않았다.

그녀는 시계탑만 쳐다보며 시계의 종이 단번에 울리기를 기다리고 있었다. 종소리가 울리면 그녀는 다음과 같이 말했다. 마치 그것이 유일하게 할 수 있는 말인 것처럼.

"시간 다 됐어요."

그리고 매일 오후 다섯 시 정각, 한결 미지근해진 햇살이 산 마르코 대성당의 둥근 지붕 위를 비출 때면 해부학자는 유화 물감 자루와 가

죽으로 된 그림 장비와 모멸감을 짊어진 채 10두카도를 사이드테이블에 올려놓고, 강렬한 유화 물감 냄새와 타인의 섹스 냄새가 배어 있는 방에서 그녀를 사랑한다고, 전 재산을 바쳐서라도 그녀를 살 준비가 되어 있다고, 지중해 건너편으로, 혹은 필요하다면 대서양을 건너 새로운 땅으로 함께 도망가자고 말했다. 그러면 모나 소피아는 가타부타 말도 없이, 마치 그 방 안에는 아무도 없다는 듯이, 자신의 어깨에서 꾸벅꾸벅 졸고 있는 앵무새를 쓰다듬으며 시계탑만 쳐다보다가 드디어 종소리가 울리면 눈에 심술을 가득 담은 채 말했다.

"시간 다 됐어요."

베네치아에 머무는 동안 해부학자는 매일 오후 다섯 시 정각이면 어김없이 산타 트리니다드 성당 근처 보치아리 거리에 있는 유곽으로 가서 그녀에게 사랑한다고 말했다. 이 일과는 해부학자가 초상화를 완성할 때까지 계속되었고, 초상화 작업이 끝나면서 그가 가진 돈도 다 떨어졌다. 그리고 베네치아 생활도 끝이 났다.

굴욕을 당하고 빈털터리가 된 마테오 콜롬보는 동료라고는 까마귀 레오나르디노밖에 없는 상태에서 찢어지는 가슴을 부여안고 한 가지 확신을 품은 채 파도바로 돌아갔다.

향신료의 길

I

파도바로 돌아온 뒤 마테오 콜롬보는 대부분의 시간을 자기 방에 틀어박혀 지냈다. 의무적으로 참석해야 하는 예배와 해부학실에서 이루어지는 강의가 있을 때만 방을 나왔다. 은밀하게 시체 보관소를 찾아가는 일도 차츰 뜸해지더니 이젠 완전히 발길을 끊고 말았다. 시체에는 전혀 흥미를 보이지 않았다. 방에 틀어박혀 하는 일이라고는 오직 예전에 공부하던 옛날 약학 서적을 뒤적이며 파고드는 것이었다. 수도원에 인접한 숲으로 산책을 나갔을 때, 까마귀 레오나르디노가 막 죽은 동물의 시체를 찾아내도 별 관심을 보이지 않았다. 갑자기 해부학자는 순진한 초식 동물이 되어버렸다. 이제 그는 약제사였다. 갖가지 약초가 든 자루를 들고 다니면서 섬세하고 진지하게 약초를 분류하고, 한데 모으고, 나중에는 여러 가지를 섞어 달였다.

흰독말풀과 벨라도나의 성분, 그리고 독미나리와 씀바귀의 성분을 연구해 이 식물들이 인체의 각 기관에 미치는 효과를 기록해놓았다. 그가 하는 일은 위험한 것이었다. 약학과 마법을 구분하는 경계가 모호했기 때문이다. 벨라도나는 의사와 마법사들이 공히 관심을 갖고 있던 식물이었다. 고대 그리스 사람들은 이 식물을 아트로파—불굴의 식물— 라 불렀고, 생명선을 끊고 다시 연결하는 성분이 있다고 믿었다. 이탈리아 사람들도 이 식물을 알고 있었다. 특히 피렌체 지방의 여자들은 꿈꾸는 듯한 시선으로 매력적인 분위기를 발산하기 위해, 고질적인 시각 장애를 겪을 위험을 무릅쓰면서까지 이 식물의 수액을 이용해 동공을 확장시켰다.

마테오 콜롬보는 무시무시한 사리풀의 환각 효과에 관해서도 알고 있었다. 약 2500년 전 이집트의 에베르 파피루스*에 그 성분에 관해 기록되어 있고, 강신술사들이 악마를 부르기 위해 사리풀을 이용했다는 내용을 대(大)알베르토**가 기록했다는 것도 알고 있었다.

마테오 콜롬보는 수백 가지 물약을 준비해 처방법을 정확하게 분류해놓고는 밤이면 약병들을 들고 파도바의 지저분한 유곽들을 찾아다녔다. 마테오 콜롬보는 전혀 독창적이지 않은 목표를 설정해놓고 있었다. 그것은 바로 여자의 변덕스러운 마음을 조절할 수 있는 미약을 구하는 일이었다. 물론 신참내기 마법사들이 몇 두카도를 벌기 위해 제조한 것을 포함해 수많은 물약이 있기는 했다. 그렇지만 그는 약에 관한 한 약간의 분별력을 가지고 있었다. 어쨌든 그는 약학과를 졸업

---

* 기원전 1600년에 기록된 것으로, 우울증, 치매 및 정신분열증에 관한 내용이 들어 있다.
** 중세 유럽의 스콜라 철학자이자 자연과학자.

한 사람이었고, 온갖 식물의 성분에 관해 완벽하게 알고 있었다. 파라셀수스*를 비롯해 고대 그리스 의사들, 아랍 본초학자들의 저서를 읽기도 했다.

마테오 콜롬보의 공책에는 다음과 같은 내용이 적혀 있었다.

"복용한 약이 소화기관에 이르렀을 때 비로소 약의 효능을 확실하게 알 수 있다. 약을 피부에 문지름으로써 효과를 볼 수도 있지만, 이는 아주 복잡한 데다 효과도 훨씬 약하고, 일시적이다. 또한 역으로 약을 항문에 집어넣을 수도 있으나 심한 설사를 유발할 수 있고, 이 경우 약물이 몸속에 남아 있기 어려워진다. 상황에 따라 약을 달여 증기를 들이마심으로써 약 기운이 폐에서 피까지 퍼지게 할 수도 있다. 그러나 가장 권장할 만한 방법은 약을 복용하는 것이다."

그런데 창녀들에게 거부감 없이 그 약물들을 먹이는 방법은 무엇일까? 가장 손쉬운 방법은 마테오 콜롬보가 아주 진하게 달인 물약을 자기 성기에 바른 뒤 창녀들에게 펠라티오를 하게 함으로써 약이 창녀들의 몸속으로 들어가게 하는 것이었다.

결과는 참으로 끔찍했다.

첫번째 기회가 오자 마테오 콜롬보는 벨라도나와 흰독말풀을 비슷한 비율로 섞어 달인 약을 시험해보았다. 첫번째 희생자는 성질이 억

---

* 스위스의 의학자이며 화학자. 이탈리아의 페라라 대학을 졸업한 뒤, 에스파냐 군대의 외과 군의관이 되었으며, 유럽 각국을 편력해 민간 치료법과 의약물(醫藥物)을 모았고, 실제로 치료도 함으로써 이름을 날렸다.

센 늙은 여자였다. 타베르나 델 물로의 맨 위층에 있는 유곽의 옛 창녀로, 이름이 라베르다였다. 마테오 콜롬보는 반(半) 플로린을 지불했는데, 물론 너무 많은 액수였다. 하지만 그는 군말 없이 돈을 냈다.

라베르다는 손님이 제공하는 군것질거리를 입으로 빨기 전에, 축성(祝聖)을 받은 싸구려 포도주를 한 모금 들이켰다. 축성을 받은 포도주는 각종 전염병과 악마의 영혼을 막아주는 효능이 있다고 믿었기 때문이다. 그런 풍습이 근거 없는 미신일 뿐이라는 사실을 알고 있던 해부학자는 실험의 성공을 위해서 그런 것 따위는 괘념하지 않기로 작정했다. 라베르다는 펠라티오를 능숙하게 할 줄 아는 여자였다. 그녀의 노련한 솜씨는 치아가 단 한 개도 없다는 사실 때문에 더 효율적이었고, 따라서 손님이 제공하는 군것질거리는 그 어떤 장애나 방해물 없이 그녀의 입속으로 쉽게 미끄러져 들어갔다. 해부학자는 물약의 효능에 관한 첫번째 징후를 즉각 알아차렸다.

라베르다가 동작을 멈추고 상체를 일으켜 세우더니 잔뜩 흥분한 눈빛으로 해부학자를 쳐다보았는데, 갑작스러운 흥분으로 뺨이 금세 벌겋게 달아올랐다. 조바심에 사로잡힌 마테오 콜롬보의 심장이 두근두근 뛰고 있었다.

"내가 지금……" 라베르다가 입을 열었다. "내가 지금……"

"사랑에 빠진 것 같은 느낌……?"

"……중독된 것 같아요." 라베르다는 말을 마치자마자 손님의 루코에 배 속에 든 것을 모조리 토해버렸다.

이런 불상사를 경험한 뒤, 마테오 콜롬보는 똑같은 약초를 이용해 물약 하나를 만들었는데, 이번에는 각 약초의 비율을 반대로 적용했다. 첫번째 실험에 사용한 물약이 엄청난 거부감을 유발했기 때문에 비율을 반대로 적용한다면 당연히 효과도 반대로 나타날 것이라고 생각했다. 마테오 콜롬보는 제대로 가고 있었다.

그다음 주에 마테오 콜롬보는 유곽으로 통하는 계단을 다시 올라갔다. 물론 물약을 준비해서 갔다. 이번 실험의 결과는 덜 비참했다. 두번째 희생자는 칼란드라였다. 일을 시작한 지 얼마 되지 않은 젊은 창녀였다. 그녀는 잠시 기절했다가 깨어났는데, 공포에 사로잡힌 상태에서 악마들이 방 안을 온통 휘젓고 다니다가 해부학자의 발치에 내려앉는 것을 보았다. 이런 무시무시한 환각이 차츰 사라지자 그녀는 신비스러운 망상에 오랫동안 사로잡혀 있었다.

그 순간 해부학자는 벨라도나를 빼고 사리풀을 넣는 것이 좋겠다고 생각했다. 그리고 그렇게 했다.

II

마테오 콜롬보가 술집에 들어서자 실내가 무덤 속처럼 조용해졌다. 문가에 앉아 있던 단골손님들이 슬금슬금 출입구 쪽으로 걸어가더니 마치 무서운 것에 쫓기기라도 하듯 줄행랑을 쳤다. 해부학자가 술집 안쪽으로 깊숙이 걸어 들어가자 주변에 있던 손님들이 길을 비켜주면서 존경심과 두려움이 뒤섞인 표정으로 인사를 했다. 마테오 콜롬보가 계단을 다 올라간 뒤에 꼭대기에서 아래를 내려다보니, 그가 층계 서른 개를 오르는 사이에 술집에 있던 사람들이 죄다 사라지고 없었다.

심지어는 늙은 술집 주인조차 보이지 않았다.

유곽의 쪽문을 두드렸으나 안에서는 아무런 인기척도 들리지 않았다. 마테오 콜롬보는 너무 혼란스러운 상태에 있었기 때문에 술집 손님들이 공포에 사로잡힌 이유가 도대체 무엇인지 전혀 생각하지 못했다. 몸을 돌려 되돌아가려 했을 때 쪽문에 빗장이 걸려 있지 않다는 사실을 알았다. 허락을 받지 않고 들어갈 생각은 없었으나, 살짝 열린 문과 문틀 사이의 틈새가 들어가도 좋다는 표시일 수도 있다는 느낌이 들었다.

마테오 콜롬보가 문을 밀자 돌쩌귀가 썩 친절하지 않게 삐걱거리는 소리를 냈지만, 조용히 안으로 들어섰다. 유곽 안쪽에 촛불 세 개짜리 촛대에서 새어나오는 희미한 불빛을 등지고 있는 형상 하나가 보였다.

"당신을 기다리고 있었어요." 그 형상이 상냥한 여자 목소리로 말했다. "가까이 오세요."

마테오 콜롬보는 몇 걸음 더 다가간 뒤에 베아트리체의 얼굴을 볼 수 있었다. 그 집에서 가장 어린 신참 창녀로, 아직 열두 살도 안 된 소녀였다.

"당신을 잘 안답니다. 가까이 오세요." 베아트리체가 마테오 콜롬보에게 손을 내밀며 말했다. "오실 줄 알았어요. 저를 속이실 필요는 없어요. 저는 안 속거든요. 대예언의 순간이 왔다는 걸 전 알아요. 저를 취하시기 전에, 제 몸과 영혼은 당신 것이라고 말씀드리고 싶어요."

해부학자는 혹시 그녀가 자기 말고 다른 사람과 얘기하고 있는 것은 아닌지 확인하기 위해 고개를 돌려 뒤를 돌아보았다.

"라베르다와 칼란드라에게 무슨 일을 하셨는지 다 알고 있어요."

해부학자는 얼굴을 붉히며 죄 없는 두 여자의 건강을 위해 마음속으로 기도했다.

"저를 다 가지세요." 베아트리체가 심술궂은 미소를 머금으며 걸걸한 목소리로 말했다.

"그래서 여기로 온 거지……" 마테오 콜롬보는 더듬더듬 말을 하고 나서 돈주머니에서 2두카도를 꺼냈다.

하지만 베아트리체는 돈을 거들떠보지도 않았다.

"제가 마음속으로 당신을 얼마나 사랑했는지 모르실 거예요. 당신을 얼마나 기다렸는지 모르신다고요."

해부학자는 그녀에게 무슨 약을 먹인 기억이 없었다.

"날 기다렸다고……?"

"오늘이 그날이란 걸 알고 있었어요. 저기 보름달이 토성을 가리고 있잖아요." 베아트리체가 창밖 밤하늘을 가리키며 말했다. "혹시 제가 점성가 조르조 데 노바라의 예언을 모른다고 생각하시나요? 목성과 토성의 결합은 모세 율법의 바탕이 되었고, 목성과 화성의 결합은 바빌로니아 칼데아교의 바탕이 되었으며, 목성과 태양의 결합은 이집트 종교의 바탕이 되었다고 들었어요. 목성과 금성이 결합해 마호메트가 탄생했고, 목성과 수성이 결합해 예수가 탄생했다고 들었다고요." 그녀가 잠시 말을 멈추더니 해부학자의 눈을 뚫어지게 쳐다보았다. 그리고 해부학자를 가리키며 덧붙였다.

"지금이에요. 오늘이 바로 목성과 달이 결합하는 날……"

마테오 콜롬보가 창밖을 내다보았다. 휘영청 밝은 보름달이 보였다. 그러고는 그게 나와 무슨 상관이지? 하고 묻는 듯한 시선으로 베아트리체를 쳐다보았다.

"지금이에요, 오늘이 바로 당신이 돌아오는 날이라고요."

그녀는 자리에서 일어서며 숨이 넘어갈 듯한 목소리로 외쳤다.

"적그리스도의 시대가 도래했다고요! 난 당신 거예요. 날 가지세요." 그녀가 이렇게 말하면서 자신의 몸을 감싸고 있던 담요를 벗어젖히자 아름다운 나신이 드러났다.

해부학자는 어떻게 된 상황인지 한동안 이해하지 못했다.

"하느님, 저에게 권능을 주시옵소서!" 마테오 콜롬보가 중얼거리며 성호를 긋더니, 갑자기 분노를 터뜨렸다.

"바보, 바보 같은 년! 내가 모닥불에 타 죽는 꼴을 보고 싶은 거냐?"

그가 주먹을 치켜들어 악마에 사로잡힌 그녀의 얼굴을 후려치려는 순간, 자신이 막 위험한 인물로 변했다는 사실을 불현듯 깨달았다. 악마적인 행위를 했다는 이유로 기소를 당하는 것은 아주 심각한 일이었다. 그러나 훨씬 더 심각한 것은 비자발적인 지지자들을 부추기는 일이었다. 그는 이제 악마를 추종하는 사람들을 거느린 채 파도바에서 도망치는 자신의 모습을 상상하고 있었다.

해부학자는 베아트리체의 말이 바람에 흩날리는 씨앗처럼 퍼져나가기 전에, 파도바의 분위기가 진정될 때까지 출장 신청을 해서 베네치아에 가 있어야겠다고 작정했다. 그리고 여행을 합리화하고 자신을 이끄는 의도를 잊지 않기 위해 파라셀수스가 했던 말에 의지했다.

"신께서 저 멀리 나일 강가에 놓아두신 약만 구한다면야 그 누가 독일의 병들을 고치지 못하겠는가?"* 이 말은 고난으로 점철된 해부학자의 순례 여행을 인도하게 될 터였다.

III

마테오 콜롬보는 베네치아로 떠났다. 가면서 들에서 자라는 각종 풀, 밤에 밀려왔다가 빠져나간 물 덕분에 돌계단 발치에서 자라는 이끼, 심지어 궁정 하수구에 쌓여 기름진 거름으로 변한 귀족들의 오물에서 자라는 냄새 고약한 버섯까지 채취하고 선별했다. 모나 소피아가 어렸을 때 그리스로 팔려갔다는 이야기를 들은 것은 그가 물약을 만들 준비를 하고 있을 때였다. 에게 해를 향해 출발하기 전, 그는 산 마르코 광장을 산책하는 모나 소피아를 몰래 훔쳐보면서 상처받은 자신의 영혼을 혹사시켰다. 그는 무어인 노예 두 명이 들고 가는 가마에 비스듬히 드러누운 채 도도한 아름다움을 과시하며 산책하던 그녀를 대성당 기둥 뒤에 숨어서 훔쳐보았다. 언제나처럼 달마티안 암캐 한 마리가 앞장 서서 그녀를 경호하고 있었다. 그리스로 떠나기 전에 나무로 깎아 만든 것 같은 그녀의 매끈한 다리와, 피부가 가무잡잡한 노예들의 걸음걸이에 따라 흔들거리는 젖꼭지, 목둘레선의 심연으로부터 살짝 드러난 젖꼭지를 관찰하면서 고행정화(苦行淨化)를 했다.

그리스로 떠나기 전, 그는 그녀의 양 눈썹 사이에 박혀 있던 에메랄

---

* 파라셀수스의 『문집』 중에서.(원주)

드빛을 바래게 하는 그 푸른 눈을 바라보면서 자신의 고통스러운 영
혼의 뒷면을 더욱 혹사시켰다.

신의 약초

I

마테오 콜롬보는 반도 주위를 진주 목걸이처럼 둘러싸고 있는 섬들을 찾아다니며 식물을 채집했다. 그 수액으로 약을 만들 생각이었다. 테살리아에서는 고대 델포이의 여사제들이 수액을 마시고 마약 성분에 취해 예언을 했다는 사리풀을 채집했다. 보이오티아에서는 아트로파의 싱싱한 잎사귀를 따 모았다. 아르고스에서는 흰독말풀의 뿌리를 캤는데—흰독말풀의 불길한 의인화에 관해서는 피타고라스가 기술한 바 있다—이때는 귀를 막는 예방조치를 취해야 했다. 채취자들이 잘 알다시피 능숙한 솜씨로 조심스럽게 뿌리를 캐지 않으면 식물이 고통스러울 정도로 날카로운 비명을 질러 사람을 미쳐버리게 만들 수 있기 때문이었다. 크레타 섬에서는 두투라 메텔의 씨를 채집했는데, 이 식물에 관해서는 중국어와 산스크리트어 고문서에 언급되어 있고,

그 성분에 관해서는 11세기에 이븐시나*가 기술해놓았다. 키오스 섬에서는 무시무시한 두투라 페록스를 발견했는데, 연대기들에 기술된 바에 따르면, 강력한 최음제인 이 식물을 복용하면 음경이 파열될 수 있고, 이로 인한 과다 출혈로 사망에 이를 수도 있다. 마테오 콜롬보는 자신이 수집한 온갖 약초, 뿌리, 열매가 제각각 효능이 뛰어나다는 사실을 확인했다.

II

아테네의 아크로폴리스 산비탈에서 마테오 콜롬보는 '좋은 것, 아름다운 것, 그리고 진실한 것'이 무엇인지 깨달았다. 그리스의 '고대'—갈레노스가 기술한 대마초와 벨라도나를 섞은 것 외에도—와 아직 알려지지 않은 이단에 취한 마테오 콜롬보는 아크로폴리스 산정상에 서서 르네상스 시대의 삶이 얼마나 빈궁했는지 직접 볼 수 있었다. 그는 진짜 '고대'의 황금 발상지에 서 있었다. 그곳 아크로폴리스 산비탈에서 그는 신이 내려준 약초들이 담겨 있는 자루를 벌려 약초들의 효능이 좋다는 사실을 확인했다. 먼저 광대버섯을 먹어보았다. 그러자 '만물의 기원'을 볼 수 있었다. 카오스의 어둠으로부터 떠오르는 에우리노메**를 볼 수 있었다. 에우리노메가 창조의 춤을 추면서 하늘에서 바다를 가르고, 온갖 바람을 만들어내는 모습을 보았

---

* 페르시아의 철학자이자 의학자. 서방에는 라틴어 이름인 '아비센나'로 알려져 있다.
** 태초에 만물을 낳은 여신으로, 물뱀 오피온과 관계해 온갖 생물을 낳았다.

다. 바로 그때 해부학자는 최초의 인간인 펠라스고스*가 되어 있었다. 그리고 에우리노메가 그에게 먹고사는 법을 가르쳐주었다. 만물을 낳은 그 여신이 맥각(麥角)의 연지빛 씨앗이 가득 담긴 손바닥을 그에게 내밀었던 것이다. 그래서 그는 그 씨앗을 먹었고, 크로노스**의 첫째 아들이 되었다. 그는 '만물의 산' 비탈에 등을 기댄 채 이것이 바로 인생이라고 혼잣말을 했다. 죽음은 한낱 악몽에 불과한 것이었다. 그는 불쌍한 인간들에게 무한한 연민의 정을 느꼈다. 그러고는 작은 모닥불을 피워놓고 벨라도나 잎을 태워 연기를 오랫동안 들이마셨다. 그는 자기 옆에서 디오니소스 주신제(酒神祭)의 마이나데스***를 보았다. 그녀들을 만질 수 있었으며, 그녀들의 활활 타오르는 시선을 느낄 수 있었다. 그녀들이 그를 껴안기 위해 팔을 내미는 것을 볼 수 있었다. 그는 이제 '고대'의 한가운데 있었고, 엘레우시스****의 문 앞에 서서 이 땅에 씨앗을 선사한 신들을 찬양하고, 그들에게 감사하고 있었다.

천년의 진흙 속을 헤집을 필요가 없었고, 문서와 도서관을 뒤질 필요도 없었다. 그곳, 그의 눈앞에 그리스의 진짜 '고대'가 있었다. 그의 폐 속에는 솔론*****과 페이시스트라토스******가 마시던 공기가 들어

---

* 그리스신화에 나오는 인물로 펠라스기족의 조상.
** 시간의 신으로, 신들의 아버지다.
*** 디오니소스를 추종하던 여자들로, 디오니소스 제례의식에서 광적인 춤을 추었다.
**** 고대 그리스 아티카의 도시로, 곡물과 수확의 여신 데메테르를 숭배하는 '엘레우시스교'의 제전이 열렸다.
***** 고대 아테네의 명집정관으로, 고대 그리스의 일곱 현인 중 한 명이다.
****** 고대 그리스의 정치가이자 아테네의 독재자로, 아테네에 참주정치를 도입했다.

있었다. 모든 것이 표면으로 나와 햇빛에 드러났다. 문서들을 번역할 필요도, 유물들을 판독할 필요도 없었다. 지평선을 따라 걸어가던 농부는 누구나 페이디아스*의 손에서 조각품으로 만들어졌고, 아무리 단순한 사람이라도 '그리스의 일곱 현인'의 눈에서 뿜어지던 것과 동일한 광채를 내뿜고 있었다. 베네치아는, 피렌체는 어떠했을까? 조악하고 과장된 모조품에 불과했을까? 보티첼리**의 〈봄〉을 아크로폴리스의 산자락에서 바라본 그곳 풍경과 비교해보면 어떠했을까? 밀라노의 비스콘티 가문이나 볼로냐의 벤티볼리오 가문은 어떠했을까? 또 만토바의 곤차가 가문이나 페루자의 발리오니 가문은 어떠했을까? 아테네에서 가장 가난한 농부와 비교해보았을 때 페자로의 스포르차 가문이나 피렌체의 그 대단한 메디치 가문은 어떠했을까? 그 모든 새 영주들이 누린 명문가 혈통이나 귀족 계급도 그들의 강력한 콘도티에리***가 보장해주던 문장(紋章)의 명성 덕에 가능한 것이었다. 피레우스 항구에서 가장 곤궁한 거지에게조차 클레이스테네스****가문의 고귀한 피가 흐르고 있다면 어떠하겠는가. 제아무리 위대한 로렌초 데메디치*****라도 감히 페리클레스******에게 비교나 할 수 있을까? 아크로폴리스 산비탈에서 이 모든 것에 관해 자문하던 해부학

---

* 고대 그리스의 조각가, 건축가.

** 이탈리아의 화가.

*** 르네상스 시대 이탈리아 중소 도시국가들이 고용했던 용병대장.

**** 기원전 6세기 말 아테네를 통치한 정치가로, 민주정치의 기초를 마련한 인물이다.

***** 15세기 후반 피렌체의 통치자로, 피렌체를 르네상스의 중심지로 만드는 데 공헌했고, 메디치 가문의 전성기를 일구었다.

****** 고대 그리스의 정치가, 군인으로, 아테네의 황금시대를 연 인물이다.

자는 깊이, 평화롭게 잠들어버렸다.

III

다음 날 아침 마테오 콜롬보는 얼음처럼 차가운 이슬에 흠뻑 젖은 채 잠에서 깨어났다. 옆에는 꺼져버린 작은 모닥불이 있었다. 일어서려 했지만, 미처 균형을 잡지 못해 산비탈을 굴러 아래로 떨어져버렸다. 머리가 엄청나게 아팠다. 그럼에도 전날 겪은 사건들이 또렷이 기억났다. 실제로 그 기억들은 지금 그의 눈앞에 펼쳐진 흐릿하고 불분명한 풍경보다 훨씬 더 선명했다. 풍경이라고 해봤자 거친 바위들이 여기저기 흩어져 있는 황량한 들판에 불과했다. 그가 그토록 갈망하던 '고대'는 그런 식이었다. 마테오 콜롬보는 스스로에게 깊은 수치심을 느꼈다. 이단에 대해 뭐라 설명할 수 없이 심취해버렸기 때문에 성호를 그을 생각도, 전지전능한 하느님께 용서를 빌 마음도 들지 않았다. 그는 구토를 했다.

그러나 자신이 그리스로 오게 된 동기는 잊지 않고 있었다. 그는 유곽과 뚜쟁이들이 술잔을 주고받으며 여자 장사를 하는 술집 벽의 벽돌 사이에 나 있는 풀이란 풀은 눈에 보이는 대로 모조리 뜯어 모으며 피레우스 항구를 돌아다녔다.

마테오 콜롬보가 풀과 뿌리와 씨앗과 버섯을 정확한 비율로 섞을 준비를 하고 있을 때, 모나 소피아를 샀던 남자로부터 모나 소피아가 코르시카에서 태어났다는 얘기를 듣게 되었다. 그래서 그는 파라셀수스의 잠언에 따라 해적들의 섬 코르시카를 향해 떠났다.

IV

마테오 콜롬보는 참회자가 성지를 향해 떠날 때처럼 깊은 신앙심을 품은 채 순례를 하고 있었다. '십자가의 길'을 걷는 사람이 지니게 마련인 신비주의적인 숭앙심을 간직한 채 소피아의 흔적을 찾아 나섰다. 앞으로 나아가면 갈수록 존경심과 순교정신 또한 깊어졌다. 마테오 콜롬보는 '비밀의 계시'에 대한 열쇠를 발견하리라고 기대했으나, 그 열쇠는 갈수록 점점 멀어지는 것 같았다. 검은 고르가르가 지배하는 음산한 바다를 향해 방랑하는 동안, 마테오 콜롬보는 자기와 같은 성을 가진 제노바 출신의 남자가 이사벨 여왕에게 편지를 썼듯이, 이런 편지를 썼을 것이다.

무시무시한 폭풍우가 몰아치는 여러 날 동안 저는 바다에서 해도, 별도 보지 못했습니다. 배들은 틈새가 벌어지고, 돛은 찢어지고, 닻과 어구는 사라져버렸으며, 양식은 바닥이 났습니다. 선원들은 병이 들었습니다. 모두가 죄를 회개하고, 많은 이가 종교적인 삶을 살겠다고 약속했으며, 서로에게 고해를 했습니다. 고통이 제 영혼을 찢어놓았습니다. 연민이 제 가슴을 찢어놓았습니다. 저는 몹시 지쳐 있습니다. 의지가 박약해져 정신적인 고통이 더 커져만 갑니다. 저는 삶에 대한 희망이 없는 상태입니다. 이처럼 파도가 높고 거칠며, 엄청난 거품을 만들어내는 바다는 제 두 눈으로 단 한 번도 본 적이 없습니다. 활활 타오르는 불에 놓인 가마솥처럼 끓어오르는, 핏물로 이루어진 바다입니다. 이토록 무시무시한 하늘은 단 한 번도 본 적이 없습니다.

마테오 콜롬보는 크리스토포로 콜롬보와 같은 불쾌한 절망감을 느끼며, 호두 껍데기처럼 약해서 금방이라도 암초에 부딪혀 산산조각이 날 수도 있는 작은 배 한 척을 타고서 유랑을 계속했다. 검은 고르가르 해적들이 배를 습격해 약탈을 하고, 선원 전부와 상당수의 승객을 죽였다. 해부학자는 기적처럼 목숨을 건졌지만, 코르시카 해안에 발을 딛지도 못했다. 배를 습격하는 과정에서 폐를 다친 검은 고르가르를 마테오 콜롬보가 치료해 목숨을 구해주자 검은 고르가르는 감사의 표시로 해부학자를 풀어주었다.

마테오 콜롬보는 올림피아의 신들이 내려준 약초 때문에 여전히 몽롱한 머리와 추위와 습기로 인해 병든 몸과, 만신창이가 된 영혼을 이끌고 파도바로 돌아갔다.

우연은 마테오 콜롬보에게 서양을 향해 항해를 계속하면 동양에 도착할 수 있다는 사실을 계시해줄 것이다. 향신료를 찾는 사람이 우연히 근사한 금광과 맞닥뜨리는 것처럼, 자신과 동일한 성을 가진 제노바 출신의 그 남자처럼, 마테오 콜롬보도 자신의 '아메리카'를 우연히 발견하게 될 것이다. 운명은 그가 베네치아로 금의환향하기 위해서는 먼저 피렌체에 들러야 한다는 사실을 그에게 가르쳐줄 예정이었다. 한 여자의 마음을 지배하기 위해서는 먼저 다른 여자의 마음을 정복해야 하기 때문이다.

그리고 그렇게 되었다.

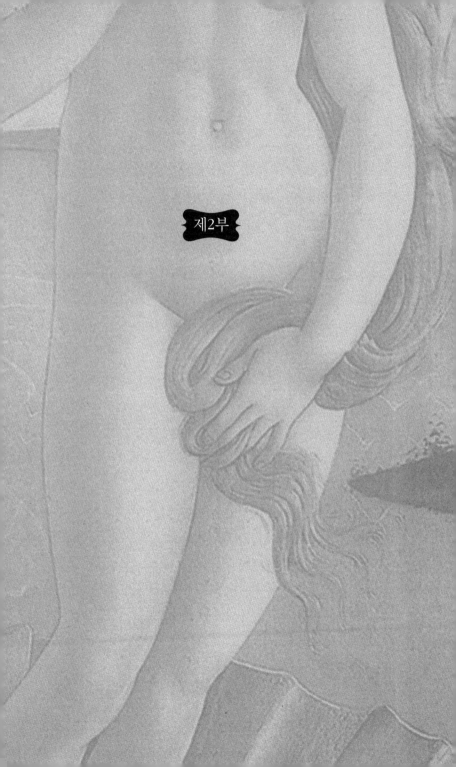

제2부

이네스 데 토레몰리노스

I

마테오 콜롬보가 파도바로 돌아왔을 때 두 가지 소식이 기다리고 있었다. 하나는 좋은 소식이고, 하나는 나쁜 소식이었다. 나쁜 소식은 알레산드로 데 레냐노 학장의 의도와 관계된 것이었다.

"파도바에는 당신에 관한 말들이 많아요." 알레산드로 데 레냐노 학장이 그에게 말했다. "물론 전혀 좋은 말이 아니지요."

학장은 유곽 타베르나 델 물로의 신참내기 창녀 베아트리체가 마법을 행했다는 이유로 재판을 받고 화형당한 사실을 해부학자에게 알려주었다.

"그녀가 진술을 하면서 당신 이름을 언급했소." 학장이 간결하게 말했다.

마테오 콜롬보는 잠자코 있었다.

"그런 일을 나더러 처리하라고 한다면," 학장이 말을 이었다. "내 오늘 당장 당신을 종교재판에 회부할 거요." 학장의 말에 상대방의 얼굴이 창백해졌다. "하지만 운명은 당신 편인 것 같소."

그러고서 학장은 메디치 가문의 친척인 어느 수도원장이 해부학자를 피렌체로 불렀다는 사실을 알려주었다. 카스티야의 어느 귀부인—피렌체의 귀족인 말라감바 후작의 미망인—이 목숨이 위태로운 상태인데, 메디치 가문과 가까운 지체 높은 공작이 해부학자에게 진료를 부탁했다는 것이다. 1500플로린을 선불로 이미 지불했고, 나머지 500플로린은 혹시 견습 의사나 조수가 필요할 경우 지불할 것이라고 했다. 학장은 수하 교수에게 지급된 진료비를 챙기는 대가로 베아트리체의 사건과 라베르다와 칼란드라의 증언을 보류해두겠다고 제안하는 것이 정당하다고 생각했다.

"내일 당장 피렌체로 떠나시오." 알레산드로 데 레냐노가 결론을 내렸고, 마테오 콜롬보를 내보내기 전에 이렇게 덧붙였다. "조수 건에 관해서라면 베르티노가 당신과 함께 떠나게 될 것이오. 이미 다 결정된 사항이오."

어떤 제안을 해도 아무 소용이 없었을 것이다. 마테오 콜롬보는 동의하는 수밖에 없었다. 사실 학장은 마테오 콜롬보에게 협상의 여지를 전혀 주지 않았다. 베르티노의 실제 이름은 알베르토였고, 학장과 성이 같았다. 그들이 어떤 관계인지 확실히 아는 사람은 아무도 없었다. 하지만 베르티노는 알레산드로 데 레냐노의 눈이고 귀였다. 그는 자신의 보호자보다 약간 더 우둔한 젊은이로, 피렌체에서 해부학자의 그림자가 되기로 예정되어 있었다.

II

이네스 데 토레몰리노스는 우르키호의 백작이자 나바라의 영주인 돈 로드리고 토레몰리노스와, 쿠에르나바카의 여공작이자 우르키호의 백작 부인인 이사벨 데 알바 부부의 딸들 가운데 맏이였다. 이사벨의 친정아버지는 슬하에 아들이 없는 것을 아쉬워했다. 그래서 '장자권'은 장녀에게 상속되었고, 그 어린 귀족 아가씨가 권력과 부를 온전히 향유하고 있었다. 그처럼 대단한 지위와 혈통에도 불구하고, 이네스는 칠삭둥이에다 피부가 창백하고, 연약했으며, 체구가 작고 병약했다. 마치 그 몸뚱이가 너무 작고 미성숙해서 영혼 하나도 제대로 들어가지 못한 듯, 소녀는 솔직히 말해 죽은 사람 같은 외양을 지니고 있었다. 그녀의 몰골은 생명이 그녀를 버린 것이 아니라 결코 찾아온 적도 없는 것 같았다. 카스티야 최고의 목수가 만든 덮개가 풍성하게 치장된 요람이 어린 이네스에게 너무 컸기 때문에 이네스는 비단 주름에 가려 아예 보이지도 않았다. 무시무시하게 골골거리는 숨소리가 그나마 아직 목숨이 붙어 있다는 증거였는데, 그 소리는 늘 금방이라도 숨이 넘어갈 것처럼 들렸다. 목수는 요람을 완성하자마자 작은 관을 만들기 시작했다. 아이는 날이 갈수록 몸집이 작아져 거의 없는 상태나 마찬가지라고 할 정도였다. 유모는 아이가 젖꼭지를 물 힘조차 없는 것을 보고는 결국 어린 이네스를 포기하기로 결정해버렸는데, 이는 어린 이네스가 첫영성체를 하기도 전에 마지막 영성체를 하게 하려는 것처럼 보였다. 그럼에도 불구하고 하느님의 섭리는 어린 이네스를 살려내고 있었다. 차츰차츰, 그리고 마른 줄기에서 여린 새싹

이 터서 스스로 자라듯 아기는 살아 있는 사람의 피부색을 회복해갔다. 어린 이네스가 자라는 것과 반비례해 가세는 기울어갔다. 이 귀족 집안이 소유한 올리브와 포도 농장은 한때 이베리아 반도에서 가장 훌륭하고 수확이 많은 곳이었다. 그 풍요로움에 관해서는 가문의 문장이 증명해주었다. 그런데 갑작스럽게 병충해가 발생해 녹색의 기운이 조금이라도 있는 것은 죄다 휩쓸어버리는 바람에 하룻밤 새에 황폐해져버렸다. 슬픔과 작위 말고는 남은 게 하나도 없이 파산한 돈 로드리고는 아무 쓸모도 없이 잡초만 무성한 병든 들판에 대고 하는 것처럼, 신부의 지참금을 받을 아들 하나 수태하지 못한 아내의 자궁에 저주를 퍼부었다. 그 백작 부인이 생산할 수 있는 것이라고는 오직 말라비틀어진 딸들뿐이라는 것이 확실했다. 절망에 빠진 돈 로드리고는 사촌인 말라감바 후작에게 도움을 청하러 피렌체로 갔다. 말라감바 후작은 돈 로드리고의 친척이었을 뿐만 아니라 예전에 올리브 농장을 함께 경작했던 사람이었다. 에스파냐의 귀족은 간청하고 울기까지 했다. 후작은 착한 남자답게 동정심과 자비심을 보여주었다. 돈 로드리고를 위로하며 용기를 북돋아주고 믿음을 심어주었으나, 돈은 단 1플로린도 내주지 않았다. 돈 로드리고는 상심한 채 카스티야로 돌아왔다. 이듬해 여름, 앙심을 품고 있던 그 카스티야 귀족의 집에 심부름꾼이 도착했다. 사촌인 후작의 전갈을 가져온 것이다. 놀랍게도 피렌체의 후작이 백작의 딸 이네스에게 청혼을 하면서, 청혼을 받아들이면 돈 로드리고가 지난겨울에 빌려달라고 한 돈을 주겠다고 제안했다. 일리가 있는 제안이었다. 홀아비인 후작은 후손이 없었기 때문에 적자를 낳아줄 여자가 필요했던 것이다. 게다가 카스티야의 그 집안과 혼인을 하면 자신의 영역을 이베리아 반도까지 확장할 수 있었다. 그러니 결혼은 그에게 유익했다. 심부름꾼은 돈 로드리고에게 결혼 승낙을 받아 피렌체로 떠났다. 이네스는 겨우 열세 살이었다.

구애도 유혹도 없고, 연애편지도 선물도 주고받지 않은 채, 이네스는 부모가 준비한 혼수라고는 자기 몸뿐인 상태로, 양가의 친지들로 이루어진 경호원들과 함께 남편이 기다리고 있는 피렌체로 떠났다. 이네스는 처녀로, 순결한 상태로 결혼했다. 후작은 카를로마그노* 귀족의 혈통이었는데, 이네스가 남편에게 받은 첫인상은, 그 피렌체 후작의 인격이 훌륭한 조상을 모두 합쳐놓고, 카롤링거 왕조에서 주요한 시기를 모두 합쳐놓은 것 같다는 것이었다. 남편이 실제로는 늙고 뚱뚱한 남자였지만, 그녀는 결코 그렇게 생각하지 않았다.

이네스는 결혼의 모든 장점을 남편에게 부여한 착한 아내였다. 훌륭한 예의범절을 보여주었고, 특히 정절을 지켰는데 이것은 남편에 대한 기독교적인 정절이었다. 사도들의 가르침에 따라, 아내가 욕정을 품지 않아야 하고, '남편이라는 사람이 없다는 듯 남편을 대해야' 한다면, 이네스는 전혀 어렵지 않게 그렇게 할 수 있었다. 실제로 거구인 남편이 부부의 침대에 눕고 나면 그녀는 누울 자리가 부족할 정도였다. 욕정을 억제할 필요도, 뜨거워진 몸을 식힐 필요도 없었다. 남편에게서는 매력을 전혀 느끼지 못했고, 그 어느 남자에게서도 마찬가지였다. 이네스는 육욕 같은 것을 전혀 느껴본 적이 없다고 할 수 있을 정도였다. 그 어떤 것도 그녀에게 쾌락을 불러일으키지도, 혐오

---

* '샤를마뉴'의 이탈리아, 에스파냐식 이름.

감을 불러일으키지도 않았다. 쾌락의 신음 소리가 무엇인지, 뜨겁게 내뱉는 숨소리가 무엇인지, 밤마다 찾아오는 충동이 무엇인지 몰랐다. 결혼 생활을 통틀어 후작의 노쇠한 성기가 세 번 발기했고, 두 사람은 세 번 결합했으며, '비너스의 쾌락'이 무엇인지도 모른 채 이네스는 세 번 출산했다. 가문에 어떤 저주라도 내렸는지 이네스는 친정어머니와 마찬가지로 아들을 낳지 못했다. 모두 딸이었다. 카롤링거 가계의 시든 나무에 순전히 잎사귀만 달려 있는 꼴이었다. 네 번째 발기가 된다면 기적일 것이다. 그래서 지치고 화나고 절망에 빠진 후작은 죽기로 작심했다. 그리고 일은 그렇게 되었다.

III

이네스는 아주 젊은 여자였다. 그녀는 불명예스러운 자식 셋을 키우는 데 전념했는데, 귀족 가계를 잇는 고리를 만들고 싶어하던 남편의 희망을 자신이 충족시켜주지 못했기 때문에 죽은 남편을 생각하면서 애석해했다. 그녀의 마음은 온통 동정심, 자비심, 박애, 그리고 무엇보다도 하느님을 향해 있었다. 방에 혼자 있는 시간에는 하느님을 칭송하는 시를 수도 없이 썼다. 늘 기도했다. 그녀는 피렌체에서 가장 부유한 여자들 가운데 하나였다.

이네스는 결혼의 신성한 의무를 다하지 못한 데서 오는 슬픔 이외의 다른 슬픔은 겪지 않은 채 과부 생활을 잘 견뎌내고 있었는데, 결혼의 신성한 의무란 아들을 낳는 영광을 누리느냐 누리지 못하느냐에 달려 있었다. 그건 그렇다 치고, 그녀는 하느님의 사랑 이외의 다른 사랑은 필요하지 않았다. 남자를 통해 위안을 얻고 싶은 마음도 없었다. 달콤한 쾌락을 그리워하지도 않았고, 어둡고 불경스러운 생각이 끼어든 적도 없었다. 사실 달콤한 쾌락이 뭔지를 몰랐기 때문에 어둡고 불경스러운 생각을 할 여지가 없었다.

이네스가 물려받은 큰 재산도 죽은 남편에게 아들 하나를 안겨주지 못했다는 고통을 덜어주지는 못했다. 그래서 자신의 슬픔을 누그러뜨리고, 무엇보다도 죽은 남편을 위해 자신의 잘못을 속죄하기 위해 올리브 농장과 포도 농장, 그리고 여러 성을 팔아 그 돈으로 수도원을 짓기로 결심했다. 그렇게 해서 정조를 지키고 독신 생활을 유지함으로써 부부의 계율을 엄수하고, 자신의 자궁이 낳을 수 없었던 아들들에게 봉사할 생각이었다. 수도원의 형제들과 가난한 사람들에게 봉사하기로 말이다. 그리고 그녀는 그렇게 했다.

이네스가 별 어려움 없이 고결한 삶을 살고 있었다고 말할 수 있을 텐데, 마침내—지금 그 얘기를 꺼내는 것이 좋겠다—그녀의 투명한 삶과 영원한 영광 사이에 한 남자가 끼어들었다. 마테오 레알도 콜롬보였다.

IV

이네스가 진정한 성녀로 살아가던 나날에 종지부를 찍을 시점이 가까워지고 있었다. 1558년 여름, 원인 모를 병에 걸려 건강이 급격히 악화된 것이다. 그녀는 수도원 옆에 지은 누추한 집으로 세 딸과 함께 요양을 가서 기독교적인 인내를 발휘하며 죽음을 기다리기로 작정했다.

이네스는 마음이 점점 음울하고 비관적으로 바뀌어갔고, 어둡고 험한 세계에 칩거했다. 예사롭지 않은 일은 물론이거니와 심지어 사소하고 일상적인 일조차도 불길한 징조로 여겼다. 특별한 이유로 수도원의 종이 울리기만 해도, 딸들 중 하나가 죽었다는 소식을 알리는 종소리라는 생각을 떨쳐버릴 수 없었다. 괜스레 수도원장의 건강을—실제로는 아주 건강하고 활기찼다—걱정했고, 뿐만 아니라 자기 주변에 있는 모든 사람의 건강을 염려했다. 흔한 감기인데도 목숨을 앗아갈 수 있는 악성 폐렴이 틀림없다고 생각했다. 시간이 흐르면서 이 모든 두려움이 그녀의 마음속으로 들어왔고, 그녀는 자신이 심각한 병에 걸렸다고 믿어 의심치 않았다. 피부에 단순한 염증만 생겨도 곧 문둥병으로 번지려는 증세라고 여겼다. 죽음이 호시탐탐 자기를 노리고 있다고 느꼈다. 끊임없이 불면증에 시달리고, 그 무시무시한 과정에서 심장이 가슴을 뚫고 터져 나올 것만 같았고, 고통스러울 정도로 숨이 막혔기 때문에 질식사하고 말 것이라는 확신에 빠졌으며, 식은 땀을 흘리면서 갑작스럽게 발작을 일으키기도 했다. 침대에 혼자 누워 죽으면 자기 몸이 어떻게 될까 상상했고, 자신의 젊은 살이 썩어 문드러질 것이라는 생각에 괴로워했다. 갑자기 이 모든 고통스러운 불편함이 밤의 경계를 넘어 그녀의 삶 전체로 확대되었다. 자신이 밟고 있는 땅이 흐물거리는 것처럼 느껴지는 현기증이 점점 도졌기 때문에 결국 침대에 드러누워 하느님의 처분을 기다리는 수밖에 없었다.

그러나 하느님 안에서도 마음의 평안이나 위로를 전혀 찾을 수가 없었고, 오히려 고통이 커져만 갔다. 깊은 신앙심에도 불구하고 고통이 너무 컸기 때문에 기독교적인 인내를 발휘하며 무작정 죽음을 기다릴 수조차 없었다. 이네스는 거의 죽은 목숨이나 다름없는 상태였다.

　이처럼 이네스의 건강이 악화되자 수도원장은 죽어가던 사람을 기적적으로 살려낸 외과의사가 파도바에 있으며, 그 일로 인해 그 의사의 명성이 자자하다는 사실을 기억해냈다. 수도원장은 주저하지 않고 메디치 가문과 가까운 저명한 사촌에게 도움을 청했다. 사촌은 들어가는 돈의 액수에는 괘념하지 않고서 그 명의의 진료비로 1000플로린, 여행 경비로 500플로린, 그리고 예상치 못한 일이 발생할 경우에 쓸 경비로 일정 금액을 수도원장에게 보내주었다.

발견

I

기사 한 명이 말을 몰아 파도바의 좁은 길을 전속력으로 달렸다. 그가 지나가면서 과일시장의 노점 하나를 치고 가는 바람에 오렌지를 쌓아놓은 좌판이 엎어졌지만, 노점 상인은 미처 욕을 퍼부을 겨를도 없었다. 말은 땀에 흠뻑 젖은 채 입으로 거품을 뿜어댔다. 에우가네오 산줄기를 넘어 전속력으로 달려온 것이다. 까마귀 레오나르디노가 말을 주시하고 있었다. 까마귀는 말이 에우가네오 관문을 통해 옛 성벽을 넘을 때부터, 아니 그전에 산 베네데토 해변을 따라 나아갈 때부터 허공에서 원을 그리며 은밀히 말을 호위하고 있었다. 말이 운하 위에 놓인 타디 다리를 건너자 까마귀가 앞서 날았고, 말이 갈 길을 다 안다는 듯이 주인이 늘 해부학 강의를 하는 강의실 건물의 기둥머리에 내려앉았다.

기사는 대학 정문 앞에 이르자 말에서 내려 빠른 속도로 안마당을 가로질러갔다.

"어디서 마테오 콜롬보를 만날 수 있습니까?" 기사가 한 남자를 밀어젖히다시피 하면서 물었다.

그 남자는 바로 알레산드로 데 레냐노 학장이었다.

심부름꾼은 그곳을 찾아온 사정을 자세히는 말하지 않고 다만 예의를 갖춰 간단하게 설명했다. 그리고 이 사안에 관해서는 해부학자가 아니면 그 누구에게도 알리지 말라는 명령을 받았다고 밝히면서, 자신의 부탁을 들어달라고 다시 말했다.

"마테오 레알도 콜롬보 씨에게 이 편지를 전달하라는 명령을 받았습니다." 심부름꾼이 간략하게 말했다. 학장은 기사가 '이발사'에 대해 지나치게 공손한 태도를 보였기 때문에 무척 짜증이 났다. 무엇보다도 학장 자신이 마테오 콜롬보 '예하(猊下)'에게 기사의 방문을 알리는 하찮은 심부름꾼이라도 된다는 듯, 학장의 권위를 무시해버리는 기사의 의도가 더더욱 못마땅했다.

"이곳의 책임자는 바로 나라는 사실을 당신에게 알려주어야 할 것 같군요."

"그렇다면 이 편지를 보낸 사람이 누구인지 당신에게 알려주어야 할 것 같군요." 기사가 상대방의 말투를 건방지게 따라하면서 이면에 도장을 찍은 주서(朱書)를 내밀었다.

학장은 기사가 돌아가자마자 그 편지를 해부학자에게 전달하겠다는 약속을 할 수밖에 없었다.

II

마테오 콜롬보가 환자에게서 받은 첫인상은 우선 그녀가 지극히 아름답다는 것이었고, 그다음으로는 그녀의 병이 절대 흔하지 않다는 것이었다. 이네스는 혼수상태에 빠져 침대에 축 늘어져 있었다. 마테오 콜롬보는 그녀의 눈과 인후를 검사했다. 그녀의 머리를 만지고, 청각 상태를 살펴보았다. 수도원장은 불신 반 호기심 반으로 의사의 일거일동을 주시하고 있었다. 마테오 콜롬보는 그녀의 발목과 손목을 만져본 뒤, 환자는 자신과 조수 베르티노가 알아서 할 테니 수도원장에게 나가달라고 부탁했다. 수도원장은 못내 걱정스러워하면서 방을 나갔다.

마테오 콜롬보는 환자의 옷을 벗겨야겠다며 베르티노에게 도와달라고 했다. 그 검소한 옷 속에 그토록 아름다운 여자가 감추어져 있으리라고는 아무도 상상하지 못했을 것인데, 이는 그녀의 옷을 하나씩 벗길 때마다 나무 잎사귀처럼 떨어대는 베르티노의 손이 증명해주고 있었다.

"여자의 벗은 몸을 한 번도 본 적이 없나보지?" 마테오 콜롬보가 베르티노에게 약간 심술궂은 말투로 물었다. 베르티노가 학장의 스파이라는 사실을 발설할 수도 있음을 은연중 알리는 말이었다.

"네, 본 적은 있지만…… 살아 있는 여자는……" 베르티노가 말을 더듬었다.

"지금 자네가 보고 있는 건 '여자'가 아니라 '환자'란 말이야." 마테오 콜롬보는 두 실체의 차이점을 강조하듯 두 단어를 두드러지게 발음했다.

사실 마테오 콜롬보도 환자의 아름다움을 도외시할 수 없었지만, 마음의 동요를 전혀 드러내지 않을 만큼 경험 많고 노련한 의사였다. 더욱이 의사라면 자신의 주관적인 느낌을 무시하지 말아야 한다는 사실도 알고 있었다. 그는 자신이 느끼는 불안감과 마음의 동요가 환자의 병과 무관하지 않다는 사실을 직감했다. 그는 환자의 복부 근육 색깔과 호흡 주기를 검사했다. 제자 베르티노가 꾸물거리는 모습을 본 마테오 콜롬보는 빨리 옷을 벗기라고 재촉했다. 옷을 다 벗겨놓고 해부학자가 막 맥박을 재려는 순간, 베르티노가 갑자기 뭔가에 놀란 듯 비명을 질러댔다.

"남자예요! 남자라고요!" 베르티노는 성호를 그으며 소리를 질렀고, 하늘에 있는 성인들의 이름을 모조리 불러댔다. "하느님, 저에게 권능을 주시옵소서!" 베르티노가 공포로 얼굴을 일그러뜨린 채 애원했다.

마테오 콜롬보는 베르티노가 완전히 미쳐버렸다고 생각했다. 스승이 허리를 굽혀 제자를 진정시키려 했을 때, 놀랍게도 환자의 두 다리 사이에 자그맣지만 온전한 음경이 발기된 상태로 드러나 있었다.

III

해부학자는 베르티노에게 소리 좀 그만 지르라고 명령했다. 해부학자가 발견한 그 물건이 무엇이었든지 간에, 바로 그것이 이미 약해져 있던 환자의 목숨을 위협하고 있었다는 것은 확실했다. 마테오 콜롬보는 50년 전, 여자처럼 생긴 남자가 자신의 외모를 이용해 매춘을 했다가 화형당한 사건을 떠올렸다. 그러나 이네스 데 토레몰리노스의 해부학적 구조는 온전한 여자였고, 또 그녀의 세 딸은 그녀가 생리학적으로 여성이라는 사실을 증명해주었다. 그럼에도 불구하고 소스라치게 놀란 스승과 제자의 코앞에서 발기한 그 작은 기관은 마치 플로린 금화 두 개처럼 동그랗게 뜬 두 사람의 눈 한가운데를 가리키면서 그 자리에 달려 있었다.

그 상황에 가장 잘 어울리는 가설은 환자가 암수동체일 수 있다는 것이었다. 고대 아랍과 이집트 의사들의 기록에는 한 몸에 두 성을 가진 경우가 많이 기술되어 있었다. 해부학자 자신도 암수동체의 개를 본 적이 있었다. 그러나 개의 사례를 가지고 환자의 상태를 유추할 수는 없는 일이었다. 기존의 의학 기록이 지적하는 공통적인 특징은, 그런 기현상이 암수의 성기가 각각 완전히 퇴화해 결국은 다시 커지지 않음을 의미한다는 데 의심의 여지를 남기지 않았다는 것이다. 이네스 데 토레몰리노스가 이 세상에 데려온 세 딸은 그렇다 쳐도, 그 작은 성기가 절대 퇴화된 기관이 아니라는 사실은 명백했다. 오히려 성기는 팽팽한 상태로 고동을 치며 움직이고 촉촉했다.

순전히 직감에 의거해 해부학자는 그 특이한 물건을 엄지와 검지로 잡은 다음 팽팽하게 부풀어 오르고 붉게 변한 작은 귀두를 다른 손의 엄지로 부드럽게 문지르기 시작했다. 마테오 콜롬보가 확인할 수 있었던 첫번째 반응은 환자 몸의 모든 근육 조직—그때까지만 해도 완전히 풀려 있던—이 갑작스럽게, 반사적으로 긴장했고, 동시에 그 기관의 크기가 조금 더 커졌으며, 짧게 수축을 반복하면서 바르르 떨렸다는 것이다.

"움직여요!" 베르티노가 소리를 질렀다.

"조용히 해! 수도원장에게 알리고 싶어서 그래?"

마테오 콜롬보는 마치 불을 얻기 위해 나뭇가지를 돌멩이에 마찰하듯이 그 돌기를 손가락으로 계속 문질러댔다. 마침내 모닥불에 불꽃이 붙듯, 별안간 이네스의 온몸이 심하게 떨리면서 둔부가 들어올려지고, 머리와 발로 몸을 지탱한 채 활처럼 휘어졌다. 해부학자가 움직이는 손가락의 규칙적인 리듬에 따라 이네스의 허리가 서서히 움직이기 시작했다. 이네스의 호흡이 가빠졌다. 말하자면, 심장이 가슴속에서 팔딱팔딱 뛰기 시작했고, 온몸이 갑자기 땀에 흥건하게 젖어 번들거렸으며, 해부학자가 그렇게 부지런히 문지른 덕분에 밤마다 그녀를 엄습하던 고통스러운 증상들이 하나씩 되살아나고 있었다. 그럼에도 불구하고 비록 이네스가 의식을 회복하진 못하고 있었다 해도, 그 과정이 그녀에게 고통스러웠다고만은 할 수 없었다. 이네스는 금방이라도 끊어질 듯한 숨소리를 내더니 어느덧 헐떡거리는 소리를 내고 있었다. 죽은 사람 같던 얼굴 표정에 음탕함이 드러나기 시작했다. 반쯤 벌어진 입술 사이로 혀가 나와 양 입가로 흔들거렸다.

제자 베르티노가 성호를 그었다. 베르티노는 자기 스승이 하는 행위가 마귀를 쫓는 것인지 아니면 반대로 이네스의 몸속에 마귀를 집어넣고 있는 것인지 도무지 이해할 수 없었다. 환자가 별안간 눈을 뜨고 주위를 둘러보더니 이번에는 완전히 의식이 있는 상태로 해부학자의 악마 같은 의식(儀式)에 깊이 빠져드는 것을 보았을 때는 거의 기절할 지경이었다. 이네스의 젖꼭지가 팽팽해지며 곤두섰고, 이제 그녀는 낯선 남자를 음탕한 시선으로 계속해서 바라보고, 동시에 알 아들을 수 없는 말을 에스파냐어로 중얼거리면서 손가락으로 자신의 젖꼭지를 문질러댔다.

이네스가 죽음의 고통에서 벗어나 '비너스의 쾌락'으로 건너갔다고 말할 수 있으리라. 이제 완전히 정신을 되찾은 상태로—이것이 가장 정확한 표현일 것이다—이네스는 조악한 침대 머리맡의 가로대를 움 켜쥐었다. 이네스는 연신 "아아, 아아" 소리를 내고 몸을 떨어대면서 "당신들이 어떻게 감히"라고 훈계하듯 속삭이면서 해부학자가 작업 을 계속하도록 내버려두었다.

"당신들이 어떻게 감히?" 이네스가 중얼거리면서 자신의 혀를 젖 꼭지 쪽으로 가져갔다. "난 정결한 여자란 말이에요." 이네스는 이렇 게 말하고 나서 손가락을 입속에 집어넣었다.

"당신들이 어떻게 감히?" 그녀는 속삭이며 두 다리를 최대한 벌렸 다. "난 세 아이의 엄마예요." 그녀는 젖꼭지를 계속해서 문질러대면 서 말하고, "당신들이 어떻게 감히?"라고 애원하면서도 해부학자가 작업을 계속하도록 내버려두었다.

해부학자가 하는 작업은 결코 쉬운 것이 아니었다. 한편으론 환자 의 흥분에 감염되지 않도록 스스로 자제해야 했으며, 다른 한편으론 그 흥분 상태가 그대로 유지되도록 해야 했다. 게다가 베르티노가 연 신 성호를 그으면서 쉴 새 없이 질문을 퍼부어대고, 비명을 질러대고 나중에는 스승에게 훈계까지 했다.

"선생님은 불경스러운 일을 저지르시는 거예요. 이건 신성 모독이라고요!"

"입 좀 닥치고 팔이나 제대로 잡아." 도무지 뭐가 뭔지 모르는 어리벙벙한 상태로 있던 베르티노는 해부학자가 시키는 대로 했다.

"내 팔 말고, 이 바보야, 환자의 팔을 잡으란 말이야!"

"당신들이 어떻게 감히?" 이네스가 속삭였다. "난 과부라고요." 그녀는 이렇게 말하고 나서 골반의 균형을 맞추더니 해부학자의 손을 자기 몸속으로 끌어들였다.

"당신들이 어떻게 감히?" 그녀가 훌쩍거리면서 말했다. "당신들은 남자 둘이고 난 무방비상태의 불쌍한 여자라고요." 이렇게 말하더니 갑자기 베르티노의 음경을 향해 손을 뻗쳤다. 베르티노가 제아무리 하느님께 애원을 해도 그의 성기가 약간 단단해지는 것을 어쩌지 못했고, 그 덕분에 해부학자는 베르티노의 입을 다물게 할 수 있었다. "당신들이 어떻게 감히?" 이네스가 중얼거렸다. "더군다나 난 당신들을 본 적도 없는데."

IV

마테오 콜롬보는 환자를 돌보면서 열흘 동안 피렌체에 머물렀다. 열흘이 지났을 때 이네스는 적어도 이전의 고통으로부터는 완전히 회복된 상태였다. 해부학자는 수도원의 어느 방에서 묵기로 수도원장과 합의했고, 그 방이 환자의 집과 가까웠기 때문에 비밀 치료를 계속할 수 있었다. 하지만 이네스는 그것을 큰 결례라고 생각해 해부학자를 자기 집에 머물게 했다. 그녀는 해부학자를 위해 자신의 방 옆에 있는 편안한 침실을 준비했다.

이네스는 마테오 콜롬보가 알고 있는 그런 음탕한 여자가 아니었다. 오히려 고상한 면모를 지닌 여자였다. 옷차림이 지극히 정갈하고, 말과 행동도 조신했다. 그런데 해부학자의 치료를 받을 시각이 되면 그녀의 몸은 천방지축으로 날뛰는 악마의 영혼을 받아들이기 위해 열리는 것 같았다. 그 영혼은 그녀의 정숙한 태도의 벽을 허물어버리고, 그녀가 황홀경에 이르러서야 비로소 물러났다. 황홀경에서 깨어나면 이네스는 원래의 정숙한 여자로 돌아왔다. 환자는 "당신들이 어떻게 감히?"라고 살짝 항의함으로써 쾌락에 항거하는 것 같았다. 그러나 그 말은 불평이라기보다는 쾌락의 신음 소리처럼 들렸다. 치료가 끝난 뒤 그녀는 자기 방에서 일어난 일을 기억하지 못한다는 듯이, 또는 치료가 약초 달인 물 한 컵을 마신 것만큼 대수롭지 않다는 듯이 치료에 관한 이야기는 일절 꺼내지 않았다. 치료가 진행되어감에 따라 진짜 음경처럼 생긴 그 신기한 돌기는 환자가 겪고 있던 고통의 크기만큼 차츰 줄어들었다. 게다가 이네스는 마테오 콜롬보가 자기 곁에 있는 것을 무척 즐거워하는 것 같았다. 아침마다 두 사람은 수도원에 인접한 숲에서 울타리가 쳐진 길을 산책하다가 정오가 가까워지면 떡갈나무 그늘에 앉아 산딸기와 블랙베리를 먹었다. 오후 새참 때가 되면 이네스와 해부학자는 집으로 돌아와 방문을 걸어 잠근 채 치료를 시작했다. 이네스는 얌전하게 침대에 드러누워 다리 위로 치마를 살짝 걷어 올린 뒤 무릎을 약간 벌렸고, 그와 동시에 부드럽고 큼직한 엉덩이를 들어올려 등을 활처럼 휘어지게 해서 두 눈을 감고는 여전히 딸

기즙으로 얼룩져 있고 촉촉해진 입술을 꼭 다문 채 해부학자의 손에 몸을 내맡겼다.

매일 아침 마테오 콜롬보와 환자는 수도원에 인접한 숲으로 산책을 나갔다가 정오가 지나서야 집으로 돌아왔으며, 그녀는 "내가 수녀복을 입지만 않았을 뿐 가톨릭교회에 헌신하기로 마음먹은 사람인데, 당신이 어떻게 감히"라고 말했다. 그리고 매일 밤 차분하게 소박한 저녁식사를 마치면, "죽은 남편에게 수절을 하겠다고 맹세한 나에게 당신이 어떻게 감히"라고 말했다.

마테오 콜롬보 역시 피렌체에 머무는 것이 마음에 들었다. 마테오 콜롬보가 그곳에 머무른 이유는 단지 환자의 건강을 지키기 위해서였다. 남자의 성기와 같은 역할을 하는 이름 없는 그 작은 기관은 도대체 무엇이었을까? 이네스의 음부에 끔찍하게 돋아나 있는 작고 기괴한 돌기는 과연 무엇이었을까? 이네스는 여자였을까? 마테오 콜롬보가 자연의 괴물과 맞닥뜨린 것일까, 아니면 그가 의문을 품었던 것처럼 여성의 신비한 해부학적 구조 가운데 가장 믿을 수 없는 발견을 한 것일까?

해부학자가 피렌체에 머물면서, 나중에 저술하게 될 『해부학에 관해』라는 책의 제16장을 차지할 첫번째 주석들을 쓴 것은 그 며칠 동안이었다. 그는 그 여자 환자의 병이 치유되는 과정을 매일 자신의 공책에 기록했다.

1일째

자궁의 입*이라 부르는 구멍 근처에 솟아 있는 이 작은 돌기는 그 어떤 부위보다 이 여자 환자가 느끼는 쾌락의 근원지다. 성행위 시 손가락으로 이 기관을 문지르면 그녀가 느끼는 쾌락으로 인해, 그리고 그녀의 의지와 상관없이 정액**이 공기보다 훨씬 더 빠르게 흐른다.

2일째

이 여성적인 음경*** 자체에는, 어떠한 자극에도 흥분하지 않는 내부 기관들의 희생하에, 성적 쾌감의 모든 표현이 집중되어 있는 듯 보인다. 성교를 하기 직전, 그리고 마찰을 할 때 이 기관은 남성의 음경처럼 발기했다가 성교가 끝나거나 마찰이 끝나면 이완된다는 사실을 주지해야 한다.****

3일째

내가 처음 검사를 했을 때 이 부위는 단단한 타원형이었으나, 내가 마찰을 해줌으로써 이 환자가 성적인 쾌락에 다다르고 난 뒤에는 부드럽게 이완되었다.

---

* 물론 현재는 문제의 기관이 자궁에서 솟아나지 않는다는 사실이 잘 알려져 있다. 미국의 역사학자 토머스 라커는 저서 『인체의 역사』(타우루스 출판사) 중 마테오 콜롬보에 관한 글 '비너스의 사랑, 혹은 그것의 감미로움'에서 이 같은 사실을 밝혔다.(원주)
** '정액'이란 표현을 쓴 것은 이 기관을 아직도 훨씬 더 남성적인 특성을 지닌 것으로 파악하고 있기 때문임을 주지해야 한다.(원주)
*** 마테오 콜롬보가 이렇게 부른 이유는 자못 흥미롭다. 왜냐하면 그가 나중에 밝히겠지만 여기서 '여성적인 음경'이라고 부른 것은 그 '기형적인 물건'을 보편화하려는 첫번째 시도로 보이기 때문이다. 이런 모순은 마테오 콜롬보가 혼동을 하고 있다는 사실을 보여준다.(원주)
**** 이 부분은 17세기 영국의 조산사였던 제인 샤프의 기술과 거의 정확하게 일치하는데, 그녀는 다음과 같이 기술했다. "……남자의 음경처럼 발기했다 이완되며, 여자를 흥분시키고 성교를 즐기게 해준다."(원주)

성적인 쾌락이 끝난 뒤 휴지기는 그리 오래 지속되지 않고, 마찰을 끝낸지 불과 몇 시간이 지나면 다시 흥분하게 되는데, 이 환자는 성욕도, 격정도 내보이지 않고, 쾌락에 경도되지도 않으며, 남자나 남자의 음경에 대한 음심도 보이지 않는다. 반면에 돌기가 발기할 때마다 이 환자는 우울증과 구토증, 호흡 곤란 등의 증세를 보이는데, 이런 증세들은 마찰을 통한 성적 쾌락을 경험하고 나서야 멈춘다.

4일째

환자가 호전되고 있다. 우울증이나 호흡 곤란이 없어졌고 구토증도 줄어들었다. 이 환자가 겪는 모든 고통이 이 기관에 좌우된다는 듯이, 이 기관은 더 오랫동안 안정 상태를 유지하고 덜 팽창한다. 나는 이 기이한 기관을 '비너스의 사랑' 혹은 '비너스의 쾌락'(비너스의 사랑, 혹은 그것의 감미로움)이라고 부를 것이다.

5일째

이 기관에 의해 이 환자의 사랑, 성질, 의지가 좌우되는 듯 보인다는 사실을 주시해야 한다. 따라서 나는 이 작은 음경을 지배하는 자가 환자의 성질과 의지를 지배하게 되리라고 추정해보았다. 그 때문에 이 환자는 사랑에 빠진 여자처럼 나에게 다가오며, 어떻게 해서든지 내 비위를 맞추려는 성향을 드러낸다. 이 기관은 환자의 사랑과 쾌락의 근원지인 것 같다. 이처럼 복종적인 태도는 오로지 얼마나 기교 있게, 얼마나 노련하게 마찰하느냐, 또 귀두와 귀두 아래에 얇고 기다란 볏처럼 달려 있는 민감한 살에 관해 얼마나 잘 알고 있느냐에 따라 좌우된다.

실제로 해부학자는 자신의 '기교와 노련함'을 최대한 이용할 줄 알았다. 마테오 콜롬보는 주임교수인 자신의 박봉에 대해 아무 거리낌 없이 불평을 늘어놓았다. 그는 자기와 성이 같은 제노바 출신 남자가 이사벨 여왕에게 불평을 늘어놓았듯이, 이네스에게 불평을 늘어놓았다. "제가 20년 동안 일을 했지만 남은 게 별로 없다는 생각을 했습니다. 사실 저는 고향에 집도 한 채 없습니다. 배가 고프면 술집으로, 졸리면 여관으로 가고요. 어떤 때는 회비를 낼 동전 한 닢도 없답니다. 속상해 죽겠습니다." 해부학자는 이렇게 자기 환자에게 신세 한탄을 했다. 그러면 동정심과 자비심으로 가득 찬 이네스의 영혼은 안쓰러운 생각에 부서질 것 같았다.

"500플로린이면 충분하겠어요?" 그녀는 몇 푼 안 되는 동냥을 주는 사람처럼 부끄러워하며 물었다.

그 당시 해부학자는 밤마다 '치료비'로 받은 돈을 세고 난 뒤, 다음과 같이 적었다.

치료가 계속될수록 이 여자 환자는 점점 더 마음을 빼앗기고 있는데, 그녀의 착한 성격과 순종심은 밑도 끝도 없고, 넘쳐흐를 것 같다.

치료가 끝난 뒤 해부학자의 태도도 밑도 끝도 없이 넘쳐흘렀다. 그녀 앞에서 자신의 불행을 한탄할 기회를 절대 놓치지 않았던 것이다.

"1000플로린이면 충분하겠어요?" 이네스가 조심스럽게 물었다.

이네스는 하느님께 바쳤던 모든 열정을 해부학자에게 고스란히 쏟아부었다. 과거에 이네스가 전지전능한 신의 영광을 위해 썼던 시들이 이제는 새로운 대상을 향했다. 밤이면 그녀는 해부학자를 생각하며 잠자리에 누웠다. 해부학자의 꿈을 꾸었고, 아침에 잠에서 깨어날 때면 그녀의 입술은 해부학자의 이름을 부르고 있었다. 가난한 사람들에 대한 예전의 열정과 자비심과 열렬한 관심은 이제 유일한 대상을 갖게 되었다. 그러다가 어느 날 갑자기 이별의 순간이 도래했다. 의사의 판단에 따르면 이네스 데 토레몰리노스의 건강은 완전히 회복되어 있었다. 의사는 피렌체에 더 머무를 이유가 없었다. 수도원장은 외과의사와 제자의 노고에 뜨거운 감사를 표했다.

이제 이네스가 앓았던 병은 이름을 갖게 되었다. 그 이름은 바로 '마테오 레알도 콜롬보'였다.

해부학자는 말을 타고 파도바로 달려가는 동안 조바심에 가슴이 두근거렸다. 자기 인생에 무언가 멋진 일이 막 생기고 있음을 직감했다.

비너스의 땅에서

I

카리아이, 베라과.* 금광들, 하느님의 섭리에 따라 무한한 황금이 있고, 사람들은 팔과 발을 황금으로 치장하고 있습니다. 그 황금을 자신들의 궤짝에 채우고 탁자에 쌓아놓았습니다! 여자들은 머리에서 등까지 길게 황금 목걸이를 늘어뜨리고 있습니다. 여기서 갠지스 강까지 가려면 열흘이 걸립니다. 카리아이에서 베라과까지는 피사에서 베네치아만큼이나 가깝습니다. 저는 프톨레마이오스**와 성서 덕분에 이 모든 것을 알고 있습니다. 이곳은 지상의 낙원입니다……

---

* 크리스토포로 콜롬보가 도착한 카리브 연안의 지명.
** 고대 그리스의 수학자, 천문학자, 지리학자. 저서 『천문학 집대성』에서 천동설에 의한 천체의 운동을 설명했다.

마테오 콜롬보는 자기와 성이 같은 제노바 출신 남자가 여왕에게 썼듯이, 이렇게 썼을 수도 있다. "오, 나의 아메리카여, 나의 달콤한 새 땅이여." 이 일곱 개의 단어가 마테오 콜롬보의 위업을 가장 잘 표현하는 단어였다.

해부학자가 자신이 발견한 그 특이한 병, 그 기괴한 물건이 실제로는 동양의 인도와 같은 것이라는 사실을 깨닫는 데는 그리 오랜 시간이 걸리지 않았다. 파도바로 돌아온 그는 살아 있거나 죽은 여자 107명을 검사했다. 놀랍게도 모든 여자의 몸에 이네스 데 토레몰리노스에게서 발견한 '음경', 즉 '음순의 살 뒤에 숨어 있는 그 작은 물건'이 있다는 사실을 확인했다. 그리고 기쁘게도 이 작은 돌기가 하는 역할은 이네스 데 토레몰리노스의 몸과 마음에 나타난 현상과 전혀 다르지 않다는 사실을 발견했다. 해부학자가 기껍게도 사랑과 쾌락의 열쇠를 찾아낸 것이다. 지난 수세기 동안 그 '달콤한 보물'이 어째서 발견되지 않았는지 도저히 납득할 수 없었고, 동양과 서양의 현자와 해부학자 들이 음부의 살을 탐색해보기만 했어도 금방 찾아낼 수 있었을 그 다이아몬드를 어째서 자자손손 단 한 번도 보지 못했는지 도저히 이해할 수가 없었다.

"오, 나의 아메리카여, 나의 달콤한 새 땅이여." 해부학자는 『해부학에 관해』 제16장의 첫부분에 이렇게 썼다. 그리고 그가 계속해서 쓰게 될 것은 한 편의 웅장한 교향악이었다.

해부학자는 '아아' '오 내 사랑'을 연발하면서 새로 발견한 땅의 해변을 쓰다듬고 있었다. 정글의 푸른 계곡에서 튀어나와 반은 인간이고 반은 짐승인 신들에게 스스로 몸을 바쳤던 구릿빛 원주민 여자들처럼, 여자들이 '비너스의 땅의 새 주인'에게 자신의 몸을 바쳤던 것이다. 이렇게 그는 오른손에는 메스를, 왼손에는 성서를 들고, 목에는 십자가를 건 채 외음부의 잎사귀들을 조사하면서 앞으로 나아갔다. 그가 깊숙한 땅에 이르렀던 어느 날 하느님이 그에게 말했다. "사물에 이름을 붙여주어라."* 그리고 그 당시 하루 일과를 마친 뒤에 쓰던 자신의 일기에 다음과 같이 기록했다. "만약 내가 발견한 것에 이름을 붙일 자격이 내게 주어진다면……" 그리고 그는 사물에 이름을 붙였다. 이렇게 그는 자신의 갈비뼈로 만든 창조물을 일주하면서 탐색했다.

해부학자는 '아아' '오 내 사랑'을 연발하면서 새 땅의 백사장에 입을 맞추고 깃대를 꽂았는데, 새로운 것들이 너무 많아서 이름으로 사용할 단어가 모자랄 지경이었다. 사나운 원주민이나 적과 싸울 필요도 없었다. 새로운 사물을 가리키면서 "이것은 내 거야"라는 말만 하면 충분했고, 그러고서 손가락 끝으로, 그야말로 작은 손가락('제일 작은 손가락')—현명하고 노련한—끝으로 건드리기만 하면 '주인'이 들어갈 수 있도록 잎사귀 사이가 벌어졌다.

이렇게 그는 아담의 갈비뼈가 아담의 것이었듯이, 사물에 이름을 붙이고 자기 것으로 만들고 다녔다. 정말 달콤하고 좋았다! 이렇게 그는 자신이 발견한 것들을 세상에 다음과 같이 소개해야 했을 것이다. "친애하고 친애하는 독자 여러분, 이것이 바로 여자들에게 으뜸가는 사랑의 근원지입니다." 그는 비너스의 땅의 해변을 가리키며 이렇게 말했다.

그는 닻을 올린 뒤 그 어떤 남자도 발을 디딘 적이 없는 수로 쪽으

---

* 크리스토포로 콜롬보(콜럼버스)뿐만 아니라 그 후 신대륙에 온 에스파냐 정복자들은 신대륙의 사물에 에스파냐어로 새로운 이름을 붙였다.

로, 군도 쪽으로 뱃머리를 돌려 항해했고, 지나가면서 검지를 높이 치켜든 채 말했다. "작은 손가락('제일 작은 손가락')으로 열심히 만져주기만 하면 쾌락으로 인해, 심지어 여자들의 의지와 상관없이 정액이 공기보다 훨씬 더 빠르게 흐른다." 그는 여성이라는 바다의 주인이요, 군주였다. 그가 지나가면 물길이 열리고 닫혔다. 그는 비너스의 의지를 주관하는 주인이요, 보호자요, 지배자였으며, 심지어 비너스가 원치 않아도 비너스를 절대군주의 노예로 전락시켰다.

이렇게 그는 '산후안' '산호세'라는 이름을 붙이며 돌아다녔다. 그는 그것이 "자궁이건, 질이건, 음부건" 아무래도 상관없다고 말하면서 계속해서 이름을 붙였다.

그가 발견한 아메리카의 중심부에는 이미 확실한 이름이 붙어 있었다. '모나 소피아'였다. 그녀의 불성실한 마음을 사로잡을 수 있는 약초를 찾아 세상을 돌아다닐 필요가 없었다. 신이나 악마에게 도움을 요청할 필요도 없었다. 그녀의 마음을 사로잡기 위해 멋진 남자처럼 친절을 베풀 필요도 없고, 그녀를 유혹하기 위해 애쓸 필요도 전혀 없었다. 모든 것은 거기, 그의 손 안에 있었고, 특별히 힘을 쏟을 필요도 없이 솜씨 좋게, 노련하게 문지르기만 하면 그녀의 마음의 문을 열 열쇠를 가질 수 있었다. 사랑의 해부학적 이유를 이미 발견해놓은 상태였다. 그는 이전에 그 누구도 가보지 않은 곳을 걷고 있었다. 인류가 생겨난 이래로 마법사, 마녀, 지배자, 극작가 들이, 그리고 사랑에 빠진 사람이면 누구나 그토록 찾아 헤맸던 그곳을 그가, 해부학자가, 그가, 마테오 레알도 콜롬보가 결국 찾아낸 것이다. 그렇다. 그가 찾아내겠다고 맹세한 그 땅이 이제 현명하고 노련한 그의 손가락 아래 그를 위해 놓여 있었다. 그 땅의 이름은 바로 '모나 소피아'였다.

그리고 그는 더 먼 곳까지 가야 했을 것이다. 만약 여자들의 영혼이 이 세상의 어떤 군대로도 정복할 수 없는 왕국이었다면, 그 이유는 너무도 간단하고 명료했다. 여자들의 영혼이 투명해서 아무도 본 적이 없기 때문이다. 다시 말해, 여성적인 사랑의 근원인 '비너스의 사랑'은 여자에게 영혼이 존재하지 않는다는 확실한 증거인 것이다. 이렇게 그는 저서 『해부학에 관해』에서 이에 관해 입증하게 될 것이다.

하지만 깊은 계곡에 빠져 되돌아갈 길을 찾지 못하는 사람처럼, 해부학자는 자기 갈비뼈로 만들어진 밀림 속에서 영원히 길을 잃어버리게 될 것이다.

II

『해부학에 관해』 제16장은 대서사시요, 웅장한 합창이었다. 1558년 3월 16일, 마테오 콜롬보는 논저를 출간할 수 있다는 대학의 규정에 따라 완성된 논저를 알레산드로 데 레냐노 학장에게 제출했다. 일곱 장의 해부학 동판화를 곁들인 115쪽짜리 공책 한 권이었다. 르네상스 시대에 만들어진 가장 아름다운 작품 가운데 하나인 그 삽화들은 그가 직접 그린 유화로, 그 가운데는 그가 발견한 신대륙의 지도도 포함되어 있었다. 그것은 바로 '비너스의 사랑'이었다.

같은 해 3월 20일, 알레산드로 데 레냐노 학장이 대학의 영성 지도 신부와 경호원 둘을 대동하고 마테오 콜롬보의 방으로 쳐들어왔다.

학장은 최고재판소의 판결문을 마테오 콜롬보에게 읽어주었다. 해부학자의 활동에 관해 조사하고 해부학자를 기소하는 문제를 결정하기 위해 의사위원회를 소집하겠다는 학장의 요청을 받아들인다는 판결문이었는데, 혐의 내용은 이단, 신성 모독, 마법 행위, 악마 숭배에 관한 것이었다. 해부학자가 쓴 원고와 벽에 쌓아둔 수많은 그림은 모조리 압수되었다.

마테오 콜롬보가 산안토니오 감옥에 갇히지 않은 이유는 당국의 관용 때문이 아니라 위원회의 결정이 나기 전에 그 기소 건이 세상에 알려지지 않게 하려는 당국의 희망 때문이었다. 의사위원회를 신앙에 관한 문제를 다루는 최고재판소급으로 승격시켜, 의사위원들에게 임시 재판관의 지위를 부여한다는 교황 파울루스 3세의 최종 교서에 따라, 심리는 마테오 콜롬보가 재직하는 대학에서 열릴 것이라는 통보가 마테오 콜롬보에게 전달되었다. 재판은 카라파 추기경과 알바레스데 톨레도 추기경의 대리인이 주재할 예정이었다.

제3부

—

심리

비가 내린다

I

마테오 콜롬보는 책상에 앉아 비좁은 침대 머리맡에 달려 있는 작은 창문 너머로 비가 내리는 것을 바라본다. 비는 대성당의 똑같이 생긴 열 개의 돔 위로, 그리고 희미한 지평선 위로 아스라하게 펼쳐져 있는 풀밭 위로 내린다. 맞아도 젖지 않을 것 같은 보슬비가 내린다. 좋지 않은 생각이나 의심처럼 집요한 비가 추적추적 하염없이 내린다. 어떤 생각처럼. 어떤 비밀처럼. 비가 수 세기에 걸쳐 내리는 것 같다고 할 수 있을 정도다. 경건하게, '맨발로' 내린다. 프란체스코 성인 같은 비가 내린다. 성인의 발처럼 가벼운 비가 지붕 위로 새들 위로 내린다. 늘 그렇듯 가난한 사람들 머리 위로 비가 내린다. 천천히, 그러나 꿈쩍도 하지 않는, 어둠에 휩싸인 성인의 대리석 동상의 발을 닳게 할 정도로 집요하게 비가 내린다. 오늘도 아니고 내일도 아닐 것이다. 어느 순간에, 며칠 내로, 갑자기 검은 횃불들이, 모닥불들이 타오를 것이다. 하지만 비가 내린다. 보슬보슬 집요하게 비가 내린다. 경고처럼, 또는 불길한 징조처럼. 최소한 불에 탄 살에 생긴 궤양을 식혀줄 수 있을 정도로 다정하게, 자비롭게 비가 내린다. 수도원장에게 식량을 제공하는 농부들의 머리 위로, 교황 파울루스 3세의 스톨 위로 보슬보슬 보슬비가 내린다. 바티칸 궁 위로 비가 내린다. 미지근한 비가, 간절히 기다리던 비가 내린다. 수녀들의 꽉 닫힌 옷 목둘레선 밑으로 늘어지는 작은 음경처럼 빗방울이 흘러내린다. 풍작을 가져오는 기름진 비가 내린다. 라틴의 비가 내린다.

마테오 콜롬보는 새로운 비가 내리는 것을 바라본다. 비가 오면 진흙 속에 있던 고대의 보물들이 드러난다. 케케묵은 비가 내린다. 저기, 발밑으로 고대의 광채가 나온다. 비가 내린다. 그리고 순전히 내리는 비의 힘만으로 역사적인 땅이 헤집어져 대리석과 책과 동전을 토해낸다. 지상의 모든 것이 상대적으로 사소하게 변하고, 그 무엇보다도 세속적으로 변한다. 사람들의 왕래로 인해 생겨난 얽히고설킨 길 밑과, 가난한 벽촌 밑으로 스며든 빗물은 장차 발굴되어야 할 고대의 찬란한 제국을 발가벗긴다. 비가 오면 땅속으로부터 좋은 것, 아름다운 것, 진실된 것이 모습을 드러낸다. 비가 내리고, 비가 내리기만 해도 지도자들의 상이 진흙으로 변하고 그 자리에 스키피오와 파비우스*의 정신이 다시 드높여진다.

자신이 발견한 달콤한 땅, 자신의 낙원에서 쫓겨나 있고, 자신의

---

* 스키피오와 파비우스는 로마 공화국 시대의 정치가, 장군.

'아메리카'와 자신의 조국으로부터 멀리, 아주 멀리 떨어진 수도원에 갇혀 있는 마테오 콜롬보가 비가 내리는 것을 바라본다.

해부학자는 기적이 일어나지 않는 한 자기에게 마지막 비가 될 그 비가 내리는 것을 바라본다.

II

1558년 3월 25일, 카라파 추기경과 알바레스 데 톨레도 추기경의 개인 대리인이 주도하는 위원회가 다섯 명의 기사를 앞세우고 다섯 명의 경호원을 뒤세운 채 파도바에 도착했다. 추기경 예하들은 대학에 머물렀고, 재판을 시작하기 전에 사흘 동안 사건의 경위를 조사하기로 결정했다. 학장은 예하들에게 해부학 강의에 사용하는 계단식 강의실을 법정으로 사용할 것을 제의했으나, 손님들의 눈에는 얼마 안 되는 청중의 수에 비해 장소가 지나치게 넓어 보였다. 법정은 재판관 세 명으로 구성되었다. 카라파 추기경, 나바스의 사제 알폰소—알바레스 데 톨레도 추기경의 개인 대리인—그리고 파도바 종교재판소를 대표해 나온 사람이었다. 고소인 측의 진술은 학장이 직접 맡았고, 피고인 측의 변호 문제는 피고 본인의 진술 말고는 다른 도움을 받을 수 없는 실정이었다. 그 외에 두세 명의 증인이 참석할 예정이었다. 따라서 위원회는 일반 강의실이 더 적합하다고 판단했다.

III

1558년 3월 28일, 재판이 시작되었다. 관례에 따라 최고법정은 제일 먼저 고소인 측 증인들의 증언을 듣고, 두번째로 고소인의 고소 이유를 들으며, 마지막으로 피고인의 진술을 듣게 되어 있었다. 법정은 재판을 신속하게 진행하겠다고 했다. 증인들이 참석은 하되 미리 공증인의 인증을 받은 진술서를 읽는 것으로 제한하기로 결정했다. 증인들은 재판에 끼어들거나 자신의 진술을 번복할 권한이 없고, 위증할 시에는 기소될 수 있다는 경고를 받았다. 이런 재판 형식에 따라 대학 소속 공증인인 다리오 렌니가 법정에 제출될 증언들을 수집했다.

증인들의 증언

첫번째 증언

해부학자에 의해 마법에 걸린 적이 있다고 주장하는
창녀의 증언

재판관들 앞에 선 다리오 렌니가 첫번째 증언을 읽었다.

"나 다리오 렌니는 타베르나 델 물로의 위층에 거주하는 한 매춘부의 진술을 정리했는데, 그녀 스스로 밝힌 이름은 칼란드라이고, 나이는 17세이며, 주소는 위에 언급한 그 매음굴입니다.

증인은 1556년 6월 14일, 눈빛이 날카로운 한 남자가 그 술집의 위층에 와서 매춘을 요구했다고 진술했습니다. 그는 그 집에 있던 매춘부들을 모두 살펴본 뒤 라베르다라고 불리는 매춘부와 동침하기로 결정했습니다. 증인은 그 매춘부가 늙고 병에 걸렸기 때문에 헐값을 치르고 함께 방으로 들어갔다고 진술했습니다. 증인은 그 남자가 매춘부를 대동하지 않은 채 혼자 방에서 나와 서둘러 그 집을 떠났다고 진술했습니다.

증인은 늙은 매춘부가 방에서 나오지도 않고 아무런 기척도 들리지 않아 몹시 걱정이 되었다고 진술했습니다. 매춘부의 모습이 보이지 않자 방으로 들어가보았더니 매춘부가 침대 옆에 누워 있었다고 진술했습니다. 증인은 처음에는 매춘부가 일솜씨도 없는 데다 늙고 치아도 없기 때문에 남자가 불만을 품고 여자를 버리고 간 것으로 생각했다고 진술했습니다. 증인은 매춘부가 숨을 쉬고 있었고, 상처도 없었으며, 칼을 맞았거나 몽둥이질을 당한 흔적도 없었다고 진술했습니다.

증인은 매춘부가 기절했다가 깨어나더니 그동안 무슨 일이 일어났는지 자기에게 설명해주었다고 진술했습니다. 즉 손님이 매춘부에게 음경을 빨아달라고 요구했고, 매춘부는 그의 요구를 들어주고 나서 그가 자기의 사랑과 영혼을 빼앗은 악마라는 사실을 알게 되었다고 합니다. 증인은 그 매춘부가 카론테*의 강들을 건너고 있었는데, 매춘부가 헤픈 여자라는 이유로 간음하는 악마들이 기다란 음경을 매춘부의 몸에 있는 모든 구멍에 집어넣었다는 말을 자기에게 해주었다고 진술했습니다.

증인은 매춘부가 너무 늙은 데다 성적인 광증에 사로잡혀 있었기 때문에 매춘부의 말을 믿지 않았다고 진술했습니다.

그러나 일주일이 지난 뒤, 그 손님이 술집 위층 유곽에 다시 나타나 매춘을 요구했고, 그 집에 있던 매춘부들을 모두 살펴본 뒤, 이번에는 값비싸고

---

* 그리스 신화에서 죽은 자를 저승으로 건네준다는 뱃사공. 카론이라고도 한다.

육덕 좋은 매춘부인 증인을 선택했다고 진술했습니다. 증인은 그 손님이 세련된 태도에 눈빛이 날카로운 데다, 자신의 취향에 잘 맞는 남자라서 고분고분하게 잘 대접했다고 진술했습니다.

증인은 손님이 옷을 허리 위로 걷어 올리고는 단단하게 발기한 자신의 음경을 증인에게 빨아달라 했다고 진술했습니다. 증인은 직업인으로서 기술과 솜씨를 발휘해 손님이 요구하는 대로 했는데, 그러다가 마법에 걸려 쓰러졌고, 라베르다의 말을 믿지 않은 자신을 저주했다고 진술했습니다.

증인은 그 남자가 자신의 사랑과 영혼을 빼앗은 악마였다고, 온갖 악마들이 그 사악한 남자에게 복종하는 것을 보았다고, 그런데 이 모든 거대한 맹수들이 주인의 말에 복종해서 거대한 음경을 증인의 항문에 집어넣는 바람에 엄청나게 고통스러웠다고 진술했습니다. 그리고 짐승들의 두목이 증인더러 자기에게 사랑과 영혼을 바치면 그 끔찍한 고통을 멈추게 해주겠다는 말을 했다고 진술했습니다. 증인은 지옥 짐승들의 주인인 그 남자가 그녀 자신이 나쁜 여자이기 때문에 그녀의 사랑을 달라고 요구했고, 그녀가 자기 몸을 팔아 먹고사는 죄를 범했기 때문에 그녀의 영혼이 그 남자의 것이라 주장했다고 진술했습니다. 증인은 자신이 받고 있던 고통이 심했음에도 자신은 이미 성사를 받았으며, 자신의 사랑과 영혼이 모두 하느님과 함께하기 때문에 그 남자에게 사랑을 줄 수 없노라고 거절했다고 진술했습니다.

증인에게 해부학자인 마테오 레알도 콜롬보를 대질시키자, 증인은 해부학자가 바로 그 남자라고 진술했습니다."

두번째 증언

해부학자가 악마 같은 짐승들과 함께 있는 것을 보았다는
사냥꾼의 증언

"나 다리오 렌니는 파도바 대학 공증인으로서 이름은 A, 나이는 25세, 부인과 네 자녀와 함께 농장에 거주하는 한 남자의 진술을 정리했습니다.

증인은 수도원에 인접한 숲에서 사냥을 하던 중 까마귀와 함께 길을 걷고 있던 한 남자를 보았다고 진술했습니다. 그 남자는 어깨에 큰 자루를 짊어지고 있었는데, 자루 안에는 까마귀의 인도를 받아 돌아다니면서 수집한 동물들의 사체가 들어 있었다고 합니다. 증인은 남자의 그런 행동거지에 관심을 가졌고, 남자가 악마처럼 보였기 때문에 호기심 반 두려움 반으로 은밀히 남자의 뒤를 쫓기로 결심했다고 합니다. 남자는 사람이 살지 않는 낡은 오두막 쪽으로 갔고, 오두막 안으로 들어가서 자루에 들어 있는 것을 모두 꺼냈다고 합니다. 증인은 남자가 자루에서 꺼낸 썩은 고기를 까마귀에게 주는 것을 창문 너머로 보았다고 진술했습니다. 증인은 식탁 위에 놓인 끔찍한 짐승들, 즉 칠면조 털이 달린 개, 물고기 비늘이 달린 고양이 등을 공포에 사로잡힌 채 보았다고 진술했습니다. 그리고 남자가 짐승들을 손으로 만지자, 그 악마들이 다시 살아나 몸을 떨며 미친 듯이 날뛰었다고 진술했습니다.

증인에게 해부학자를 대질시키자, 증인은 자신이 보았던 남자가 바로 마테오 레알도 콜롬보라고 진술했습니다."

세번째 증언

해부학자에 의해 마법에 걸린 적이 있다고 주장하는
여자 농부의 증언

"나 다리오 렌니는 파도바 대학의 공증인으로서 이름은 A, 나이는 17세,
B의 아내라고 하는 여자의 진술을 정리했습니다.

증인은 큰 오두막 근처의 농장에서 남편과 함께 거주하고 있습니다. 농장
은 C가 관리하고 있는데, C는 위의 진술이 맞다고 확인해주었습니다.

증인은 증인 선서를 한 뒤 마테오 레알도 콜롬보를 알고 있다고 진술했으
며, 그에 관해 정확하게 묘사했습니다. 대학에 있는 그의 방에도 가본 적이
있다고 진술했으며, 그 방에 관해서도 정확하게 묘사했습니다.

해부학자를 어떻게 알게 되었느냐는 질문에 증인은 큰 오두막 근처 소작
지에 있는 자신의 농장과 영주의 봉토를 구분하는 울타리 너머로 수사 D와
함께 있는 그를 처음 보았다고 진술했습니다. 증인은 수사와 해부학자가 그
구역 안에 있는 작업장 주변, 부엌, 화덕, 곡식 창고, 밭, 축사 등을 오랫동
안 널리 둘러본 뒤 서로 헤어졌다고 진술했습니다. 한 사람은 큰 오두막 쪽
으로 걸어가다가 울타리 너머로 사라졌고, 또 한 사람은 증인이 빵을 굽고
있는 화덕으로 다가와 증인에게 자신의 이름을 밝힌 뒤 주인이 어디에 있는
지 물었다고 진술했습니다. 증인은 해부학자의 요청대로 남편을 찾으러 갔
는데, 남편은 그날이 선행을 베푸는 날이었기 때문에 수도원 보수 작업을 하
고 있었다고 진술했습니다. 증인은 손님이 증인의 남편과 아주 오랫동안 이
야기를 나눴고, 말소리는 들리지 않았지만 분위기로 미루어 짐작건대 주로

증인에 관한 이야기를 하는 것 같았다고 진술했습니다. 증인은 남편이 관리인을 찾아갔고, 남편과 관리인은 단둘이 이야기를 했다고 진술했습니다. 증인은 해부학자가 관리인에게 돈을 주었고, 관리인은 증인이 손님인 마테오 레알도 콜롬보의 보호하에 농장 밖으로 나가도록 허가해주었다고 진술했습니다.

증인은 밤에 은밀하게 대학의 지하실로 인도되었고, 시체들로 둘러싸인 상태에서 해부학자는 증인에게 옷을 벗고 차가운 대리석 탁자에 눕도록 했다고 진술했습니다. 증인은 그 의사가 증인의 가랑이를 벌리게 하고는 성기에 악마를 집어넣었다고 진술했습니다. 증인은 자신의 성기 속에 들어 있던 악마가 지금까지 한 번도 느껴보지 못한 엄청난 쾌락을 푸짐하게 주었기 때문에 쾌락과 희열에 휩싸여 있었을 때, 해부학자가 그 '짐승의 아들'에게 증인의 영혼을 사랑할 것과 증인의 몸을 거대한 솥처럼 뜨겁게 달굴 것을 명령했다고 진술했습니다. 증인은 그 맹렬한 악마를 사랑하게 되었고, 손가락 하나로 악마를 부추겨 증인의 성기 안으로 끌어들이던 주인을 사랑하게 되었다고 진술했습니다. 증인은 그날 이후 자신의 몸이 그 맹렬한 악마의 포로가 되었기 때문에 남편의 음경으로는 단 한 번도 쾌락을 느끼지 못했다고 진술했습니다."

고소

고소인 측 진술서

가톨릭교회 의사위원회에 올리는
알레산드로 데 레냐노의 마테오 콜롬보에 대한 고소장

"우리 모두는 이 땅에 악마가 돌아오는 것을 보고 있습니다. 어디서든 악마를 볼 수 있습니다. 고개를 돌리는 곳마다 악마의 천박한 작품밖에 볼 수 없습니다. 악마를 사슬에 묶어 천년 동안 심연으로 추방하는 형벌을 내린 천사의 모습을 통해 우리는 지금 세례 요한이 한 예언의 결말을 보고 있습니다. 천년이 지난 오늘, 악마가 돌아온 것입니다. 악마는 지금 우리와 함께 있습니다. 보십시오! 여러분의 주위를 둘러보세요! 오늘날 우리 모두는 옛 신들을 발굴합니다. 혹시 우리가 성모 마리아를 비너스로 대체해야 하는 건 아닐까요? 혹시 우리가 바쿠스 신을 다시 숭배하고 세례 요한을 무덤에 파묻게 되지 않을까요? 그것은 성당들을 보아도 충분히 알 수 있습니다. 모든 성당에 고대 이단의 신들이 가득 차 있습니다. 그렇다면 여러분에게 묻겠습니다. 만약 하느님의 집이 악마의 집으로 변해버렸다면, 인간에게서 뭘 기대할 수 있겠습니까? 광장과 시장에 떠도는 온갖 세속적인 말에 귀를 기울여보시고, 이런 잡담이 라틴어와 그리스어조차도 모르는 새로운 '문학가들'의 작품과 무슨 차이가 있는지 어디 한 번 말씀해보십시오. 나태, 경박한 의식, 저속한 이야기, 그리고 온갖 종류의 난잡한 외설을 오늘날 그들은 문학이라고 부릅니다. 정신 바짝 차리십시오! 악마가 지금 우리 사이에서 돌아다니고 있습니다. 지금은 아들이 아버지를, 제자가 스승을 배반하는 때입니다. 본인이 맡고 있는 이 대학 예비 해부학자들의 무리를 보셔야 합니다. 자신들의 직업인 의사로서 선서하는 것조차 거부한 자들입니다. 이제는 아무도 우리의 얘기를 귀담아들으려 하지 않을 뿐만 아니라 심지어 우리의 면전에서 우리를 조롱하기까지 합니다. 그들이 하느님에 관해 얘기하는 것을 여러분이 들으시면 어찌나 경박스러운지, 마치 채소의 씨앗이 싹트는 것 같은 하찮은 것에 관해 말할 때처럼 냉랭한 거리감을 두고 얘기합니다. 이 음식이 저 음식보다 더 좋다고 말하는 것처럼, 누구든 자신이 무신론자라고 말할 수 있는 때입니다! 여러분에게 말씀드립니다. 정신 차리십시오! 악마가 자기를 얽매던 사슬에서 풀려나 지금 우리 사이에 있습니다.

지금 악마는 과학이라는 옷을 입고 있습니다. 지금은 가짜 예언자들이 스스로를 과학자 혹은 예술가라고 칭하는 시대입니다. 어느 날 새로운 화가들, 조각가들, 해부학자들이 나타나 우리의 주님 예수 그리스도 대신 루시퍼의 대리석상을 성당의 강단에 올려놓을 수도 있는 판국에, 그렇게 팔짱을 끼고 앉아 가만히 기다리고 있어야 하겠습니까?

모름지기 우리 그리스도인들은 진리와 그릇된 진리를 구별할 줄 알아야 합니다.

본인은 피고가 스스로 맹세한 바를 지키지 않았기 때문에 위증죄로 고소하는 바입니다. 피고가 의사 자격증을 수여받던 날 지키겠다고 맹세한 것을 여러분에게 상기시켜드리겠습니다.

'나는 모든 노력을 다하고, 이 맹세와 약속에 부합하는 판단을 함으로써 다음의 사항을 완수하겠다고 하느님을 증인으로 삼아 하느님께 맹세합니다. 내게 의술을 가르쳐준 스승을 부모를 존경하듯 존경하고, 나의 재산을 스승과 함께 나누고, 스승에게 필요한 것이 있으면 책임지고 마련해드리고, 스승의 자녀들을 내 형제처럼 대하고, 그들이 의술을 배워야 할 필요가 있으면 아무런 대가도 받지 않고 계약관계도 맺지 않은 채 그들에게 의술을 가르쳐줄 것입니다. 또한 내 자녀뿐만 아니라 스승의 자녀, 의사가 되겠다고 약속하고 의사의 법에 따를 것을 맹세하게 될 제자들을 지도하고 교육시키고, 그 밖의 모든 것을 가르칠 책임을 지겠다고 맹세합니다. 의사로서의 능력과 정확한 지식을 바탕으로 식이요법을 이용해 환자를 도울 것이며, 환자가 해를 입거나 부당한 피해를 당하지 않도록 할 것입니다. 극약은 달라고 간청해도 주지 않을 것이며, 그런 유사한 처방은 권하지도 않을 것입니다. 생활을 할 때나 일을 할 때나 늘 순수하고 경건한 마음을 유지할 것입니다. 불경한 의도가 없거나 부정한 짓이 아닌 한, 특히 사람들의 성생활에 관한 것이 아닌 한, 환자가 남자거나 여자거나, 자유인이거나 노예거나 신분을 가리지 않고 어느 집이든 들어가서 환자를 보살필 것입니다. 치료 중에 혹은 치료 전후에 환자들의 생활과 관계된 것에 관해 보고 들은 것을 절대 다른 사람에게 옮기지 않고, 비밀로 간직할 것입니다. 결국 내가 이 맹세를 지키고 어기지 않는다면 모든 사람들로부터 칭송을 받으면서 내 삶과 내 의술을 향유할 수 있게 될 것입니다. 하지만 내가 이 맹세를 어기고 잘못을 저지른다면, 이와는 정반대의 경우에 처하게 될 것임을 맹세하는 바입니다.'

본인은 본 대학에서 가르친 의사로서의 직업을 더럽히고 모독함으로써 자신이 한 맹세를 한 마디 한 마디 어긴 피고를 위증죄로 고소합니다.

본인은 악마를 숭배하고 마법을 행한 혐의로 피고를 고소합니다. 본인이 여러분에게 말씀드릴 수 있는 것은, 피고 자신이 여러분에게 제공하는 증거들에 비하면 적은 분량입니다. 여러분은 증인들의 진술을 들었습니다. 여러분은 본건에 관한 문서를 모두 읽었고, 피고가 직접 그린 그림도 보았습니다. 그러나 가장 결정적인 증거는 피고 자신의 말입니다. 피고가 주장하는 그 '발견'은 악마의 속임수에 불과합니다. '비너스의 사랑'이라고 하는 것이 도대체 무엇이란 말입니까? 피고는 영혼의 의지와 육체의 쾌락을 동등한 것으로 간주할 수 있기라도 한 것처럼, 여자의 의지와 사랑과 쾌락을 지배하는 기관을 발견했다고 주장하고 있습니다. 악마를 하느님의 위격에 올려놓으려고 시도하는 자를 '악마적인 인간' 말고 다른 말로 부를 수 있겠습니까?

엄밀하게 해부학적 관점으로만 보더라도, '비너스의 사랑'이란 것이 도대체 무엇입니까? 말장난, 단순한 말장난에 지나지 않습니다. 여러분이 제아무리 여자의 성기에서 찾고 또 찾아봐도 '비너스의 사랑' 같은 것은 전혀 찾을 수 없고, 에페수스의 루푸스*, 이븐시나 혹은 율리우스 폴룩스**가 묘사하지 않은 다른 기관도 찾을 수 없을 것입니다. 아마도 '비너스의 사랑'은

베렌가리우스[***]가 지적한 '수련(睡蓮)'에 불과하거나 10세기에 이미 아랍의 할리 아바스[****]가 기술한 '자궁 입구'에 불과합니다. 본인은 여러분에게 감히 말씀드립니다. 이것은 말장난, 그야말로 말장난에 지나지 않는다는 것입니다. 혹시 피고의 '발견'이 아불카시스[*****]가 말한 '텐티게넴'[******]일까요? 이것은 말장난, 악마의 말장난입니다.

그러나 본인은 본 고소 건을 피고 자신에게 위임하려고 합니다. 피고의 변론을 들어보시면 여러분은 본인이 여러분에게 말씀드린 그 증거들을 피고의 말에서 발견하게 될 것이라 생각합니다."

---

* 고대 그리스의 의사.
** 그리스의 신화학자, 사전편찬자.
*** 이탈리아의 해부학자, 외과의사. 세계 최초로 해부도를 남긴 인물이다.
**** 페르시아의 유명한 외과의사.
***** 본명은 아부 알카심. 30편의 의학 편람을 저술한 이슬람권 최고의 의사다.
****** '감미로운 사랑(amoris dulcedo)'이라고도 한다.

변론

I

4월 3일은 피고가 진술서를 제출하는 날이었다. 마테오 콜롬보는 자신의 신념 외에는 다른 동반자도 없이 최고재판소가 개설되어 있는 강의실로 들어섰다. 그는 양털 루코를 입고 어깨 위에 스톨을 두르고 포지아*를 이마까지 깊숙이 눌러쓴 모습으로 등장해, 재판관석 앞에 이르러서야 포지아를 벗었다. 재판관들의 오른쪽에는 고소인인 알레산드로 데 레냐노 학장이 있었다. 카라파 추기경은 마테오 콜롬보에게 고소 건에 관해 상기시키는 공식 절차를 마친 다음, 곧장 피고 측 진술을 시작하라고 명령했다.

모든 시선이 비탄에 젖은 마테오 콜롬보의 모습에 집중되어 있었

---

* 중세에 남자들이 쓰던 일종의 두건.

다. 재판관들 앞에 선 마테오 콜롬보는 입을 열지 못했다. 사실 감금되어 있는 동안 여러 가지로 연습을 해보았건만 현재로서는 단 한 가지도 도움이 되지 않았다.

Ⅱ

가톨릭교회 의사위원회에 제출한
마테오 레알도 콜롬보의 진술서

"비록 현재의 상황이 가장 호의적이거나 가장 적절해 보이지는 않는다 할지라도, 먼저 존경하는 각하들께서 본인의 변론에 관심을 가져주시는 것이 보잘것없는 제게는 크나큰 영광이라는 말을 드리면서 변론을 시작하려 합니다. 운명이 제게 할당해준 이런 상황보다 덜 다급한 상황이었더라면, 저의 작품과 발견이 여러분의 귀중하기 그지없는 보호 아래 여러분의 환대를 받을 수도 있었을 것이라고 확신하면서 이에 관해 말씀드리겠습니다. 저는 인간의 육체와 관련된 문제는 그 어떤 것도 하느님을 떠나서는 존재하지 않기 때문에, 무엇보다도 신학적인 방법으로 논증되어야 한다고 믿는 사람 가운데 하나입니다. 저의 직업, 즉 해부학적 직업은 전지전능하신 하느님의 작품을 판독하고, 그렇게 함으로써 하느님을 경배하는 일입니다. 신학의 대가이신 여러분은 신앙뿐만 아니라 이성으로도 지혜를 습득하실 것입니다. 여러분께서 읽어보신 저의 작품에는 신앙에서 벗어나는 논리를 지닌 단어가 단 하나도 없습니다. 이와 더불어 저는 성서가 단지 인쇄된 종이에 불과하지만

은 않다는 점을 말씀드리고 싶습니다. 인간의 몸 하나를 검사할 기회가 제게 주어질 때마다, 저는 그 몸에서 지고하신 하느님의 작품을 보게 되며 그 몸의 각 부위에서 하느님의 성스러운 말씀을 읽을 수 있으며, 제 영혼은 깊은 감동을 받습니다.

저의 진술을 본격적으로 시작하기에 앞서 여러분께 말씀드리고 싶은 것은, 여러분께서 제 말을 들으신 뒤에, 제가 이루어놓은 발견과 저의 졸저 『해부학에 관해』를 구성하는 증거를 여러분의 현명한 보호 아래에 두실 것이라는 희망을 저는 버리지 않고 있다는 것입니다.

고소인의 입을 통해 드러난 대로, 제가 주장한 것 가운데 몇 가지는 여러분께서 보시기에 터무니없는 공상으로 비칠 수도 있다는 사실을 이해합니다. 저의 해부학적 연구로부터 도덕과 관련된 일부 다른 개념들이 도출될 수도 있을 것입니다. 저는 육체에 관한 논문을 발표하는 것은 필연적으로 영혼에 관해 다른 방식으로 접근하는 것이라는 사실을 여러분께 말씀드리고 싶습니다. 저의 발견은 해부학에 관한 것입니다. 저는 인체 각 기관의 기능에 관해 설명하고, 또 그 기관들이 지닌 특정 기능들을 파악해보았는데요, 이것들이 어떤 형이상학적 교리로 이어지기 때문에 그에 관한 정리와 분류는 철학자들에게 맡길 것입니다. 저는 보잘것없는 해부학자에 불과하며, 저의 목적은 지고하신 하느님의 작품을 해석하고, 이를 통해 하느님을 찬미하려는 것임을 겸허한 마음으로 말씀드리는 바입니다.

여러분께 미리 말씀드리고 싶은 것은, 저의 진술이 끝나면 여러분께서 당연히 그렇게 해석해주시리라 제가 확신하다시피, 저의 저서 『해부학에 관해』에 쓰여 있는 내용과 제가 여러분께 밝히는 것들 가운데 그 어떤 것도 성서의 내용과 어긋나지 않으며, 오히려 저는 늘 성서가 지닌 진리를 믿어왔다는 것입니다.

제가 발표할 내용을 순서대로 정리하고, 저의 설명이 더 쉽게 이해될 수 있도록 본 진술을 19개 부분으로 나눠보겠습니다."

제1장
'키네시스'가 영혼의 속성이 아니라 육체의 속성인 이유에 관해

"그러면, 육체와 육체의 기본적인 기능에 관한 몇 가지 문제에 대해서는 약간 우회적인 방법으로 접근할 것인데, 그에 관해 제가 설정한 연관 관계를 설명해드리겠습니다."

해부학자는 재판관들 앞에 서서 한참 동안 의도적인 침묵을 유지하면서 위원회 위원들의 이목을 최대한 집중시킬 방법을 모색했다.

"저 시계 종들을 봐주시기 바랍니다." 해부학자가 창문 쪽을 가리켰고, 창문 밖으로 시계탑의 모습이 또렷이 보였다. 바로 그 순간 미리 정해놓기라도 한 듯 종이 울리기 시작했다.—"저 구릿빛 피부의 무어인들이 움직이는 모습을 보십시오."—해부학자가 주장했는데, 그는 의사들이 이목을 집중시키도록 부추겼을 뿐만 아니라, 그 광경이 오직 그의 의지에 따라 일어나는 듯한 인상을 심어줄 수 있었다. "종을 치는 저 사람들을 보시고, 저 사람들이 둘러싸고 있는 저 시계 또한 관찰해보십시오. 왜냐하면 이것이 바로 제가 여러분께 말씀드리고 싶은 것이기 때문입니다. 그것은 바로 '움직임'입니다. 정교하고 정확한 저 기계가 우리 각자의 몸의 움직임을 지배하는 원리와 전혀 다르지 않은 원리에 따라 움직인다는

사실을 여러분께 말씀드리는 것으로 제 진술을 시작할까 합니다.

우리의 몸은 저 시계의 종들과 마찬가지로 물질로 만들어졌으며, 그 물질은 한 가지 형태를 취합니다. 그리고 저 시계들과 마찬가지로, 물질은 동작을 유발하는 어떤 형태의 키네시스에 의해 움직이게 됩니다. 이것이 바로 해부학과 철학 사이의 경계점입니다. 왜냐하면 육체의 동작을 지배하는 것이 무엇인가라는 질문에 대한 대답은 실제로 형이상학적인 대답을 전제하는 것처럼 보이기 때문입니다."

"영혼이 육체의 움직임을 지배한다는 것은 이미 다 아는 사실이고, 당신은 우리에게 새로운 사실을 전혀 보여주지 않고 있소……"

"여러분이 원하시니 계속해서 말씀드리겠습니다. 여러분의 의지에 반하는 말씀을 드리게 되어 애석하기 그지없습니다만, 제 판단으로는 그 어떤 영혼도 저 시계 종들의 움직임을 지배하지 않듯이, 그 어떤 영혼도 이런 역학에 개입할 수 없습니다. 하지만 제가 이미 정해놓은 순서에 따라 설명할 수 있도록 여러분의 양해를 구할까 합니다. 영혼에 관한 저의 견해를 말씀드리기 전에, 제가 발견한 것으로, 다행히 그 누구도 의문을 제기하지 않았던 것에 관해 설명하고자 합니다. 즉 혈액의 폐순환 원리에 관한 것입니다. 거기서, 저는 심장의 강(腔)에 압축되어 있던 피가 심장이 확장할 때 더 큰 어느 장소를 향해 출구를 찾아서 힘차게 배출되는데, 오른쪽 심장의 강에 있는 피는 폐동맥으로 배출되고, 왼쪽 심장의 강에 있는 피는 대동맥으로 배출되는 과정에 관해 기술했습니다. 확장된 심장이 다시 수축하게 되면, 새로운 피가 대정맥으로부터 오른쪽 심장의 강으로 들어가고, 왼쪽 정맥을 통해 왼쪽 심장의 강으로 들어갑니다. 네 개의 혈관 입구에는 작은 살들이 있어서 더 많은 피가 심장으로 들어올 때는 위에서 언급한 두 개의 정맥만을 통하고, 심장에서 나갈 때는 위에서 언급한 두 개의 동맥만을 통하도록 조정하는 역할을 합니다."

제2장
'동역학 유체'에 관해

"이번에는 몸의 각 부위가 어떻게 움직이는지에 관해 설명하겠습니다. 여러분은 근육의 키네시스를 지배하는 것은 결코 영혼에 의해 좌우되는 것이 아니라 육체에 의해 좌우된다는 사실을 이해하게 될 것입니다. 이제부터는 핏속에 살고 있는 아주 미세한 소체(小體)들에 관해 소개할 텐데, 저는 그 소체들을 '동역학 유체' *라고 불렀습니다. 이들 유체는 대단히 빠른 속도로 움직이는데, 뇌에서 나와 근육 조직으로 이어지는 신경으로 흘러들어가는 피에서 이탈합니다. 근육은 단 두 가지 형태의 움직임만을 알고 있습니다. 바로 이완과 수축입니다. 근육이 이완되려면 반대로 수축하는 근육이 있어야 하는데, 이처럼 이완과 수축 운동을 하기 위해서는 이 두 근육이 뇌에서 나온 이 유체를 각기 다른 비율로 받아들여야 합니다. 제가 지금 여러분께 설명하고 있는 것은 형이상학적인 문제가 전혀 아닙니다. 왜냐하면 방금 전에 말씀드렸듯이 이들 '동역학 유체'는 물질로 만들어져 있기 때문입니다. 그리고 근육이 수축하고 이완할 수 있도록 근육을 채워주거나 비워주는 것

---

* 마테오 콜롬보가 기술한 '동역학 유체'는 데카르트가 『감정론 *Traité des passions*』에서 '동물정기'라고 부른 것과 놀랄 만큼 유사하다. 그 프랑스 철학자가 마테오 콜롬보에게서 영감을 받았다는 것이 그리 특이하지는 않을 것이다.(원주)

이 바로 이 물질입니다. 이것이 바로 근육의 수축과 이완 운동의 원리입니다. '동역학 유체'들은 이런 식으로 근육 속을 돌아다니며 살아가면서 한 근육에서 다른 근육으로 옮겨 다님으로써 근육의 수축과 이완을 돕는 것입니다. 그럼에도 불구하고 제가 방금 설명한 이것은 키네시스의 원리일 뿐이라는 사실을 여러분께 말씀드리고 싶습니다. 이제 이런 기계적인 과정이 질서정연하게, 혼란을 일으키지 않고 이루어질 수 있도록 유도하는 신경들이 어떻게 구성되는지 보여드리는 일이 남아 있습니다. 다음 설명은, 동시에 각하들께서 채택하신 어느 증인의 진술에 대한 저의 변론이기도 합니다." 마테오 콜롬보가 학장을 바라보며 말했다. "제가 그 악마 같은 짐승들을 데리고 다녔다는 이유로, 정말 가당치도 않게 저를 고소한 그 진술 말입니다."

제3장
악마 같은 짐승들

해부학자는 피고석으로 걸어가서 자루 하나를 어깨에 걸쳐 메고는 다시 재판관석 앞으로 돌아왔다.

"이것이 바로 그 사냥꾼이 보았다는 자루입니다." 해부학자가 의사위원들에게 묵직한 자루를 들어 보이며 말했다. "제가 매일 아침 농장 근처 숲으로 산책을 가서 동물을 구해다가 해부를 하고 박제를 한다는 것은 모든 사람이 다 아는 사실입니다. 하지만 제가 아까 설명했던 주제와 아무 상관없는 것을 얘기하고자 하는 것이 아닙니다. 아까 여러분께 소개했던 그 운동에 관해 다시 구체적으로 설명하도록 하겠습니다." 해부학자는 말을 마치자마자 자루를 묶어놓은 끈을 풀기 시작했다. 그 순간 공증인을 통해 진술서를 제출한 뒤 다른 증인들과 함께 법정 안에 앉아 있던 사냥꾼이 자리에서 벌떡 일어나 신경질적인 목소리로 자신이 퇴장할 수 있게 해달라고 요청했다. 물론 그의 요청은 받아들여지지 않았다. 의사들은 자루 속에 들어 있는 것에 대해 궁금증을 보이며 해부학자를 쳐다보았다. 법정 안이 술렁거리기 시작했다. 마테오 콜롬보가 자루 깊숙이 손을 집어넣어 안에 든 것을 꺼내 보여주자 술렁거리는 소리가 이내 비명 소리로 번졌고, 그와 동시에 사냥꾼의 공포에 질린 비명 소리가 들렸다.

"저기, 그 악마예요. 제가 봤던 것들 가운데 한 놈이라고요. 화형장으로! 그 악마를 화형장으로 끌고 가세요!"

해부학자는 끔찍하기 그지없는 동물의 다리를 잡아 쳐들고 있었다. 늑대의 일종인 그 동물의 주름 잡힌 주둥이에는 거대한 송곳니 두 개가 솟아나 있었다. 머리는 털 대신 온통 빨간 깃털로 뒤덮여 있었는데, 그 모양이 너울거리는 불꽃을 연상시켰다. 몸의 나머지 부분은 황금빛 비늘로 뒤덮였으며, 등에는 물고기처럼 생긴 지느러미 두 개가 붙어 있었다. 청중, 증인, 재판관들 모두 금방이라도 줄행랑을 놓을 것처럼 보였는데, 그때 해부학자가 짐승을 바닥에 내려놓을 준비를 하자, 짐승이 거대한 두 날개를 펴고 사자처럼 포효하기 시작했다. 사람들은 당장이라도 마테오 콜롬보를 때려잡을 기세였으나 짐승의 공격을 받을까봐 두려웠는지 누구 하나 감히 그에게 다가서지 못했다.

"조금도 무서워할 필요가 없습니다. 이것이 바로 그 증인이 악마로 혼동한 짐승입니다. 확인해보면 아시겠지만 무기력한 짐승에 불과합니다." 해부학자는 잔뜩 겁에 질린 표정으로 경계하던 의사위원들에게 짐승을 보여주면서 이렇게 말했다. "이 짐승은 생명이 없는 순수한 물질이기 때문에 스스로는 아무것도 할 수 없습니다. 제가 이렇게 만들어놓은 것입니다. 보세요. 가죽을 벗기고 털이 없는 부분, 즉 모공에 닭의 털과 물감을 칠한 물고기의 비늘을 심어 만든 것입니다. 지느러미와 날개는 실과 바늘로 꿰맸고요."

"우리 모두는 그 짐승이 제 힘으로 움직이는 것을 보고, 포효하는 소리를 들었소."

"저는 바로 그것에 관해 설명하고자 합니다. 양해해주신다면, 이 인조 짐승을 이용해 어떻게 운동이 발생하는지에 관해 여러분께 설명하겠습니다. 매 시간마다 종을 치는 저 기계장치가 악마의 짐승이라고 생각하는 사람은 아무도 없을 것입니다. 이 짐승 또한 마찬가지입니다. 이 짐승의 움직임을 주관하는 원리는 저 시곗바늘의 움직임을 조종하는 원리와 같습니다." 해부학자는 다시 한 번 창문 쪽을 가리키며 말했다. 그리고 덧붙였다. "저기를 보십시오."

해부학자는 짐승의 등을 움켜쥔 채 팔에 안고는 짐승의 배에서 튀어나온 무언가를 조종했다. 그리고 짐승을 바닥에 내려놓자, 법정 안은 다시금 비명 소리로 가득 찼다. 짐승이 여기저기 걸어 다니면서 미친 듯이 날갯짓을 해대며 무섭게 울부짖었다.

"겁먹지 마십시오. 여러분을 해치지는 않습니다."

"그 악마 같은 짐승을 당장 조용히 시키시오. 조용히 시키란 말이오!"

명령을 들은 해부학자가 짐승의 모가지를 움켜쥐고 다시 배를 만지자, 짐승은 시체처럼 조용해지고 뻣뻣해졌다. 짐승의 다리를 잡아든 채 마테오 콜롬보가 설명을 계속했다.

"이제 여러분은 키네시스가 영혼과 전혀 관계가 없다는 것을 보셨습니다. 이 인조 짐승은 진짜 동물과 유사한 방식으로 걷기도 하고 소리도 내고, 날갯짓도 합니다. 물론 이 동물은 자연에 존재하지 않는 동물입니다. 비록 우리 각자의 몸을 포함해 동작을 조종하는 원리를 조악하게 복제한 것이라고는 하지만, 그럼에도 훌륭한 것입니다. 제가 이 짐승을 만든 이유는 다름이 아니라 제 이론의 진실성을 증명하기 위해서입니다."

제4장
움직이는 복제품에 관해

"제가 만든 동물이 어떻게 움직이는지 여러분께 설명하겠습니다. 방금 전에 설명했듯이, 신경은 근육에 영향을 미쳐 근육이 움직이게 합니다." 그 순간 해부학자는 짐승의 배에서 구리로 만든 작은 손잡이 하나를 찾았는데, 그 손잡이는 비늘 사이에 감추어져 있었다. 해부학자가 구리 손잡이를 잡아당기자 경첩이 달린 마개가 열리며 짐승의 배가 열렸다. "우리 몸의 신경은 두 가지 요소로 이루어져 있습니다. 외피와 골수입니다. 외피가 덮개, 혹은 안감처럼 골수를 감싸고 있습니다. 근육의 수축이라는 것은 다름 아니라 신경이 수축하면서 생기는 반응입니다. 줄의 한쪽 끝을 잡아당기면 반대쪽 줄이 움직이는 것과 같은 원리입니다. 이렇게 해서 근육이 움직이는 것입니다. 우리 몸에는 무수히 많은 신경이 들어 있으며, 이들

신경은 가장 미세한 동작을 주관합니다. 저는 스무 가지의 각기 다른 동작을 만들어내기 위해 실로 스무 개에 불과한 '인공 신경'을 만들어 배 속에 집어넣음으로써 이 원리를 조악하게 모사해보았습니다. 원리는 시계의 기계장치를 움직이는 것과 전혀 다르지 않습니다." 해부학자는 자동기계처럼 움직이는 가짜 짐승의 배에 뚫린 구멍을 재판관들에게 보여주며 말했다. "여기 저절로 수축하는 용수철처럼 생긴 줄이 하나 있습니다. 이 줄은 스스로 풀어지면서, 이미 여러분께 말씀드린 줄들을 통해 움직이는 모든 부분에 운동성을 전달하게 됩니다. 이것은 불안정한 복제품일 뿐이지만, 제가 여러분께 설명하고자 하는 것을 상당히 유사하게 보여주고 있습니다. 저는 살아 있는 몸의 움직임과 죽은 몸의 내부 구조를 관찰해 얻어낸 원리에 따라 지금까지 이런 자동기계를 열 개도 넘게 만들었습니다."

"해부학자의 말을 들어들 보세요. 마치 창조주처럼 행세하며 하느님처럼 높아지려고 하고 있지 않습니까?" 학장이 의자에 앉은 채로 펄쩍 뛰고, 피고인을 손가락으로 가리키며 흥분한 어조로 말했다.

"각하께서 오해를 하고 계십니다." 마테오 콜롬보가 부드럽게 말했다. "우리 해부학자들은 하느님의 '작품'을 해석할 뿐입니다. 그동안 어둠에 휩싸여 있던 곳에 빛을 비춤으로써 우리는 창조자를 더욱 경배하게 될 것입니다. 제가 생각하기에 과학은 하느님의 창조를 이해하고, 그럼으로써 하느님을 경배하기 위한 수단입니다. 하찮기 그지없는 제 기계들은 지고하신 하느님의 작품에 비한다면 조악한 모조품에 불과할 뿐입니다. 그럼에도 제가 이들 기계를 만든 이유는 하느님께서 창조하신 것 가운데 일부분이나마 이해하기 위해서입니다."

"말장난, 순전히 말장난입니다." 학장이 끼어들었다. "여러분은 피고 본인이 방금 인정한 사실을 여러분의 귀로 직접 들으셨습니다." 알레산드로 데 레냐노는 냉소를 흘리며 말을 이었다. "방금 전에 해부학자는 인형들을 만들기 위해 동물의 시체를 이용했다는 사실을 인정했습니다. 교황 보니파키우스 8세의 교서는 아직까지 개정되지 않은 채 유효합니다. 교서가 시체의 박제를 금지하고 있다는 사실을 여러분에게 새삼스럽게 상기시켜줄 필요는 없으리라 생각합니다." 학장은 자신의 말에 아무도 토를 달 수 없다는 듯이 자신만만하게 말했다.

"지금까지 각하께서는 제가 가져온 동물이 전혀 악마적이지 않고, 무해한 인형이라고 주장함으로써 결국 제 말에 동의해주신 점에 대해 감사의 말씀을 드립니다. 그것이 바로 제가 여러분께 보여드리고 싶었던 것입니다. 그렇기 때문에 고소인 자신도 고소인 측 증인의 진술을 중요하게 생각하지 않았던 것입니다."

분을 못 이겨 얼굴이 벌겋게 달아오른 학장은 이번에는 반론을 단 한 마디도 제기하지 못했고, 피고가 방금 전 한 말에 대한 모든 책임이 증인에게 있다는 듯, 사나운 증오가 담긴 눈길로 자신이 채택한 증인을 노려보았다.

"각하께서 언급하신 교서에 관해 몇 가지를 정정하고자 합니다. 각하께서 말씀하신 '시체의 박제를 금지한다'라는 표현은 교서에 적혀 있지 않고, 대신 '박제를 위한 목적으로 시체를 확보하는 것을 금지한다'로 되어 있습니다. 이 두 가지 표현은 상당히 다릅니다. 현명하게도 보니파키우스 8세께서 금지한 것은 박제가 아니라 시체를 확보하는 방법이었다는 사실을 다시 한번 상기시켜드리고 싶습니다. 이 모든 것이 각하께서 관장하고 계시는 이 대학, 더 정확히 말씀드리자면, 제가 지도하는 해부학 강의실에서 시작됐다는 사실을 각하께서 모르시지 않을 것입니다. 교서가 발표될 당시에는 마르코 안토니오 델라 토레가 해부학 강의를 맡고 있었는데, 그가 끼친 혼란과 해악이 어떠했는지는 여러분께서도 기억하고 계실 거라고 확신합니다. 혹시 그 당시에 관한 기록들을 잊어버릴 수 있는 사람이 있을까요? 마르코 안토니오는 골수 무신론자였습니다. 마르코 안토니오가 도덕적인 제재를 받지도 않고, 각종 범죄와 권한 남용을 용서받음으로써 인간의 시체를 해부했다는 것은 확실합니다. 마르코 안토니오가 방법을 가리지 않고 시체를 구해오라고 제자들을 부추겼다는 것은 사실입니다. 그들은 사형 집행인이나 묘지 관리인으로부터 시체를 샀을 뿐만 아니라, 병원의 시체실에 있는 시체를 훔치거나 광장의 교수대에 매달려 여전히 체온이 남아 있는 시체를 내리는 짓까지 서슴지 않았습니다. 또한 무덤을 파서 시체를 꺼내기도 하고, 가끔은 시체가 불에 구울 새끼 양이나 된다는 듯이, 목숨이 붙어 있는 것들까지 찾아내 가져갔다는 소문도 있습니다. 그러나 여러분께서는 제가 그렇게 하지 않았다는 사실을 잘 알고 계십니다. 저는 제자들이 박제를 만드는 것에 대해 아주 신중하게 신경을 쓰고 있으며, 제가 박제를 만들 때 사용하는 시체는 병원의 시체실에서만 가져온다는 사실을 잘 아실 겁니다. 또한 제가 시체에 칼을 대기 전에, 동물 수십 마리를 미리 해부해본다는 사실도 모르시지 않을 것입니다. 여러분께서 방금 전에 직접 확인하셨듯이, 제가 만든 저 '악마의 짐승'은 인간의 신체 일부를 단 한 점도 갖고 있지 않습니다."

제5장

살아 있는 육체와 죽은 육체에 관해

"지금까지는 몸이 어떻게 움직이는지에 관해 설명했습니다. 여러분도 제 말에 동의하시겠지만, 그 기계공학은 여러분이 보시는 저기 저 시계탑 위의 시계 종을 움직이게 하는 기본적인 원리와 전혀 다를 바가 없습니다. 즉 육체의 움직임에 영혼이 결코 개입하지 않는다는 것입니다."

"혹시 키네시스가 영혼에 속한 것이 아니라는 사실을 에둘러 주장하고 싶은 거요?"

"에둘러 주장하는 것이 아니고, 확실하게 단언하는 것입니다. 키네시스는 영혼의 지배를 받지 않습니다. 이런 오류는 시체를 단순하게 관찰함으로써 생긴 것입니다. 시체 하나를 관찰해보면 죽음의 원인은 다름 아닌 영혼의 부재 때문이라고 잘못 생각하게 되는데, 그럼에도 불구하고 체온과 움직임은 오로지 육체에 의해 좌우될 뿐이라는 사실을 말씀드리고 싶습니다. 그건 저 짐승만 봐도 충분히 알 수 있습니다." 해부학자가 학장을 뚫어지게 쳐다보며 말한 다음 곧바로 법정으로 사용하던 강의실 한쪽 끝을 가리켰다. 그 구석에서는 고양이 한 마리가 바퀴벌레를 갈기갈기 찢고 있었다. "저 고양이의 동작은 분명 우리 인간의 동작보다 훨씬 더 정교합니다. 이는 영혼이 키네시스에 전혀 개입하지 않는다는 것을 증명하고 있는 것입니다. 물론 여러분은 고양이에게 영혼을 부여하고 싶지 않으시겠지만 말입니다." 해부학자는 고양이를 가리키면서 말했지만 시선은 여전히 학장에게 고정되어 있었다.

학장은 화가 났지만 딱히 이의를 제기할 수도 없었다. 이의를 제기하는 사람이 아무도 없고, 또 적어도 어느 정도 명쾌한 말로 반론을 제기할 만한 사람이 아무도 없다는 사실을 확인한 해부학자는 설명을 계속했다.

"죽음이 도래하고, 또 육체를 움직이는 기관들이 부패함으로써 유발된 유일한 효과에 의해 영혼은 우리의 몸을 떠나게 됩니다. 말하자면 육체는 영혼이 없어지기 때문에 죽는 것이 아니라 몸을 이루고 있는 조직들 가운데 일부 또는 모든 조직이 부패하기 때문에 죽는 것입니다. 지금까지 육체가 지닌 기능의 몇 가지 면모에 관해 설명했다면, 이제부터는 육체 안에 살고 있는 영혼에 관해 말씀드리겠습니다."

제6장
영혼의 열망과 육체의 행동에 관해

"지금까지 저는 육체에 관해 설명했습니다만, 육체에 들어 있는 영혼에 대해 유추해보기 위해 그 얘기를 더 해볼까 합니다. 저는 키네시스가 영혼의 기능이 아니라 전적으로 육체의 기능이라고 이미 말씀드렸습니다. 제가 설정해놓은 논리를 따라 더 깊숙이 들어가보자면, 즉 육체에 들어 있는 영혼이 무엇인지 유추해보기 위해서는, 동작에 관련된 것과 관련되지 않은 것을 구분해야 합니다. 만약에 여러분께서 영혼이 물리적인 것과는 전혀 상관이 없고, 단지 형이상학적인 것하고만 상관이 있다는 저의 견해에 동의하신다면, 동작, 즉 키네시스가 오직 물질적인 실체와 관련된 물리학의 한 단위라는 저의 말을 인정하실 것입니다. 이 키네시스는 우리 몸의 행동을 지배하는 것입니다. 그리고 육체가 지닌 것과 영혼이 지닌 것을 구분하기 위해서는, 육체의 행동과 영혼의 비물질적인 것을 서로 대비시켜보아야 하는데, 그렇게 함으로써 우리는 소위 '열망'이라는 것이 무엇인지 유추할 수 있게 됩니다. 저는 열망이 육체와는 전혀 관계가 없고, 육체가 간섭하지 않은 상태로 영혼 안에서 생겨났다가 없어지는 의지 작용일 뿐이라고 규정하고 싶습니다. 말하자면 이 의지 작용은 영혼 안에서는 수동적인 방식으로, 육체 안에서는 그리 능동적이지 않은 방식으로 이루어집니다. 이 의지 작용은 그 어떤 신체기관에서도 생겨나지 않고, 그 어떤 기관의 행동도 유발하지 않으며, 단지 영혼에서 생겨나고, 영혼이 아닌 다른 곳에서는 어떤 변화도 유발하지 않습니다. 저는 행동과 열망의 순수한 의미를 파악함으로써 행동과 열망 사이에 이런 차이가 있다고 생각한 것입니다. 왜냐하면 영혼에서 생겨나지만 육체의 움직임에 영향을 미치는 열망도 존재하기 때문입니다. 그럼에도 불구하고 이런 열망을 행동과 구분할 필요가 있습니다. 왜냐하면 설령 특정 동작이 육체에서 생겨난다고 할지라도, 이 동작은 영혼 안에 들어 있지 않은 다른 목적은 가지지 않기 때문입니다. 예를 들어, 영혼이 기도를 통해 하느님에 대한 자신의 사랑을 드러낼 필요가 있는 경우 같은 것입니다. 이 경우에 육체는 영혼의 표현을 위한 수단에 불과하며, 그 행동의 목적은 결국 영혼에만 있게 될 뿐이라는 사실을 여러분은 아시게 될 것입니다. 같은 방식이지만, 반대로 육체에서 시작되어 결국은 육체에서 종결되는 행동들이 존재합니다. 하지만 이런 행동이 이루어지지 않도록 행동의 시작과 종결 사이에 영혼이 개입합니다. 이는 죄를 짓는 행동의 경우인데요, 이들 행동은 결국 영혼과 대치하게 됩니다. 예를 들어, 성적 기관이 자극을 받았을 경우 살이 죄를 범하는 것을 막기 위해 영혼이 개입할 필요가 생깁니다. 또는 금식을 하겠다고 스스로 약속했을 때, 소화기관은 음식을 달라고 요구하는데, 이때 음식에 대한 유혹을 물리치기 위해 영혼이 개입하게 됩니다."

제7장

사랑과 죄에 관해

"제가 여러분께 말씀드리는 것에 대한 예로서, 사랑에 관한 설명보다 더 이해하기 쉬운 것은 결코 없을 것입니다. 흔히 열망이 우리를 육체적인 죄로 인도한다고 잘못 생각하고 있습니다. 결국에는 육체적인 죄로 끝나는 유혹은 열망과는 전혀 상관이 없고, 정확히 말해 행동과 연관되어 있습니다. 왜냐하면 이런 죄는 육체에서 생기기 때문입니다. 그렇다면 순전히 영혼의 소산인 사랑과 성적 충동의 차이점을 알아보겠습니다. 사랑은 영혼에서 시작되고 영혼에서 끝나기 때문에 일종의 열망인 데 반해, 성적 충동은 육체에서 시작되고 육체에서 끝나는 것입니다. 따라서 사랑을 불러일으키고 소멸시키는 신체기관은 단 하나도 존재하지 않는 데 반해, 성적 충동은 시작되고 끝나는 지점을 육체에 두고 있습니다. 여러분은 가장 순수한 사랑은 우리가 하느님에 대해 느끼는 사랑이라는 저의 논리에 동의하시게 될 것입니다."

제8장

여자의 해부학적 구조와 남자의 도덕에 관해

"육체의 역학에 관해 제가 생각하는 바를 지금까지 여러분께 말씀드렸고, 영혼에 관해 개괄적으로 설명했습니다. 이제는 제가 수년 동안 수행한 연구의 결과인 『해부학에 관해』란 논저를 쓰게 된 몇 가지 전제에 대해 설명할 수 있도록 허락해주시기 바랍니다. 언젠가 저는 '윤리학이 인간의 행동을 연구하는 것이라면, 해부학은 여자의 행동을 연구하기 위해 예정되어 있는 학문이다'라는 말을 한 바 있습니다. 제가 이 말의 의미를 설명할 수 있도록 위대한 학자 아리스토텔레스가 한 말을 인용해보겠습니다. 여러분께서는 출산에 관한 아리스토텔레스의 권위 있는 가르침을 잘 알고 계실 것입니다. 아리스토텔레스는 그의 저서 『형이상학』에서 양성의 결합은 다음과 같은 방식으로 번식을 가능하게 한다고 말했습니다. 즉 남자의 정액은 존재에 정체성과 본질과 사고를 형성시키는 반면, 여자는 단지 미래의 존재, 즉 육체에 물질을 공급할 뿐이라는 것입니다. 위대한 아리스토텔레스는 정액이 물질적인 유체가 아니라 완전히 형이상학적인 유체라고 했습니다. 위대한 스승 아리스토텔레스가 지적한 것처럼, 남자의 정액은 미래의 존재에 생명을 전달하는 본질, 즉 본질적 힘입니다. 남자의 정액 속에는 물질을 살아 있게 만드는 기운과 형태와 정체성이 들어 있습니다. 결국 남자는 사물에 영혼을 부여하는 자입니다. 정액은 정액을 만드는 사람이 부여한 운동성을 가지고 있으며, 아버지의 형태에 상응하는 하나의 관념을 실행하는데, 이는 남자가 물질을 전달한다는 의미가 아닙니다. 이상적인 조건에서 미래의 존재는 아버지와 동일한 정체성을 갖게 됩니다. 즉 '정액은 활동하는 운동성을 소유한 오르가논이다'*라는 것입니다. '정액은 형성 중인 태아의 일부가 아니다'라는 것입니다. 목수는 나무로 물건을 만들 수 있을 뿐 그 어떤 물질의 분자도 나무에 옮길 수 없듯이, 정액의 분자 또한 태아를 형성하는 데 전혀 개입할 수 없습니다. 음악이 악기가 될 수 없으며, 악기가 음악이 될 수 없는 것과 동일한 원리입니다. 그럼에도 불구하고 음악은 작곡가가 생각하고 있던 바를 그대로 반영한 것입니다."

제9장
여자에게 영혼이 부재하는 이유에 관해

"제가 여러분께 드리고 싶은 말은, 우리가 위대한 아리스토텔레스가 밝힌 논리의 결론에 도달해보면, 여자에게는 영혼이 존재한다고 가정할 만한 근거가 없다는 것입니다."

해부학자가 이렇게 논하자 법정 안이 술렁대기 시작했다. 여기저기서 수긍하는 모습이 보였고, 심지어 의사위원들 사이에서도 무심결에 수긍하는 모습이 보였다.

"이건 파문감입니다!" 학장이 자리에서 일어서며 외쳤다. "사탄이 아니고서는 누가 감히 그런 말을 할 수 있겠습니까?" 학장은 계속해서 말을 하려고 했지만, 자기 말에 힘을 실어주는 사람이 아무도 없다는 사실을 알아차렸다. 학장은 자신이 여자를 옹호하는 시도를 하게

---

* 아리스토텔레스의 『형이상학』 제7권, 9장, 1034b(원주).

될 것이라고는 추호도 생각해본 적이 없었다. 사실 학장은 자신과 반대되는 성에 대해 호의적인 견해를 전혀 갖고 있지 않았다. 학장은 여자를 혐오했다. 마테오 콜롬보는 그 사실을 모르지 않았다. 학장이 한참 말을 잇지 못하는 동안 마테오 콜롬보는 학장이 방금 전 내뱉은 말에 관해 어떤 견해를 밝힐 것인지 몹시 궁금하다는 듯이 학장을 쳐다보았다.

"당신은 성모님의 성스러운 이름을 모독하고 있소." 학장이 생각할 수 있었던 가장 강력한 말이었다.

"여러분은 남자에게 출산의 기적이 금지되어 있다는 사실을 상기해주십시오. 원죄 없는 잉태는 하느님께서 마리아에게 내리신 기적입니다. 하지만 모든 여자가 마리아처럼 잉태를 한다고 생각하십니까? 각하께서는 우리의 성모님이 유일한 존재이며, 하느님의 아들 또한 유일한 존재라는 사실을 모르시지 않을 것입니다. 하느님의 아들이 인간의 몸으로 이 땅에 태어나셨다면, 그 몸은 마리아께서 만들어주신 것입니다. 물론 지금 제가 마리아에게 행해진 기적에 관해 말하려는 것이 아니라는 사실은 각하께서도 아실 것입니다. 이브의 예를 들어보겠습니다. 각하께서는 혹시 이브를 우리의 성모님과 똑같이 숭배하시겠습니까? 각하께서는 하느님께서 이브에게 내리신 벌을 이브의 모든 딸에게 대대손손 내리셨기 때문에 마리아 이후에도 여자들이 출산의 고통을 겪고 있다는 사실을 모르시지 않을 것입니다. 각하께서는 이브의 원죄에서 유래된 죄의 법칙과 성모 마리아의 경우를 혼동하시지 않을 것입니다. 여기서 저는 '여자의 살이 지닌 의미를 제대로 이해하지 못한다면 여자에 관해 무엇을 이해할 수 있겠는가?'라고 하신 성 그레고리우스 대교황님의 말을 인용하고 싶습니다."

제10장
여자의 애매모호한 행동방식에 관해

"지금까지 제가 영혼에 관해 한 말은 모두 여자가 아니라 남자와 관련되어 있습니다. 그래서 우리가 도덕적인 기준을 통해 여자의 애매모호한 행동방식을 이해하려 들면, 그 어떤 결과도 얻을 수 없다는 것을 말씀드리고 있는 것입니다. 왜냐하면 여자에게는 영혼이 존재하지 않기 때문입니다. 따라서 우리가 여자의 행동을 이해할 수 있는 유일한 길은 해부학적인 방법뿐입니다. 저는 확신을 가지고 여러분께 말씀드리고 있습니다. 왜냐하면 광범위한 연구의 결과로 저는 여자의 몸에서 남자의 영혼이 지닌 기능과 유사한 기능들, 그리고 제가 열망이라고 불렀던 것과 쉽사리 구별되지 않는 기능을 수행하는 어떤 기관을 발견했기 때문입니다. 제가 여러분께 드리고 싶은 말은 여자들에게는 그런 열망이 존재하지 않으며, 단지 육체에서 시작되어 육체에서 끝나는 행위만이 존재한다는 것입니다. 여자의 행동을 지배하는 의지력은 오로지 육체에서, 더 정확하게 말하면, 제가 방금 전에 말한 그 기관에서 생겨난다는 것입니다. 몇몇 형이상학자들뿐만 아니라 일부 해부학자들 역시 영혼이 육체의 어느 장소에 기거할 수 있는지 알아내기 위해 애써왔습니다. 영혼은 육체에 기거하는 것이 아니라 천사처럼 육체 주변을 맴도는 것이라는 말씀을 여러분께 드리고 싶습니다. 여자에 관해 말해보자면, 만약 여러분이 남자의 영혼과 비슷한 무엇인가를 여자에게서 찾고자 하신다면, 결국은 육체, 즉 악마의 거주지에서 찾으셔야 할 것입니다. 이 악마는 여자의 육체 속에, 정확하게는 제가 여러분께 지금 당장 말씀드리게 될 그 기관 속에 거주하고 있습니다. 그리고 우리가 이 기관의 기능을 이해할 수 있다면,

여자의 애매모호한 행동방식도 설명할 수 있을 것이라고 감히 말씀드리고자
합니다."

제11장
남자의 영혼과 비교할 수 있는 여자의 신체기관
'비너스의 사랑'에 관해

"제가 말씀드리고 싶은 것은 여자의 몸에는 남자의 영혼과 유사한 기능을
행사하는 기관이 존재한다는 사실입니다. 그리고 이 기관은 오직 육체에
의해서만 좌우되기 때문에 남자의 영혼과는 성격이 완전히 다르다는 것입
니다.

이 기관은 무엇보다도 여자가 느끼는 쾌락의 근원지입니다. 자궁의 입이
라고 부르는 구멍 근처에 돌출된 이 돌기는 성적 쾌락을 얻기 위한 모든 행
위가 시작되고 끝나는 곳입니다. 성행위 시 음경으로 이 부분을 마찰하거나
손가락으로 만지면 여자들의 의지와 상관없이 정액*이 공기보다 훨씬 더 빠
르게 흐릅니다. 여자가 성욕을 느끼고 매우 흥분해 있을 때, 즉 강렬한 성적
욕구를 느끼면서 흥분을 하고 남자를 갈구할 때, 자궁에서 돌출한 이 부위를
만지면 그 부위는 타원형으로 변하고 조금 더 단단해져서 결국 남자의 성
기—이 부위에 관해서는 나중에 좀 더 자세히 설명하겠습니다—처럼 보인
다는 사실을 알 수 있습니다. 지금까지 이 돌기를 식별하거나 기능을 아는

---

* 마테오 콜롬보는 여자의 애액을 이런 식으로 언급한다.(원주)

사람은 아무도 없었습니다. 따라서 제가 처음 발견한 사람으로서 그 사물에 이름 붙이는 것이 허용된다면, '비너스의 사랑'*이라고 명명하고 싶습니다.

　단정적으로 말하자면, 남자의 열망과 유사한 여자의 모든 행위와 모든 행동방식이 유발되는 곳이 바로 이 기관입니다. 여자는 '비너스의 사랑'의 영향력에 지배를 받으며, 여자의 모든 행위는, 즉 가장 고상한 행위에서부터 가장 혐오스러운 행위에 이르기까지, 가장 품위 있고 점잖은 행위에서부터 가장 천박하고 비열한 행위에 이르기까지, 바로 그 기관에서 유발되는 것입니다. 가장 음탕한 창녀에서부터 충실하고 정결한 부인에 이르기까지, 가장 신앙심이 깊고 신성한 수녀에서부터 마녀에 이르기까지 모든 여자는 예외 없이 이 해부학적 기관의 영향을 받습니다."

제12장
여자의 박약한 도덕성에 관해

　"이제 이 기관이 어떤 기능을 하며, 여자마다 어떻게, 왜 각기 다른 행동을 보이는지에 관해 설명하겠습니다. 혹 제가 여자들에 반하는 변론을 하고 있다고 생각하신다면, 그것은 오해입니다. 왜냐하면 남자들은 영혼 덕분에 자유의지에 따라 행동하는 반면에, 여자들은 자기 행동의 주인이 아니라 '비너스의 사랑'이 지닌 변덕의 노예이기 때문입니다. 저는 여자들의 도덕성이 박약한 이유가 이 기관 때문이라 보고 있습니다. 이에 관해서는 앞으로

---

* '비너스의 사랑'은 '비너스의 사랑, 혹은 그것의 감미로움'이다. 마테오 콜롬보는 저서 『해부학에 관해』에서 이에 대해 언급한다.(원주)

아시게 될 것입니다."

제13장

남자의 정액이 근본적으로 형이상학적인 이유와

스스로 배출되는 이유에 관해

"앞에서 '동역학 유체'에 관한 제 이론을 여러분께 설명해드렸습니다. 이 '동역학 유체'는 의지가 작용하는 것과 유사한 형태로 작용합니다. 즉 몸이 쇠퇴하지 않도록 음식물 섭취, 배설 등과 같은 기본 활동을 하게 만드는 원인을 제공합니다. 앞에서도 말씀드렸다시피, 영혼의 후원을 받는 몸에서 죄를 짓는 행위들은 죄의 원천, 즉 몸이 부과하는 경로와는 다른 경로를 통해 이루어집니다. 지금부터는 이 '동역학 유체'의 경로와 도착지에 관해 설명하겠습니다. 이 동역학 유체는 뇌에서 만들어진 것이라는 특성 때문에, 몸을 해롭게 하지 않기 위해서는 반드시 몸에서 배설되어야 합니다. 저는 또 인간의 몸이 이 유체의 분량을 늘 안정적으로 유지하고, 이들 유체가 몸에 필요 이상 축적되지 않도록 증발 과정을 자주 거친다는 사실을 발견했습니다. 어떤 종류의 동작을 하든— 해부학자는 팔을 반복해서 구부렸다 폈다 하여 실감나게 설명했다—근육의 수축과 이완을 돕기 위해 근육으로 몰리는 유체는 근육이 수축하고 이완하는 운동을 할 때 그로 인해 생기는 열의 작용을 통해 증발하게 됩니다. 유체의 증발 현상은 가장 단순한 동작에서도 일어납니다. 그렇지만 영혼의 개입이 불가피한 가장 복잡한 행위에서는 사안이 조금 복잡해집니다. 성욕의 경우에, 성교를 하고 싶은 충동이 일어나면, 몸에서 다량의 '동역학 유체'가 생산되어, 제가 앞서 기술한 과정을 통해 성기 쪽으로 흘러가서 혈관이 열리고 근육이 이완되어 피가 음경으로 유입됨으로써 음경이 단단해지는 것입니다. 정액은 아리스토텔레스가 말했듯이 형이상학적인 성격을 가지고 있습니다. 물론 음경 밖으로 배출되기 위해서는 물질적인 요소 하나가 필요합니다. 정액을 구성하는 이 물질적인 요소는, 우리가 볼 수 있다시피 순수한 상태의 '동역학 유체'입니다. 화산의 용암이 분출할 때처럼 강력한 힘으로 분출되는 것이 바로 '동역학 유체'라고 설명할 수 있습니다. 정액은 정신을 인도하는 기능뿐만 아니라 몸이 성교를 하기 위해 만들어내는 모든 '동역학 유체'를 몸에서 배출해주는 기능을 가지고 있습니다. 만약 이 '동역학 유체'가 몸에 계속해서 머물게 되면 몸을 중독시켜 심각한 질병을 유발하게 되기 때문입니다. 그런데 영혼의 의지에 따라 이 동역학 유체의 작용이 중단된다면 어떻게 될까요?"

제14장

영혼과 성욕에 관해

"제가 알아낸 역학적인 과정에 따르면, 남자가 시각 기관이나 촉각 기관을 유혹하고 죄를 유발하는 외부적 사물, 즉 여자 자체 혹은 여자를 표현한 작품(아름다운 여자를 그린 그림도 동일한 행동을 유발한다는 것을 쉽게 이해할 수 있습니다)에 의해 자극을 받았을 때, 남자는 성욕이 일어나게 됩니다. 신체의 가장 바깥에 있는 신경들(예를 들어 눈)에서 유발되는 이런 흥분은 근육에 고여 있는 '동역학 유체'를 풀어주고, 그러면 동역학 유체는 메시지 전달자처럼 뇌로 흘러들어가게 됩니다. 그렇듯, 뇌에서는 더 많은 '동역학 유체'가 생산되어 성기까지 가서는, 방금 전에 말씀드렸다시피 음경을 부풀게 만들고 성교에 개입되는 모든 근육에 활력을 불어넣어줍니다. 이 유체의 대부분은 고환과 음경에 정액의 형태로 저장됩니다. 바로 이때가 영혼이 개입해 행위들을 검열하는 시점입니다. 그러나 정액은 형이상학적인 속성을 가지고 있기 때문에 정액의 대부분은 순수 정신으로 구성되어 있습니다. 여러분께서 배출된 정액을 어느 정도 시간이 지난 후에 관찰해보시면 양이 10분의 1 정도로 줄어든 것을 확인하실 수 있을 것입니다. 그 이유는 정액 속에 있던 정신이 영혼으로 되돌아가기 때문입니다. 그렇기 때문에 영혼이 죄를 짓는 행위를 금지시킬 때, 육체의 온갖 행위를 영혼의 열망으로 바꾸는 것입니다. 성적인 유혹을 물리치기 위해 하느님께 간절히 기도하면, 음경에 정액이 가득 차 있는 상태인데도 성욕이 완전히 사라지고, 음경이 발기하기 전의 이완된 상태로 되돌아오게 되는 현상을 어떻게 달리 설명할 수 있겠습니까? 만약 여러분께서 창자가 완전히 부풀 정도까지 물을 채우신다면, 창자에서 물을 빼주거나 창자에 압력을 가하지 않는 한 창자는 절대 수축되지 않을 것입니다. 그러나 음경의 경우는 이와 다르다는 사실을 여러분은 알고 계십니다. 영혼의 작용 때문에 음경은 정액이 빠져나가지 않은 상태에서도, 다시 말해 죄를 유발할 수 있는 행위를 온전히 수행하지 않은 상태에서도 원래의 이완 상태로 돌아갈 수 있는 것입니다. 결과적으로 말해, 정액은 배설되지 않아도 되는 유일한 유체이기 때문에 정액이 지닌 형이상학적 특징이 두드러집니다. 대변이나 소변의 배설을 무기한 연기하는 것은 불가능한 일인 데 반해, 정액은 일단 만들어졌다 해도 반드시 배설되어야 할 필요가 없습니다. 이는 정액의 본질이 영혼으로부터 비롯되는 정신에 의해 만들어진 것이고, 영혼이 정신의 자유를 허용하지 않을 때는 정신이 다시 영혼으로 돌아가기 때문입니다. 따라서 우리는 유혹을 느낀다는 사실을 수치스럽게 생각할 필요가 없습니다. 반대로, 우리가 유혹을 물리치면 물리칠수록 우리 영혼의 열망은 더욱 커지고 풍부해질 것입니다."

제15장
여자의 성욕과 여자의 영혼이 길잡이를 갖지 못한
이유에 관해

"그런데 여자의 경우, 음경에 대한 욕구로 인해 흥분했을 때 생긴 정액을 영혼의 열망으로 바꿔줄 영혼이 없다고 한다면 여자의 몸에 어떤 변화가 생길까요? 여자의 정액은 남자의 정액보다 훨씬 더 진하고 무겁습니다. 그 이유는 여자의 정액을 이루는 입자는 남자의 정액과는 달리 정신이 들어 있지 않은 순수 '동역학 유체'이기 때문입니다. 여자가 성적으로 흥분하는 과정은 남자의 경우와 다릅니다. 앞에서 설명했다시피, 남자에게 이 과정은 죄를 유발하는 대상, 즉 여자에 의해 자극을 받은 민감한 기관에서 시작됩니다. 따라서 남자는 자극의 주체이고, 반면에 여자는 유혹의 대상인 것입니다. 하지만 어떤 것이 동시에 다른 것이 될 수 없듯이, 주체가 동시에 대상이 될 수는 없는 법입니다. 여자에게 성적인 흥분이 일어나는 과정은 남자를 봄으로써 감각기관에서 시작되는 것이 아니라, 즉흥적으로, 자연발생적으로 일어나는데, 그 근원지는 여자의 몸속에, 더 정확하게는 앞에서 언급한 바로 그 기관에 있습니다. 여자는 늘 죄의 대상입니다. 제가 해부학적인 용어로 여러분께 설명하고 있는 것은 도덕적인 용어로서는 새로운 것이 아닙니다. 저는 다시 한 번 이브의 예를 들어보고자 합니다. 이브는 유혹의 대상이고, 유혹의 주체는 아담입니다. 이 점에 관해서는 나중에 설명하겠습니다. 지금은 여자에게 일어나는 성욕의 시작과 끝에 관해 계속 설명하도록 하겠습니다. 성적 충동은 자연스럽고 즉흥적인 방식으로 일어납니다. '비너스의 사랑'에서 시작된 성적 충동은 '비너스의 사랑'이 '동역학 유체'를 뇌로 보내 자신의 성욕을 알리게 합니다. 그러면 뇌는 유혹 장치를 작동시키고, 동시에 성교에 관여하는 모든 근육에 영양을 공급하기 위해 새로운 유체를 대량으로 방출합니다. 그렇게 해서 음경에 대한 여자의 욕구가 시작되는 것입니다. 그런데 이런 충동을 결정하는 어떤 영혼이 여자에게는 존재하지 않기 때문에, 여자가 남자를 매혹시켜 유혹할 수 있게 될 때만 죄를 짓게 되는 것입니다. 여자는 살의 의지가 지닌 힘을 가지고 있는 반면에 남자는 영혼의 의지가 지닌 힘을 갖고 있다고 할 수 있습니다. 어느 쪽이 이기느냐에 따라, 죄를 짓느냐 짓지 않느냐가 결정됩니다. 그럼, 죄를 짓지 않을 가능성에 대해 살펴보겠습니다. 만약 남자의 영혼의 의지가 지닌 힘이 승리하여 죄를 짓지 않을 경우, 여자의 몸에는 어떤 현상이 일어나게 될까요? 여러분께 이미 말씀드렸다시피 남자의 몸에 있는 정액의 정신은 몸속에 있는 '동역학 유체'의 양을 조절하고 일정하게 유지시키면서 영혼으로 되돌아가게 됩니다. 그런데 여자의 몸에서 만들어진 정액이 배설되지도 않고, 영혼의 열망으로 바뀌지도 않을 경우, 여자의 정액은 어떻게 되겠습니까?"

제16장

여자 몸에 '동역학 유체'가 축적되는 현상에 관해

"맨 처음 관찰할 수 있는 것은 '비너스의 사랑'이 커진다는 것입니다. 이 액체가 전부 그곳에 저장되기 때문입니다. 제가 관찰한 몇몇 경우에 따르면, 이 작은 돌기는 어린아이의 음경만큼 커질 수도 있습니다. 그리고 이 액체가 들어갈 자리가 없게 되면, 밖으로 배설되는 것이 아니라 몸의 내부로 흘러들어가 여자들에게서 흔히 보이는 모든 병의 원인이 됩니다. 많은 경우에 이 '동역학 유체'의 축적으로 인한 병을 악마에 사로잡힌 것으로 혼동하는데, 실제로 악마가 여자의 몸에서 자기 자리를 선택한다면, 그 자리는 당연히 이 '비너스의 사랑'이 될 것입니다. 고대 그리스인들은 온갖 병의 근원이 자궁이라고 믿었습니다. 저로서는 이들 질병이 생기는 곳은 바로 제가 기술한 그 기관밖에 없다고 확신합니다. 그런데 제가 방금 전에 말씀드렸다시피, 여자들에게 성욕이 발현되는 과정이 자연스럽고 즉흥적으로 이루어진다면, 못생기지도 늙지도 않았는데 남자를 유혹하지도 않고 음경에 대한 욕구를 표현하기는커녕 다정하고, 신앙심이 두텁고, 사랑까지 보여줄 줄 아는 여자들이 존재하는 이유가 무엇일지 궁금해하실 겁니다. 여기에는 각기 다른 이유가 있습니다."

제17장

다정한 여자들과 죄성(罪性)이 없는 여자들이
존재하는 이유에 관해

"가장 흔한 경우가 동정(童貞)인 경우입니다. 사슴 고기를 단 한 번도 먹어보지 않은 사람은 사슴 고기를 먹고 싶다는 생각을 결코 할 수 없습니다. '비너스의 사랑'은 처녀막이 찢어진 이후에 비로소 영향력을 발휘하기 시작합니다. 처녀성을 잃는다는 것은 음경에 대한 욕구의 결과라고 믿는 경향이 널리 퍼져 있습니다. 처녀성을 잃은 여자만이 음경에 대한 욕구를 가지게 된다는 사실을 여러분께 확실하게 말씀드리는 바입니다."

"난 당신이 모순에 빠져 있다는 사실을 지적하고 싶소." 학장이 끼어들었다. "방금 당신이 얘기한 대로 여자가 죄의 대상이고 그 죄의 주체가 남자라고 한다면, 게다가 당신 말마따나 여자가 자연스럽게, 즉흥적으로 남자의 성욕을 불러일으킨다면, 당신이 말했듯이 그 '비너스의 사랑'은 처녀막이 손상되지 않은 상태로 있을 때는 음탕한 영향력을 행사하지 않기 때문에 여자에게 성적인 욕구가 전혀 일어나지 않을 텐데, 처녀가 무슨 이유로 처녀성을 버리겠소?"

"제가 설명하려고 준비해둔 것을 각하께서 미리 지적해주셨습니다. 실제로 처녀막이 손상되지 않을 경우, '비너스의 사랑'은 그 어떤 기능도 하지 않기 때문에 처녀가 처녀성을 버릴 이유가 전혀 없는 것처럼 보입니다. 처녀가 결혼을 하면 남편이 처녀를 자극해 성교를 함으로써 처녀는 남편이 지닌 육욕의 희생자가 된다는 논리를 펼칠 수 있을 것입니다. 그럼에도 불구하고 틀림없이 각하께서 마음에 담고 계실 반론에 관해 미리 설명하겠습니다. 앞에서 제가 말했다시피, 남자가 지닌 육욕의 외부적인 대상인 여자가 몸속에서 성적인 난심(亂心)이 발동해 남자를 유혹하고 꼬드김으로써 남자의 민감한 기관이 자극을 받으면 남자에게 성욕이 일어납니다. 예컨대 사슴 고기를 먹어보지 않은 사람은 사슴 고기를 먹고 싶다는 생각을 할 수 없다고 말했습니다. 처녀에게 처녀성을 잃게 만드는 것은 음경에 대한 욕구가 아니라, 자연적이고 즉흥적인 욕구입니다. 즉 모성애 말입니다.

여자가 아이를 임신하게 되면 '동역학 유체'를 대량으로 유입시킬 필요가 생기는데, 그 이유는 임신 기간 중에 발생하는 과다한 근육 활동을 조절하기 위해서일 뿐만 아니라 태아를 형성하는 데 이 유체의 '양'을 안정적으로 공급하기 위해서입니다. 아리스토텔레스가 임신을 어떤 방식으로 설명했는지는 여러분께 이미 말했습니다. 즉 남자는 영혼을 제공하고, 여자는 물질을 제공한다는 것입니다.

여자에게는 두 가지 덕목의 길이 있습니다. 처녀성과 모성애입니다. 그리고 두 가지 타락의 길이 있습니다. 죄와 질병입니다.

남자가 자유의지에 따라 죄에서 멀어지면, 또한 여자를 죄로부터 멀어지게 만듭니다. 그러므로 여자를 덕행의 길로 인도해야 할 사람은 바로 남자입니다."

제18장

'비너스의 사랑'이 성서가 밝힌 바처럼
여자의 기원에 대한 해부학적 증거인 이유에 관해

"이제부터는 '비너스의 사랑'이 지닌 또 다른 해부학적 특성에 관해 설명하겠습니다. 이 기관의 형태와 기능, 그리고 여자의 행동을 좌우하는 영향력에 관해서는 앞에서 이미 말했습니다. 존경하는 위원님들께서 직접 확인하셨듯이, 제 이론 중에 성서의 내용과 어긋나는 부분은 하나도 없습니다. 오히려 하느님의 위대한 작품인 인간을 이해하고, 그 창조주를 예찬하는 것이 저의 목적입니다. 이런 방식을 통해 저는 해부학적 용어로 표현하자면 성스러운 복음서가 우리에게 말해주는 또 다른 진리, 즉 여자의 기원에 관한 것을 재차 확인할 수 있었습니다. 해부학적으로 보았을 때 인체는 한 권의 책과 같기 때문에, 그 책에 쓰인 글을 제대로 읽을 줄만 안다면 인체는 우리에게 하느님의 말씀을 놀라운 방법으로 보여줍니다. '비너스의 사랑'은 창세기 22장과 23장에 수록된 하느님의 말씀에 대한 물질적인 증거라는 점을 여러분께 확실하게 말씀드리는 바입니다. 제가 지금 말하는 그 기관은 여자의 기원에 대한 해부학적 흔적입니다. '비너스의 사랑'이 보여주는 남성적인 형태는 성서가 확인해주듯이 여자가 남자의 갈비뼈로 만들어졌다는 사실을 증명하고 있는 것입니다."

제19장

음경과 '비너스의 사랑'을 비교하는 것에 관해

"제가 발견한 그 기관이 음경과 유사한 형태이고, 더구나 음경처럼 발기했다가 가라앉는다는 말을 했을 때 여러분은 끔찍하다는 표정을 지으셨습니다. 그리고 사실 '비너스의 사랑'은 겉으로 보기에는 음경과 동일한 형태로 작용합니다. 물론 완전히 같은 것은 아닙니다. 기본적인 차이는 해부학적인 것이라기보다는 생리적인 것입니다. 음경이 일종의 수단, 즉 도구인 데 비해 '비너스의 사랑'은 원인입니다. 음경은 육체와 영혼의 화신(化身)에 종속되어 팽창하고 수축하는 반면에 여자의 모든 행동은 '비너스의 사랑'에 종속됩니다. 역시 해부학자인 위대한 레오나르도 다빈치는 음경이 고유의 생명을 가지고 있으며, 남자의 영혼과 지성에 종속되지 않는 독립적인 영혼과 지성을 소유하고 있을 뿐만 아니라 자신의 의지에 따라 움직인다고 말한 바 있습니다. 또한 남자가 자기 음경을 자극하려 한다 할지라도 이를 거부하며, 남자의 허락이나 욕구와는 상관없이 독자적으로 움직이며, 남자가 깨어 있거나 잠을 잘 때에도 음경은 결국 자신이 하고 싶은 대로 행동한다고 말했습니다. 이 말은 가끔 사실처럼 보일 때도 있습니다. 그러나 이는 겉으로만 사실처럼 보인다고 말씀드리고 싶습니다. 실제로 음경이 특별한 이유도 없이, 즉 성욕을 유발하는 외부적인 대상의 개입 없이도 갑자기 발기하는 것은 레오나르도 다빈치가 우리에게 해준 설명과는 다른 이유가 있습니다. 음경이 특별한 원인도 없이 부풀어 오르는 이유는 특정한 목적을 위해 만들어진 '동역학 유체'가 이동 경로를 벗어났기 때문이고, 어떤 이유로 그 목적이 연기되거나 취소되었기 때문입니다. 예를 들어 우리가 어떤 과제를 수행하기 위해 준비를 했지만 예기치 않은 일로 인해 그 과제를 수행할 수 없는 경우와 같습니다. 몸은 하고자 하는 일의 중요성에 맞추어 일정 분량의 '동역학 유체'를 근육에 보냄으로써 근육이 움직일 수 있도록 준비시킵니다. 제가 여러분께 이미 설명한 그 역학에 따라, 만약에 몸이 이런 임무를 수행하지 못하게 되면, 어떤 방법을 통해서든 이 유체를 없애야만 합니다. 어떤 행위와 다른 행위를 원인과 결과의 관계로 결합하는 것은 어려운 일이 아닙니다. 음경이 스스로 발기할 때는, 우리가 미리 준비해둔 어떤 일이 연기된 후라는 사실을 여러분은 쉽게 확인하실 수 있을 것입니다. 음경이 발기한다 해도, 유체가 음경에 정액을 만들어놓지 않았기 때문에 이 유체를 제거하는 것은 아주 쉬운 일입니다. 유체가 원래 경로를 이탈해 음경으로 들어가듯이 음경으로부터 각각의 근육으로 돌아가는 다른 경로를 취할 수도 있고, 또 우리가 하려고 미리 준비하던 일을 하는 데 필요한 유체와 유사한 분량의 유체를 요구하는 다른 작업을 통해 유체를 증발시킴으로써 제거할 수도 있습니다. 동일한 이유로, 어떤 남자가 대가를 치르면서까지 육체적인 죄를 짓기로 했을 때, 음경이 그 남자가 죄를 짓는 데 협조하지 않겠다고 결정하는 이유는, 앞에서 기술한 그런 동인과 무관하지 않습니다. 여러 가지 특정한 상황에서 우리 자신의 영혼이 우리 몸에 부과하는 계획이 무엇인지 우리는 잘 모릅니다. 이는 영혼이 우리의 의지와 분리되고, 몸이 우리의 의지 옆에 위치하기 때문입니다.[*]

이제 위대한 레오나르도 다빈치가 음경에 관해 언급한 모든 것은, 가장

---

[*] 여기서 마테오 콜롬보는 몸-영혼, 여성-남성, 죄-덕 등 이원적 논법을 파괴하고, 의지를 영혼과 몸으로부터 분리하는 제3의 요소를 도입한다. 물론 우리는 그가 이런 수수께끼 같은 주장을 뒷받침할 증거는 가지고 있지 않다는 사실을 알아야 한다.(원주)

확실한 이유로, '비너스의 사랑'에 적용할 수 있게 되었습니다. 이는 '비너스의 사랑'이 단순히 생명과 의지와 독자적인 지성을 갖고 있을 뿐만 아니라, 이 생명과 의지와 지성이 이 기관을 에워싸고 있는 존재*의 행위를 이끌기 때문입니다. 우리는 여성의 의지와 지성을 이런 의미로 이해해야 합니다. 즉 '비너스의 사랑'이 지닌 이런 의미 말입니다.

남자는 영혼이 자신의 육체를 다루듯 여자를 다루어야 합니다. 왜냐하면 남자의 영혼이 남성적이라면 남자의 몸은 여성적이기 때문입니다.

제가 지금까지 한 말은 모두 절대적으로 정당하고, 성서의 말씀과 단 한 치도 어긋나지 않는다는 확신과 함께 진술을 끝내고자 합니다. 정의가 저와 함께하기를 기원하는 바입니다."

---

* 이는 마테오 콜롬보의 이론에서 나타나는 여자에 대한 정의다. 즉 여자는 '비너스의 사랑'을 에워싸고 있는 살덩어리다. (원주)

판결문

기적

I

의사위원회의 제1심에서 유죄 판결을 받은 사람이 종교재판에서 제1심의 판결을 뒤집기는 매우 어려운 일이었다. 그런데 마테오 콜롬보의 운명에 기적이 일어나려 하고 있었다.

위원회가 유죄 판결문을 작성하려던 바로 그날, 로마에서 파견한 사신이 파도바에 도착했다. 사신은 의사위원회 위원장 앞으로 보내는 서신 한 통을 가지고 있었다. 서신을 읽고 또 읽어본 카라파 추기경은 자신이 서 있는 바닥이 흔들거리는 느낌을 떨쳐버릴 수 없었다. 서신에는 교황 파울루스 3세의 직인이 찍혀 있었다. 나이 일흔 줄에 접어든 교황은 건강이 별안간 악화되면서 마테오 콜롬보의 치료를 요청하고 있었다. 로마에서 해부학자가 성인의 반열에 오를 사람이라는 명성을 얻은 것은 아니었다. 오히려 그 반대였다. 실제로 마테오 콜롬보는 유럽에서 가장 유명한 의사가 되어 있었는데, 이는 순전히 그를 비방하는 사람들 때문이었다. 교황 알레산드로 파르네세*의 최측근 인사들은 교황의 결정이 적절하지 않다고 말려보았지만, 교황은 목숨이 위태로운 상태로 침상에 누워 있는 와중에도 자신의 건강 문제를 직접 결정할 정도로 고집이 셌다. 교황은 아주 무섭게 자신의 의지를 관철시켰다. 그래서 카라파 추기경이 위원장이 되어 구성된 위원회는 피고에게 호의적인 판결문을 급히 작성할 수밖에 없었다. 주교들로 이루어진 위원회가 내린 판결은 해부학자에게 호의적이었다. 물론 그의 작품에 대해서는 호의적이지 않았지만 말이다. 마테오 콜롬보는 무죄 판결을 받았고, 의사들은 사건을 종교재판에 회부하지 않기로 결정했다. 하지만 위원회는 학장이 제기한 『해부학에 관해』에 대한 조사는 계속하도록 결정했다. 재판에 관여한 사람들을 썩 만족시키지는 못했지만, 모든 사람의 예상을 뒤엎고 동시에 모든 사람을 놀라게 한 현명한 결정이었다. 그 모든 사람 중에는 주교들도 포함되어 있었다.

의사위원들의 마음은—거의 모든 경우에 그렇듯, 그리고 그들의 원래 성향에 따라—학장이 제시한 길, 즉 화형장으로 가는 길로 뚜렷이 기울어 있었다. 학장이 행사하는 막강한 권위에 휘둘린 위원회는 해부학자가 자신을 변호하는 말을 채 꺼내기도 전에 해부학자를 단죄하여, 무자비한 판결문을 준비하고 있었다. 해부학자의 폭로가 악마적인 것으로 보였기 때문이 아니었다. 오히려 의사위원들의 관점에서 볼 때 마테오 콜롬보의 발견은 완벽한 계시였다. '비너스의 사랑'으로

---

* 교황 파울루스 3세의 본명.

마침내 가장 큰 수수께끼 가운데 하나, 즉 가톨릭교회의 가장 모호한 문제 가운데 하나인 여자에 관해 설명할 수 있게 된 것이다. 하지만 발견 자체뿐만 아니라 발견자도 문제였다. 물론 그런 사건이 확산된다면 정말로 큰 재앙이었다. 만약 해부학자가 제기한 사안들이 사실이라면, '비너스의 사랑'은 여성의 변덕스러운 마음을 지배하는 진정 강력한 도구였다. 그의 발견이 세상에 알려지면 온갖 불행이 초래될 수밖에 없다는 것이 확실했다. 마테오 콜롬보가 발견한 내용이 가톨릭교회의 적의 손에 들어간다면 어떻게 될 것인가? 만약 악마의 군대가 죄의 대상인 여자들을 장악한다면, 아니 상황이 훨씬 더 나쁘게 돌아가서 이브의 딸들이 자기 가랑이 사이에 천국과 지옥의 열쇠를 가지고 있다는 사실을 알게 된다면, 기독교계가 맞닥뜨리게 될 재앙은 과연 어떤 것일까? 발견의 논리는 다음과 같았다. 만일 '비너스의 사랑'이 여자의 의지를 지배하는 신체기관이라면, 의술은 그 음탕한 '비너스의 사랑'의 지배를 관리하는 것이 될 것이다. 그렇게 되면 그 기관을 지배하는 자가 결국 여자의 마음을 지배하게 된다. 그렇다면 '비너스의 사랑'을 다스리는 방법을 어떻게 강구할 것인가? 의학의 절묘한 기술을 통해, 그것도 부족하다면 수술까지 동원해 얻게 될 것이다. 진단할 줄 알면 된다. 잘라낼 줄 알면 된다.

『해부학에 관해』가 기대할 수 있는 최선의 운명은 가톨릭교회에 의해 철저한 비밀에 부쳐지거나 금서 목록에 실리는 것이었다. 하지만 마테오 콜롬보가 아무리 맹세를 한들 비밀이 보장되리라는 것을 누가 장담할 수 있겠는가? 한편 해부학자 자신이 '비너스의 사랑'의 발견을 사적인 이익을 위해 이용하지 않는다고 누가 보장할 수 있겠는가? 하지만 그 발견은 동시에 가톨릭교회로서는, 예를 들어 여자의 몸에 있는 악마의 거주지를 제거한다면, 민감하고 다루기 힘든 신도들을 선하고 성스러운 길로 인도하기 위한 성스러운 방법이 될 것이다. 만약 그 신체기관이 여자들의 죄에 대한 책임이 있다면, 여자들이 태어나는 순간부터 여자들을 그 음탕한 '비너스의 사랑'으로부터 해방시켜주지 못할 이유가 있을까? 혹시 그래서 유대인들이 아이들의 음경 포피를 잘라버리는 것이 아닐까? 나름대로 이유가 있을 것이다. 하지만 이는 여전히 순수한 추정일 뿐이었다. 가장 중요하고 가장 시급한 일은 그 사안이 공개됨으로써 시끄러워지지 않도록 모든 수단을 동원하는 것이었다. 그래서 위원회는 종교재판으로 연결되는 길을 트기 위한 판결문을 작성하기로 했다.

그렇지만 작품은 저자와 같은 운명을 걷지 않았다. 결국『해부학에 관해』는 1543년에 교황 파울루스 3세가 공포한 애매모호한 검열 목록인 금서 목록에 실리고 말았다. 해부학자는 자신이 발견한 사실을 알리지 않겠다고 맹세했다. 그것은 마테오 콜롬보가 목숨을 부지하기 위한 하나의 조건이었다.

카라파 추기경이 로마로부터 서한을 받은 1558년 11월 7일, 마침내 의사위원회는 평결을 발표했는데, 물론 수신자는 단 한 명이었다.

평결

I

파도바 대학 학장에게 보내는 의사위원회의 평결

"귀하가 관장하는 대학의 해부학 주임교수이자 『해부학에 관해』의 저자인 치롤로기 마테오 레알도 콜롬보에 관한 문제로 귀하가 소집을 요청한 본 위원회는 제출된 보고서, 증언 그리고 피고의 진술서를 모두 검토했습니다.

본 위원회는 진실을 말하자면 귀하가 휘하 교수에 대해 품고 있는 적의에 관해, 그리고 분노에 사로잡힌 채 사안을 숙고하는 것이 가능하다면, 귀하가 분노에 사로잡혀 사안을 숙고하는 데서 비롯된 모순에 관해 정확하게 이해하지 못했습니다. 혹시 귀하가 사물을 있는 그대로 보지 못하게 된 무분별의 이유는 바로 적의와 분노가 아닐까 사료됩니다.

학장님, 특히 『해부학에 관해』 제17장에 대해 귀하가 밝힌 평가와 비난에 관해 본 위원회는 귀하가 우리에게 직접 밝힌, '그 작품은 본인의 용의주도한 힘 아래 통제되어 있습니다'라는 말에 의존할 수밖에 없습니다.

그럼에도 불구하고 본 위원회는 귀하가 제시한 논리 범위를 온전하게 이해할 수 없습니다. 첫째, 귀하는 귀하의 휘하에 있는 해부학자의 발견이 엉터리라고 평가했습니다. 둘째, 귀하의 말에 따르면, 고대에 에페수스의 루푸스, 율리우스 폴룩스, 아랍의 해부학자인 아불 카시스와 이븐시나, 히포크라테스, 그리고 심지어는 팔로피우스*까지도 문제의 기관을 이미 기술한 바 있다는 이유로 귀하의 교수를 표절과 저작권 침해 건으로 고소했습니다. 본 위원회는 귀하가 제기한 첫번째 문제를 수용해 그런 기관이 존재하지 않는다고 인정할 수도 있고, 또 귀하가 제기한 두번째 문제를 받아들여 그 기관이 폐처럼 익히 알려진 기관이라고 밝힐 수도 있는바, 귀하는 본 위원회의 결정에 따라야 합니다.

본 위원회로서는, 그 기관에 관한 이전의 기록에 대해 아는 바가 전혀 없습니다. 따라서 본 위원회로서는 그 기관의 존재 여부를 확인할 수가 없습니다.

비록 그 기관의 존재가 확실하다 할지라도, 본 위원회는 신성불가침한 원칙들을 보호하겠다는 귀하의 노력(마땅히 존경받아야 할)과 그런 발견이 이단을 부추기고 불신자들의 수를 늘릴 수도 있다는 귀하의 우려가, 설령 잘못된 것이라 할지라도, 고귀한 것이라고 믿습니다. 학장님, 진리는 오직 성서에만 있을 뿐이고 성서 외의 그 어떤 곳에도 있지 않습니다. 과학이 진리를 밝혀낼 수는 없습니다. 과학이란 하느님의 글을 비추는 희미한 불꽃에 지나

---

* 이탈리아의 해부학자. 남자의 성병 예방과 피임을 위해 아마포로 만든 씌우개(일종의 콘돔)를 최초로 개발했다는 기록이 있다.

지 않습니다. 과학은 하느님 아래 있으며, 진리를 이해하기 위한 것입니다. 우리 신자들은 믿음만 있으면 충분하다는 사실을 알지만, 불신자들은 이성을 통해 납득하지 못하면 진리를 이해하지 못합니다.

학장님은 다음과 같은 사실을 보지 못하고 있습니다. 그것은 바로, 귀하의 해부학자가 발견한 것이 사실이라면, 성서가 우리에게 말하는 여자의 창조에 관한 해부학적 증거를 결국 우리 눈으로 직접 확인하게 될 것이라는 점입니다. 만약 귀하가 창세기의 구절들을 읽어본다면, 본 위원회가 귀하에게 언급하는 말을 확인할 수 있을 것입니다.

마지막으로, 전술한 논리에 따라 본 위원회는 피고 마테오 레알도 콜롬보의 모든 혐의에 대해 무죄를 선고합니다. 그럼에도 불구하고 법정은『해부학에 관해』가 금서 목록에 등재되어 있기 때문에 본서의 출간을 금하는 바입니다."

제4부

신성한 예술

I

1558년 11월 8일, 분개한 알레산드로 데 레냐노가 지켜보는 가운데 마테오 콜롬보는 바티칸이 파견한 경호원들의 호위를 받으며 로마로 출발했다. 교황의 주치의는 진짜 왕후처럼 길을 떠나고, 모든 사람이 그를 저명 인사처럼 대했다. 그럼에도 불구하고 두 사람—해부학자 자신과 학장—은 해부학자의 행운이 파울루스 3세의 건강만큼이나 취약하다는 사실을 잘 알고 있었다.

교황 알레산드로 파르네세는 바티칸의 침상에 누워 있었다. 길게 자란 덥수룩한 턱수염 때문에 노쇠한 랍비 같은 인상을 풍겼다. 마테오 콜롬보가 침대 옆에 무릎을 꿇고서 교황의 손을 잡고 교황의 반지에 입을 맞추자 교황은 마지막 남은 힘을 다해 실낱같은 목소리로 그를 강복했다. 그 순간 해부학자는 눈물을 참을 수가 없었다. 그는 감정을 가라앉히고 교황 성하와 단둘이 있게 해달라고 요청했다. 요청은 받아들여지지 않았다. 알레산드로 파르네세는 그야말로 피골이 상접할 정도로 쇠약해져 있었다. 교황에 추대되었을 당시 이미 일흔두 살의 노인이었으며, 세상의 온갖 병을 다 겪고도 살아 있었다. 이제 교황은 과거 투르크인들에 대항하는 가톨릭교회의 추기경들을 결집시키던 예전의 모습이 아니었다. 처음에는 인내력으로, 나중에는 힘으로 트렌토 공의회를 단번에, 깔끔하고 매끄럽게 소집한 그가 아니었다. 만토바 공작, 황제, 그리고 개신교도들의 변덕스러움을 성스러운 관용으로 인내해야 했던 그가 아니었다. 종교재판소가 수많은 죄인의 영혼을 정화하기에는 화형장의 모닥불이 부족하다고 생각하고, 종교재판소의 재판관 수가 적고 관료적이라 생각해, 물고기와 빵을 불린 예수처럼 재판관의 수를 늘리고, 재판관들에게 순회 재판권을 부여하고, 종교재판소를 신앙 문제를 다루는 최고재판소로 승격시키고, 베네치아, 밀라노, 나폴리, 토스카나 등 마음 내키는 곳이면 어느 도시가 되었든지 자신의 대리인을 임명하던, 종교재판소의 열렬한 수호자가 아니었다. 어떤 책을 금서 목록에 올릴지, 모닥불에 태워버릴지—물론 책의 저자를 포함해서—개인적으로 결정하던 그 독서광이 아니었다. 알레산드로 파르네세는 이제 과거의 그가 아니었고, 임종을 눈앞에 둔 노쇠한 유령에 지나지 않았다. 동족을 편애하는 집게손가락으로 파르마 주교 관구와 피아첸차 주교 관구를 세속화시켜 파르네세 가문이 다스리는 공국으로 만들려고 했던 그 앙상한 손은 이제 교황 자신이 방금 전에 지옥에서 구해내 낙원으로 인도한 크레모나 출신의 해부학자의 손 사이에서 죽은 듯 쉬고 있었다. 교황 성하는 어제까지만 해도 루시퍼의 대변자였으나 오늘은 하느님의 손이 된 해부학자의 손에 자신을 내맡기고 있었다.

파울루스 3세의 상태는 교황 성하뿐만 아니라, 교황의 건강에 자신의 운명이 달린 신임 주치의에게도 진정한 걱정거리였다. 여러 시간에 걸쳐 교황의 상태를 검사한 마테오 콜롬보는 자신이 할 일이 썩 많지 않다는 불안한 확신을 갖게 되었다. 알레산드로 파르네세는 끊임없이 병치레를 했는데, 5년 전에는 병으로 죽을 지경에 이른 적도 있었다. 사실 지금까지 살아 있는 것이 기적이나 다름없었다. 교황의 심장 박동 소리는 살 수 있다는 희망을 주지 않았고, 안색은 이미 죽은 사람 같았으며, 천식 때문에 그의 말소리는 정확히 알아들을 수도 없었다. 말 한 마디를 할 때마다 진이 다 빠질 정도로 힘들어했고, 원래 수다쟁이인 그가 말을 좀 하려고 하면 발작적으로 나오는 마른기침 때문에 자꾸 중단되곤 했는데, 기침을 할 때마다 금방이라도 숨이 넘어갈 듯 얼굴색이 보랏빛으로 변했다. 발작적인 마른기침이 멈추면 얼굴색은 6개월 전부터 나타나던 푸른빛을 띠었다. 평생 그를 괴롭혀온 통풍도, 간질도, 고질적인 복성 편두통이나 피부에 고랑을 파놓은 끔찍한 대상포진—이 때문에 셈족처럼 수염을 길러야 했다—도 이제는 별로 중요하지 않았다. 파울루스 3세는 죽어가고 있었다. 교황 성하는 사기꾼 추기경 알바레스 데 톨레도가 지명한 무능한 의사를 직접 해고했는데, 교황 성하의 말에 따르면 알바레스 추기경은 하루빨리 교황 자리를 물려받고 싶어했다. 그 진위가 무엇이든 간에, 그가 추천한 의사가 교황의 주치의가 된 후로 알레산드로 파르네세는 날이 갈수록 건강이 악화되었다. 이에 관해서는 마테오 콜롬보도 환자와 같은 생각이었다. 사실 교황이 지금까지 받아온 치료는 그가 앓고 있던 병보다 더 해로운 것이었다. 따라서 교황의 신임 주치의는 환자에게서 피 뽑는 일을 중단시켰다. 그 방식은 빈혈 증세를 악화시킬 뿐 아무 효과가 없기 때문이었다. 신임 주치의는 교황을 탈진시키는 관장을 중단하라는 지시를 내리고, 구토를 유발하는 약초의 투여를 단호하게 금지시켰다. 적절한 치료법은 교황의 성체에 나 있는 모든 구멍을 통해 통증을 뽑아내려 하던 이전의 치료법과는 다른 것이었다. 사실 교황의 병은 진단하기가 아주 쉬웠다. 교황의 병은 노환이었다. 이전의 주치의는 늙은 교황의 몸에 조금 남아 있던 생명의 불씨마저 꺼버리고 있었던 것이다.

마테오 콜롬보는 플라스크 하나에 교황이 하루 동안에 배설한 대변을 모두 담고, 다른 플라스크에 성스러운 비뇨기가 배설하는 액체를 모두 담아놓도록 조치했다. 밤이 되면 해부학자는 플라스크에 담긴 배설물의 내용을 검사했다. 냄새, 색깔, 점성도를 면밀하게 분석했다. 그리고 해가 뜨기 전에 어떤 치료법을 적용할지를 결정했다. 사실 파울루스 3세의 병은 단지 노령에서 비롯된 것이었다.

교황 성하는 반드시 살아야 했다. 마테오 콜롬보는 노쇠한 알레산드로 파르네세에게 자기 인생의 절반이라도 바칠 각오가 되어 있었을 것이다. 그러나 다른 방법이 있었다.

파울루스 3세에게는 젊은 피가 필요했다. 그것이 바로 마테오 콜롬보가 교황에게 주려는 것이었다.

무죄한 어린이들의 순교 축일

I

무죄한 어린이들의 순교 축일*에 파울루스 3세의 신임 주치의 마테오 레알도 콜롬보는 교황의 허락을 받아 건강 상태가 좋은 다섯 살에서 열 살까지의 여자아이 열 명을 찾아내 교황의 방으로 데려오도록 지시했다. 그중에서 다섯 아이를 직접 골라 교황 성하의 침상으로 데려갔다. 늙은 교황이 여자아이들을 일일이 강복하자, 아이들이 교황의 반지에 입을 맞추며 울어댔다. 그러고 나서 여자아이들은 해부학자의 방 옆방으로 안내되었다. 여자아이들을 위해 미리 준비해놓은 방이었다. 마테오 콜롬보는 이렇게 조치한 뒤 로마에서 가장 건강한

---

* 유대 왕의 탄생을 알게 된 헤롯 왕이 2세 미만의 남자아이를 모두 죽이라는 명령을 내림에 따라 베들레헴과 인근 지역에서 태어난 모든 남자아이가 억울하게 죽임을 당한 날이다.

유모들을 찾아보라고 명령했다. 그리고 그녀들 가운데 가장 좋아 보이는 여자 셋을 직접 골랐다. 젖가슴이 풍만하고 안색과 외모가 출중한 젊은 여자들이었다. 마테오 콜롬보는 각 여자의 젖 품질을 직접 확인해봐야겠다고 생각했다. 해부학자는 여자들의 젖꼭지를 손가락으로 가볍게 자극해 넉넉하게 쏟아져 나온 젖의 맛과 농도를 검사했다.

교황 성하는 유모들의 영양가 높은 젖을 하루에 세 번씩 먹었다. 교황 성하는 교대로 젖을 먹여주는 유모의 가슴에 어린아이처럼 몸을 웅크린 채 안겨 젖을 빨다가 깊이 잠들었다. 해부학자는 이가 모두 빠지고 하얀 턱수염을 덥수룩하게 기른 노쇠한 알레산드로 파르네세가 침상에 누워 있는 모습을 보면 가슴이 찡했다. 이런 최후의 치료법은 어느 정도 효과가 있었으나 충분하지는 않았다. 여자의 젖에 건강한 '동역학 유체'가 들어 있기는 했지만 교황 성하가 잃어버린 젊음을 조금이나마 회복시켜주기에는 부족했다. 그래서 마테오 콜롬보는 로마에서 가장 솜씨 좋은 망나니를 예정한 것보다 일찍 작업실로 불러들였다.

망나니는 해부학자가 최대한 부드럽게 처리하라고 지시하자 불쾌한 표정을 감추지 못했다. 어찌 되었든 그 일은 그의 직업이었다.

그날 밤 무죄한 어린이들의 순교 축일이 지나기 전에 여자아이 다섯 가운데 첫번째 여자아이가 죽임을 당했다.

교황 성하는 죽은 여자아이의 피를 섞어 만든 물약의 첫 모금을 마시기 전에, 자기보다 먼저 천국으로 갔을 게 틀림없는 여자아이의 영혼을 위해 기도했고, 그 여자아이의 행복하고 때 이른 죽음에 즐거워했다.

"아멘." 교황 성하는 이렇게 중얼거린 뒤 잔의 바닥이 보일 때까지 벌컥벌컥 들이마셨다.

II

파울루스 3세는 하루에 세 번 젖을 빨아 먹고, 하루에 세 번 주치의가 직접 만든 젊은 피가 섞인 물약을 마지막 한 방울까지 마셨다. 첫 일주일이 지나자 교황의 건강이 호전되고 있다는 사실을 확인한 마테오 콜롬보는 안도의 한숨을 내쉬었다. 그의 치료법은 몇 가지 세부적인 것을 제외하면 그리 독창적인 것이 아니었다. 실제로 자신의 세 자녀—프란체세토, 바티스티나, 테오도리나—를 인정함으로써 왕성한 생식력을 과시해 유명해졌던 교황 이노켄티우스 8세* 역시 건강이 나빠졌을 때 주치의의 권유로 비슷한 치료를 받은 적이 있었는데, 물론 그 경우에는 치료의 결과가 좋지 않았다. 해부학자가 판단하기에 치료가 실패한 원인은 분명했다. 첫번째는 시녀가 유모의 젖을 짜서 컵에 담은 뒤에 교황이 마셨기 때문이었다. 마테오 콜롬보가 알아낸 바에 따르면, '동역학 유체'는 공기에 닿으면 즉시 증발하기 때문에, 창조주가 인공 수유를 위해 정해준 대로 젖은 젖꼭지에서 직접 빨아 먹어야만 효과가 있다는 것이었다. 두번째는 물약에 젊은 남자에게서

---

* 교황 이노켄티우스 8세(1484~1492)는 여러 여인과 성관계를 통해 16명의 자녀를 두었는데, 자녀 가운데 몇은 바티칸에서 결혼식을 거행하고, 교회 직분을 늘려 돈을 받고 팔았으며, 성 베드로 광장에서 투우 경기를 벌였다.

뽑아낸 피를 섞었기 때문이다. 수태에 관한 아리스토텔레스의 연구가 증명하다시피, 여자의 피는 순수한 물질 그 자체라는 사실이 명백했다. 결국 남자의 피는 아무 소용이 없었다. 왜냐하면 익히 알려져 있다시피 남자의 피는 포도주처럼 순수 정신과 약간의 물질로 이루어져 있기 때문이다.

여하튼 어떤 효과가 있었는지는 아리송하지만, 파울루스 3세의 건강은 호전되는 것 같았다.

그 소식은 파도바까지 전해졌다. 알레산드로 데 레냐노 학장은 독기를 뿜어댔다.

알레산드로 파르네세는 주치의를 총애했다. 물론 그럴 만한 이유는 셀 수 없이 많았는데, 자잘한 호전 사항들 가운데는 오래된 수다쟁이 습성이 되돌아온 것도 있었다. 교황 성하는 젖을 먹는 중간중간에 마테오 콜롬보와 끝없이 대화를 나누고, 마테오 콜롬보를 심복처럼 대했다. 그런데 과거에 마테오 콜롬보를 심판한 종교재판관 카라파 추기경은 파도바에서 온 그 침입자를 목에 걸린 가시처럼 여기고 있었다.

하늘에 오른 기분

I

크레모나 출신의 해부학자 마테오 콜롬보는 하늘에 오른 것 같은 기분을 느꼈다. 그는 로마에 머무는 동안 방대한 그림을 그려냈다. 일찍이 본 적이 없는 가장 아름다운 해부학적 지도들을 최고급 유화 물감으로 그리고, 그가 집요하게 천착한 '비너스의 사랑' 수백 개를 잉크 스케치로 그려낸 것이다. 그리고 그의 가장 빼어나고 독특한 작품 〈헤르메스와 아프로디테〉를 그린 것도 로마에 머물고 있을 때였다. 하지만 이 유화는 두 신을 한 몸에 결합시킨 상태로 그리지 않고 대신에 해부학자가 '비너스의 사랑'을 발견했을 때의 이네스 데 토레몰리노스의 모습을 연상하며 그렸다는 이유로 가혹한 검열을 받을 수밖에 없었다는 것은 명백하다.

모든 것은 영감에서 비롯되었다. 그의 손이 미치지 않은 것은 없었다. 종교재판을 받던 질풍노도의 나날은 이미 지나가고 없었다. 이제 해부학자는 나사로를 회생시킨 예수처럼 자신이 목숨을 구해준 파울루스 3세의 드높은 옥좌 오른편에서 예전에 자기를 심판한 종교재판관들을 내려다볼 수 있었다. 크레모나 출신의 무명 해부학자가 이제 신의 손이 된 것이다. 그의 이름은 영광스러운 이름이 되었다. 당연히 그는 지상에 있는 천국의 도시에서 살고 있었다. 그의 낡은 리넨 루코는 비단 루코로, 무명 베레타는 교황의 재단사가 그만을 위해 손수 금자수를 놓아 만들어준 터키 모자로 바뀌었다. 이제 그는 부자였다. 교황의 주치의로서 받는 보수는 그 스스로 합당하다고 생각하는 액수까지 올라갔고, 그가 원하기만 하면 교황청의 금고에도 손이 닿을 수 있었다. 어찌 되었든 교황 성하의 목숨 값은 얼마나 될 수 있었을까? 그 어떤 것도 해부학자를 감동시키지 못했다. 그의 재능을 따라올 사람은 아무도 없었다. 그는 주인이나 되는 것처럼 바티칸을 마음대로 산책했다. 허가 없이도, 원하면 언제든 교황의 방에 들어갈 수 있는 유일한 사람이었다. 그는 각종 회합에 끼어들 수 있는 유일한 사람이었다. 교황 성하에게 명령을 내리는 유일한 사람이었다. 교황 성하가 몇 시에 식사를 할 것인지, 몇 시에 자고 몇 시에 일어날 것인지를 결정했고, 교황 성하가 어떤 사람의 방문을 받아도 좋은지 아닌지, 교황 성하가 화를 내는 것과 마음을 가라앉히는 것도 그가 결정했다.

하지만 그의 행복은 온전한 것이 될 수 없었다. 매일 밤 그는 잠들기 전에 모나 소피아를 생각했다. 하지만 언젠가 그녀를 소유하게 되리라 확신했기 때문에 마음을 차분히 먹은 채 그녀를 만나고 싶다는 조바심을 감내하고 있었다. 그는 그녀를 소유하게 되리라 확신했다.

아무리 많은 남자가 그녀를 탐낸다 해도, 아무리 많은 남자가 그녀의 몸을 스치고 지나갔다 해도 상관이 없었다. 그가 자유롭게, 부자가 되어, 유명해져서 파우노 로소 유곽 현관으로 연결된 일곱 개의 돌계단을 오를 날이 반드시 올 것이고, 그때 옛 적들이 발치에 무릎을 꿇고 항복하는 가운데 개선장군처럼 자신이 갈망하던 식민지 땅으로 들어가게 되리라. 하지만 마테오 콜롬보는 신중한 사람이 되어야 하고, 무엇보다도 인내심이 강한 사람이 되어야 한다는 사실을 알고 있었다. 이제부터 그는 정치가처럼 행동해야 했다.

마테오 콜롬보가 교황 파울루스 3세에게 행사하는 영향력에 관해 모르는 사람은 바티칸에 단 한 명도 없었다. 과거에 그를 심판한 종교 재판관이었던 알바레스 데 톨레도 추기경도 그것을 잘 알고 있었다. 자신이 과거에 교황 성하에게 행사하던 영향력을 이제는 향유할 수 없다는 사실을 깨달은 알바레스 데 톨레도 추기경은 교황의 주치의에게 다가가기로 작정했다. 알바레스 데 톨레도 추기경은 해부학자의 귀를 즐겁게 하는 말이 무엇인지 잘 알고 있었다. 그의 비위를 어떻게 맞추어야 하는지도 잘 알고 있었다.

반면에 카라파 추기경은 마테오 콜롬보에 대한 노골적인 반감과 멸시를 감추지 못했다. 모닥불을 붙일 횃불을 사람들이 그의 코앞에서 꺼버린 것에 대해 깊은 원한을 숨길 수가 없었고, 도저히 참을 수도 없었다.

알바레스 데 톨레도 추기경은 확고한 신뢰와 화해의 표시로 자신의 건강을 교황 주치의의 손에 맡겼다. 마테오 콜롬보는 알바레스 데 톨레도 추기경이 파울루스 3세의 가장 유력한 후계자라는 사실을 모르지 않았다. 실제로 이 에스파냐 출신의 추기경은 수완이 뛰어난 사람이었다.

II

자신의 행운에 확신을 갖게 된 마테오 콜롬보는 카라파 추기경에 의해 금서가 된 『해부학에 관해』를 금서에서 해제해줄 것을 교황에게 부탁하기로 마음먹었다.

"아직은 때가 아닌 것 같아." 파울루스 3세는 이렇게만 대답했다.

그의 대답은 마테오 콜롬보로서는 처음 겪는 가장 큰 실망이었다. 하지만 인내심을 가지고 기다려보기로 했다.

"두고 보지. 앞으로 더 두고 보자고……" 6개월이 지난 뒤 해부학자가 교황에게 그 문제를 상기시키자 교황이 한 대답이었다.

"아들이여, 그대는 심각한 죄를 저질렀으니 고해성사를 해야겠군." 알레산드로 파르네세가 아버지 같은 어조로 타일렀다. "아무에게도 말하지 않겠다고 의사위원회 앞에서 맹세한 걸 방금 전에 내 앞에서 밝혀버렸잖아."

마테오 콜롬보는 한편으로는 화가 나기도 하고 다른 한편으로는 놀랍기도 했다. 마테오 콜롬보는 교황의 목숨을 구해주었고, 그래서 교황 성하는 그에게 한없이 고마워하지 않았던가. 그런데 책을 출간하겠다는 마테오 콜롬보의 청을 거절하고 오히려 훈계까지 하고 있는 것이다.

결국 마테오 콜롬보는 늙고 배은망덕한 알레산드로 파르네세가 하루빨리 죽기를 바랄 지경에 이르렀다. 어찌 되었든 마테오 콜롬보는 신의 손이었고, 생명을 줄 수도 있고—죽어가는 교황을 살려냈듯이—생명을 거둘 수도 있었다. 그는 이미 미래의 교황 주치의가 아니던가?

마테오 콜롬보가 알바레스 데 톨레도 추기경과 맺은 우정은 날이 갈수록 돈독해졌다. 동일한 소망을 가지고 있던 두 사람은 교황 성하의 건강 얘기를 할 때마다 공범자의 눈길을 주고받았다. 하지만 두 사람은 자신의 비밀스러운 소망에 관해서는 입도 벙긋하지 않았다. 굳이 말할 필요가 없었다.

Ⅲ

비 내리는 어느 날 아침, 파울루스 3세는 죽은 상태로 새벽을 맞이했다. 그 불행한 소식을 전한 사람은 마테오 콜롬보였다. 바로 그날 콘클라베가 소집되었다. 놀라운 결과가 생길 가능성은 없었다. 마테오 콜롬보가 그토록 바라던 책 출간도 머지않은 것이다. 새 교황, 그러니까 자신의 친구인 알바레스 데 톨레도의 반지에 입을 맞출 준비가 되어 있었다. 해부학자는 차분한 마음으로—두려워할 이유도, 불안해할 이유도 없다—자기 방에서 점심 식사를 하고 나서 오후 새참 때쯤 깨워달라고 부탁한 뒤 낮잠을 청했다.

오후 새참 때 그는 자기 방 창문틀에 몸을 기댄 채 바실리카를 쳐다보았다. 바실리카의 굴뚝에서는 아직 연기가 피어오르지 않고 있었다. 그는 궁 안에 떠도는 소문을 한 마디도 듣고 싶지 않았기 때문에 그냥 방에 머물러 있기로 작정했다. 그가 다시 창가에 모습을 드러냈을 때는 땅거미가 깔리기 시작했다. 황혼으로 물든 하늘에는 아무런 소식도 없었기에 약간의 불안감을 느꼈다. 이미 정해진 일이라면, 소식이 이렇게 늦어지는 이유가 도대체 무엇일까? 하지만 그는 곧 평정심을 되찾았다.

새까만 밤이 되자 해부학자는 하얀 연기가 피어오를 때까지 창문 곁에 머무르기로 작정했다.

최후의 만찬

I

　정확히 자정이 되자 바실리카의 굴뚝에서 하얀 연기 한 줄기가 희미하게 피어올랐다. 바티칸의 모든 종이 일제히 울렸고, 모든 아치 길에서 쏟아져 나온 군중이 성 베드로 광장으로 우르르 몰려갔다. 놀란 비둘기 한 무리가 바실리카의 돔 위로 날아올랐다. 이 모든 일이 갑자기 일어났다. 해부학자의 마음은 오랫동안 참아온 조바심으로 달아올랐다. 해부학자의 방 창문에서 교황 성하의 발코니를 뚜렷하게 볼 수 있었다. 그는 여러 해 전부터 웃어본 적이 없는 사람처럼 큰 소리로 웃어댔다. 모여든 군중이 새 교황을 보게 해달라고 외치고 있었다. 새 교황의 이름이 바람에 흩어지는 씨앗처럼 사람들의 입에서 입으로 전해지기 시작했다. 새 교황은 파울루스 4세가 될 것이다. 하지만 어느 추기경이 파울루스 4세가 될 것인가? 알바레스 데 톨레도, 군중의 입술에서 그의 이름이 읽히고 있었다.

긴장과 조바심과 경외감이 뒤섞인 죽음 같은 침묵에 뒤이어 드디어 교황 성하가 발코니에 모습을 드러냈다. 마테오 콜롬보는 생전처음 웃는 사람처럼 웃고 있었다. 흥분이 가라앉자마자 눈을 크게 뜬 해부학자는 파울루스 4세의 얼굴을 또렷하게 볼 수 있었다. 그 순간 가슴에 구멍이 뻥 뚫린 것 같다고 느꼈다. 웃는 얼굴은 그대로 굳어져버렸다. 지금 발코니에서 군중에게 인사를 하고 있는 사람은 카라파 추기경이었다.

해부학자는 새 교황이 멀리서 자기에게 시선을 보내고 있다고 생각했다.

II

그날 밤 마테오 콜롬보는 짐을 꾸렸다. 자기 작품에 대한 본격적인 검열이 시작되지 않으리라는 보장이 없을 뿐만 아니라—이것은 사실이었다—옛 종교재판관이 그동안 중단되었던 판결을 집행할 가능성이 있기 때문에 더 머뭇거릴 이유가 없었다. 마테오 콜롬보는 카라파 추기경이 자기에게 깊은 증오심을 품고 있다는 사실을 잘 알고 있었다.

하지만 마테오 콜롬보가 전부를 잃은 것은 아니었다. 그는 차분하게 생각을 정리한 뒤에 즉시 결심을 했다. 아직 그에게는 그리운 피난처가 베네치아에 남아 있었다. 자신이 살아야 할 이유가 무엇인지 그는 잊은 적이 없었다. 모나 소피아가 그에게 마음을 주는 것을 방해할 수 있는 것은 이 세상에 단 하나도 없었다. 그렇다, 이제 해부학자는 자신이 원하는 여자의 마음의 문을 여는 열쇠를 갖고 있었다. 그리고 그 여자는 다름 아닌 그의 모나 소피아였다.

게다가 그는 평생을 써도 남을 만큼 많은 재산을 소유한 부자가 되어 있었다. 그럼에도 카라파의 손아귀에서 벗어나는 것은 그리 쉽지 않을 것이다. 단 몇 분 만에 그는 자신의 나머지 삶을 결정했다. 당장 베네치아로 떠나 파우노 로소 유곽을 찾아가서 10두카도를 내면 모나 소피아와 사랑을 나눌 수 있을 것이고, 그녀와 함께 베네치아를 떠나 지중해 건너편으로 갈 것이며, 만약 필요하다면 대서양 너머, 지구 반대편에 있는 신대륙으로 떠날 것이다.

결국 해부학자를 미친 듯이 사랑하게 된 모나 소피아는 여자 중에서 가장 고귀한 여자로 바뀔 것이고, 분명 가장 충실한 아내가 될 것이다.

그날 밤 해부학자는 옷 몇 가지와 바티칸에 머물면서 벌어들인 돈을 모두 챙겼다. 그리고 포지아를 이마까지 깊숙이 눌러쓴 채 군중을 헤치고 나아가 죄를 지은 사람처럼 로마의 좁은 골목 속으로 사라졌다.

그의 등 뒤로 바티칸에서는 축제가 벌어지고 있었다.

제5부

검은 미사*

I

재판이 개시된 날부터 시작되어 뜻하지 않게 파울루스 3세의 옥좌 오른편에 올라갔다가 별똥별 떨어지듯 추락하고 카라파 추기경을 피해 도주하기까지, 사건들은 빠른 속도로 전개되었다. 그 바람에 마테오 콜롬보는 파도바 대학의 자기 방에 감금되었을 때 이네스 데 토레몰리노스에게 보낸 편지를 까마득히 잊고 있었다. 옛 후원자의 존재

---

* 17세기 유럽의 지식인들로 이루어진 '메드멘햄의 수도사들'이라는 협회는 매춘부와 성적 관계를 맺거나 도박, 향연, 음주 등을 행했다. 18~19세기에 존재한 '지옥불 클럽'도 이들을 모방했는데, 특히 음주와 난잡한 섹스파티로 이루어지는 '검은 미사'를 행했다고 전해진다. 사탄 숭배와 관련된 검은 미사는 로마 가톨릭의 미사가 갖는 권위와 신성을 무너뜨리는 방식으로 이루어졌다. 성체 혹은 성찬식을 모독하고, 주기도문을 거꾸로 외우며, 문란한 성행위를 하고, 때로는 동물 또는 사람의 희생제의를 했으며, 파문당한 사제가 쓴 불경스러운 풍자시를 읽고, 검은 양초를 켜놓았으며, 십자가를 거꾸로 매달아놓았다고 한다.

마저도 완전히 잊어버렸다고 말할 수 있었다. 마테오 콜롬보는 모나 소피아를 피할 수 없는 운명처럼 생각하고 있었다. 바티칸을 떠나야 하는 날이 올 것이고―그날은 결국 마테오 콜롬보가 예상했던 것보다 더 빨리 왔다―그러면 베네치아로 떠나 산타 트리니다드 성당 근처의 보치아리 거리에 있는 파우노 로소 유곽으로 가서 결국 자신에게 예정되어 있던 것을 만나게 될 것이다. 그 순간 마테오 콜롬보는 초조감에 사로잡혀 그런 생각을 한 것이 아니라 영원한 고통을 느끼지 않고 살게 해줄 죽음에 대한 확신을 갖게 하는 숙명주의에 사로잡혀 그런 생각을 하고 있었다. 그런데 바티칸 궁에 머무는 동안 그는 멀리 떨어져 있던 이네스 데 토레몰리노스의 존재에 대해서는 단 한 번도 생각해본 적이 없었던 것이다.

사실 비토리오 씨의 노력 덕분에 그 편지가 피렌체에 도착했다는 것은 숙명이었다.

II

1558년 4월의 어느 날 새벽, 심부름꾼 하나가 수도원에 붙어 있는 초라한 집의 문을 두드렸다. 마테오 콜롬보가 피렌체를 떠난 뒤로 이네스 데 토레몰리노스는 해부학자의 소식을 단 한 번도 듣지 못했다. 그날 이후로 그녀는 마테오 콜롬보 이외의 다른 것은 생각하지 않았고, 이 세상에 존재하는 것 가운데 그를 기억나지 않게 하는 것은 아무것도 없었다. 그 심부름꾼이 도착하기 전에, 그녀는 그동안 마테오 콜롬보의 소식을 듣게 될 것이라는 빗나간 확신을 수없이 가졌고, 그래서 더 이상 실망하지 않기 위해 그런 소식을 들을 가능성에 관해 생각하지 않기로 작정했다. 그녀는 두루마리를 묶은 띠를 고정시켜 봉한 밀랍에 찍혀 있는 발신인의 주인(朱印)을 거들떠보지도 않았다. 그녀는 편지를 들고 장작불이 타고 있던 난로 옆의 작은 필사실(筆寫室)로 갔다. 옆에서는 딸들이 노래를 부르며 뛰어놀고 있었다. 그녀는 책상 앞에 앉고 나서야 비로소 용기를 내어 주인을 들여다보았다. 가슴이 철렁 내려앉았다. 마음의 평온을 유지하려 애쓰면서, 아니 적어도 평온한 척 가장하면서 아이들더러 자기 방으로 가서 놀라고 부드럽게 타일렀다. 두루마리를 감싸고 있던 띠를 떼어내기 전에 그녀는 편지를 가슴에 품은 채 간절한 기도를 올렸다. 수개월 동안 기다려온 순간이었다. 셀 수 없는 고통과 실망 끝에 마침내 지금 해부학자가 만졌던 그 편지지를 쓰다듬을 수 있게 되었건만, 왠지 불안하고 꺼림칙한 생각이 들었다. 좋지 않은 소식이 들어 있을 것만 같았다. 마침내 그녀는 편지를 싸고 있는 띠를 벗겨냈다.

이네스 데 토레몰리노스는 편지를 읽다 말고 쓰러지지 않기 위해 책상 가장자리를 움켜잡아야 했다. "이 편지가 피렌체에 도착할 때면 저는 살아 있지 않을 것입니다……" 눈에 눈물이 가득 고이고, 흐느끼느라 가슴이 요동치는 가운데 그녀는 계속해서 편지를 읽어 내려갔다. "만약 제가 침묵을 지키겠다는 맹세를 어기고 말을 함으로써 신성 모독죄를 짓는다고 생각하신다면, 지금 당장 편지 읽기를 중단하시고 이 편지를 불태우시기 바랍니다……" 여기까지 읽은 그녀는 마테오 콜롬보가 신성 모독죄를 범하고 있다는 생각을 하면서도 계속해서 읽어 내려갔다.

만약 제가 저에게 부과된 금언 서약을 깨기로 작정했다면, 그리고 제가 발견한 사실을 부인에게만 털어놓기로 결심했다면, 그 이유는 제가 저의 달콤한 '아메리카'를 발견한 곳이 바로 당신의 몸이기 때문입니다, 부인. 당신의 몸에서 저는 여자의 사랑과 최고 쾌락의 근원지를 발견했습니다. 제가 여자의 사랑과 관련된 하느님의 작품을 발견할 수 있도록 해주신 부인께 감사를 표하는 바입니다. 저의 '비너스의 사랑'은 부인의 '비너스의 사랑'이기도 합니다. 당신이 저를 얼마나 사랑했는지 제가 모른다고 생각하지는 마시기 바랍니다. 아마 오늘도 부인은 저를 사랑하고 있을 것입니다. 하지만 당신 자신을 속이지 마십시오. 당신이 사랑하는 사람은 제가 아닙니다. 저를 사랑하는 사람은 결코 당신이 아닙니다. 제가 부인의 심각한 병을 치료했을 때, 저는 본의 아니게 당신을 치료해준 대가로 당신이 제게 고백한 사랑을 받았던 것입니다. 부인의 병이 머물던 곳은 '비너스의 사랑'이었고, 저를 사랑한 것은 바로 부인의 '비너스의 사랑'이었습니다. 당신 자신을 속이지 마십시오. 부인, 저는 당신의 사랑을 받을 자격이 전혀 없는 사람입니다.

이네스 데 토레몰리노스는 침착하게 편지를 마저 읽었다. 눈은 아직도 촉촉했지만, 요동치던 심장은 갑자기 차분해졌다. 별안간 그녀의 눈에 부드럽고 고요한 악의가 가득 차올랐다. 그녀가 자리에서 일어나더니 부엌을 향해 걸어갔다. 칼과 숫돌을 집어들었다. 그리고 차분하게 상황을 분석해보았다. 자신이 사랑하는 사람이 죽었을 것이라고 생각하니 무한한 슬픔이 밀려왔고, 애도하는 마음이 넘쳤으며, 마

228

침내 그처럼 슬픈 마음이 드는 것이 고맙다는 생각까지 하게 되었다. 숫돌에 칼을 갈면서 그녀는 자신이 생각하는 바가 새로운 불빛을 받아 아주 명확해지고 있다는 것을 느낄 수 있었다. 자신이 죽을지도, 미쳐버릴지도 모른다는 알 수 없는 공포에 시달린 적이 여러 번 있었다. 하지만 지금 숫돌에 칼날을 갈면서 자신의 정신이 최고조에 오르고 가장 숭고해져 있다고 중얼거렸다. 그녀의 손을 이끌고 있던 것은 신비적인 충동도 무아지경의 환희도 아니었다. 그녀는 더할 나위 없이 침착했다.

"비너스의 사랑, 혹은 그것의 감미로움." 그녀는 숫돌에 칼날을 갈면서 되뇌었다.

매일 아침 수도원의 종을 칠 때처럼 차분한 마음으로 칼을 갈았다. 이제 마침내 그녀는 자기 마음의 주인이 될 수 있을 것이다. 해부학자도 알고 있었다시피, 그녀가 해부학자를 미치도록 사랑하고 있다는 변함없는 사실 앞에서도 전혀 번민을 느끼지 않았다. 진작 그 사실을 알았더라면 그토록 오랜 시간 번민에 사로잡히지 않았을 텐데. 그토록 쉬운 일을!

그녀는 칼날이 완벽하게 섰다는 사실을 확인하자마자 눈을 들어 창밖을 바라보았고, 그 풍경을 자신의 영혼에 가득 담았다. 그리고 신속하고 정확하게 잘라냈다. 고통을 느끼지도 않았고 피도 거의 나오지 않았다. 가느다란 피 한 줄기가 사타구니로 흘러나왔을 뿐이다.

이제 그녀는 자신의 모든 고뇌의 원인을 엄지와 검지로 붙들고 있었다. 그리고 잘라낸 그 작은 기관을 들여다보면서 행복에 넘치는 미소를 지으며 말했다.

"비너스의 사랑, 혹은 그것의 감미로움."

　지금부터, 영원히, 그녀는 사랑을 잊어버리게 될 것이다. 이제, 마침내, 그녀는 자기 마음의 주인이 되어 있었다.

육체의 부활

I

그날 이후 피렌체에서 이네스 데 토레몰리노스에 관한 소식은 전혀 알려지지 않았다. 심부름꾼 하나가 수도원에 붙어 있는 초라한 집의 문을 두드린 4월의 그날 아침 이후, 수도원장은 자선을 베푼 그 여자와 세 딸에 관한 소식을 전혀 들을 수 없었다. 수도원장이 찾아낸 것이라고는 부엌 바닥에 묻어 있는 아주 가느다란 피 한 줄기, 그리고 부엌 안쪽에 있던 칼과 숫돌 옆에 있던 똑같은 모양의 빨간 진주 같은 작은 살 조각 네 개뿐이었는데, 수도원장은 그 살 조각들이 해부학적으로 신체의 어느 부위에서 나온 것인지 정확히 알 수가 없었다. 이네스 데 토레몰리노스와 그녀의 세 딸은 피렌체에서 사라지고 없었다.

이네스 데 토레몰리노스가 성인의 반열에 오르기에는 한 발이 못 미쳤다. 하지만 확실한 것은 단 한 발에 불과했을지라도, 이 한 발 때문에 그녀가 지닌 덕성에도 불구하고 화형장의 모닥불을 피하지 못했다는 것이다. 왜냐하면 지금 그 사실을 밝히는 것이 마땅할 텐데, 이네스 데 토레몰리노스는 고향인 카스티야에서 간단한 심리를 받은 뒤, 1559년 종교재판소 화형장의 모닥불에서 삶을 마감했기 때문이다. 그녀는 자신에 대한 변론을 단 한마디도 하지 않았다.

그녀의 운명을 결정지은 증거는 바로 그녀가 법정에서 자신이 썼다고 인정한 한 권의 시집이었다. 물론 이 책은 그녀에게 씌워진 모든 죄에 비하면 사소한 것에 불과했고, 그녀 자신도 그 점을 인정했다. 『검은 미사』—그 책의 이름은 이렇게 알려져 있었다—는 저자와 함께 불태워졌으며, 거의 흔적조차 남아 있지 않은 저자의 희미한 생애와 마찬가지로 단 몇 구절만이 구전되어 살아남았다. 『검은 미사』에 쓰인 시 70편 가운데 단 일곱 편의 조각들 일부만 알려져 있다.*

---

* 에스파냐어 원본은 단 하나도 온전하게 발견되지 않았는데, 이는 모두 불태워졌기 때문으로 추정된다. 남아 있는 시 일곱 편은 『금지된 문집』에 실려 있는 이탈리아어 번역본이다. 소박하고 미숙한 본 소설에는 이탈리아어 번역본이 인용되었다.(원주)

검은 미사

I

시구들

1

그렇게 내 육체가 모닥불에 태워진다 할지라도
그렇게 쓰디쓴 독미나리를 씹는다 할지라도,
아니면 교수대에서 죽는다 할지라도, 그래 그렇게 된다 할지라도,
그렇게 된다 할지라도, 그 어떤 것도 나를 슬프게 하지 못하리
지금부터 나는 선포하노라
창녀 중의 창녀라고.

14
사랑의 이름으로
모두 사형 집행인에게 자신을 넘기고
그를 위해 우리는 빵을 만들지만
그는 우리에게 빵부스러기만 주노라
그를 위해 우리는 자식을 낳으리
모두 사랑의 이름으로.

빵을 만들 줄 모른다면
자식을 낳지 못한다면
—빵은 기술이 모자라
자식은 생식력이 없어—
입으로 빵을 먹고
항문으로 자식을 낳으리.

22
사랑은 내게
질병과 고통,
살을 베어 상처를 남기는 비수.
……

사랑을 노래하면
슬픔밖에 없으니

사랑의 해악 때문에 나는 죽어갔노라.
……

43
그들이 그대에게 말했지, 요리하라!
나 그대에게 요리법을 주노니
요리법은 지금부터 영원히
비밀이 되지 않으리.

그대 아침 식사를 하라
태양이 떠오르고 스무 명의 청년 중
길고 두툼한 음경을 지닌
청년 하나가 일어나리라
그대 우유를 듬뿍 마시라
갈증을 없애는 데는
이것보다 더 좋은 것이 없노라.

미사 시간
신부는 헛소리를 늘어놓고,
나는 빵과 포도주도 거부하고
신부의 멋지고 날렵한 음경을
성찬(聖餐)으로 받겠노라.

II

첫번째 시는 이네스 데 토레몰리노스의 비극을 요약해놓은 것이다. 자신의 원칙을 표명한 것이면서 동시에 자신의 운명을 예언한 것이다. 이네스 데 토레몰리노스는 '창녀 중의 창녀'만이 아니었다. 에스파냐에서 가장 비싸고 가장 인기 있는 창녀만이 아니었다. 길고도 긴—그녀의 한평생보다 더 길었다—1559년에 그녀는 지중해에서 가장 완벽한 창녀 카스트를 수립했다. 창녀들을 공주처럼 교육시킬 필요도 없었고, 창녀들이 애정에 무감각한 정신을 갖도록 할 필요도 없었으며, 창녀들의 몸이 쾌락을 느끼지 못하도록 훈련시킬 필요도 없었다. 왜냐하면 창녀들이 사랑의 고통을 받을 필요도, 쾌락의 노예가 될 필요도 전혀 없었기 때문이다. 길고도 긴 1559년, 이네스 데 토레몰리노스는 노련한 솜씨로 매춘을 행하고 가르쳤을 뿐만 아니라 여성들에게 속박으로부터 벗어나 자유롭게 살자는 운동을 전개한 열성적인 전도자로 변했다. 길고도 긴 1559년, 이네스 데 토레몰리노스는 아버지와 죽은 남편이 물려준 재산보다 몇 배나 많은 돈을 자신의 몸으로 벌어들었다. 화려한 유곽들을 세우고 고통을 가장 많이 받은 여자들 가운데서 제자 창녀들을 모집했다. 도저히 헤어 나올 수 없을 정도로 깊은 사랑에 빠진 아가씨들부터 수녀원의 수녀들에 이르기까지, 모든 여자가 이네스 데 토레몰리노스의 열정적인 연설을 들었다. 여자들은 각자 존재에 대한 진정한 자유의지를 손에 넣을 수 있었고, 마침내 자기 마음을 다스리는 주인이 되었다.

1500명이 넘는 여자가 이네스 데 토레몰리노스의 유곽에서 일했

236

다. 1500명이 넘는 여자가 해방의 길을 선택해 '비너스의 사랑'이라고 하는 저주로부터 벗어났다. '비너스의 사랑'을 제거하는 일은 이네스데 토레몰리노스가 몸소 했다. 유곽에서 벌어들이는 엄청난 수입을 배분받은 남자는 단 한 명도 없었다. 여성의 의지로만 이루어진 진정한 군대였다.

Ⅲ

『검은 미사』의 시구들은 가공할 만한 교리서로 자리 잡았다. 미혼녀든 기혼녀든, 과부든 수녀든, 사랑에 빠진 여자든 버림받은 여자든, 그 시를 들으면 누구나 어느 시구에 자신이 암시되어 있다고 느꼈다. 『검은 미사』는 마술사들의 야간 집회, 마녀들의 비밀스러운 입문 의식까지도 넌지시 암시하고 있는 것으로 보아 모든 여자에 관해 언급하는 책이었음에 틀림없다. 그리고 확실히 마녀들에 관해서는 당국이 상세하게 기술해놓고 있었다. '하르피아이*와 마녀에 관한 목록'에서 마녀에 관한 완벽한 특징을 발견할 수 있었다.

"다른 여자에게 해악을 끼치는 여자, 해로운 의도를 드러내는 여자, 눈을 흘기는 여자, 노기를 품은 채 앞을 쳐다보는 여자, 밤에 외출하는 여자, 낮에 꾸벅꾸벅 조는 여자, 서글픈 분위기를 풍기는 여자, 과도하게 웃는 여자, 방탕한 여자, 지나치게 경건한 여자, 겁에 질려 있는 여자, 씩씩하고 엄격한 여

---

* 그리스 신화에 나오는 괴물. 얼굴과 상반신은 추녀이고, 날개, 꼬리, 발톱은 새의 형상을 하고 있다. 죽은 사람의 영혼을 나른다고 한다.

자, 자주 고해하는 여자, 절대로 고해하지 않는 여자, 자신을 변호하는 여자, 집게손가락으로 남을 비난하는 여자, 남의 일을 잘 아는 여자, 과학과 예술의 비밀을 아는 여자, 다양한 언어를 구사할 줄 아는 여자."

매춘은 처벌할 수 있는 범죄 행위가 아니었다. 하지만 마법은 처벌이 가능한 범죄였다. '하르피아이와 마녀에 관한 목록'은 구두의 골처럼 모든 경우를 사안별로 분류해놓고 있었다.

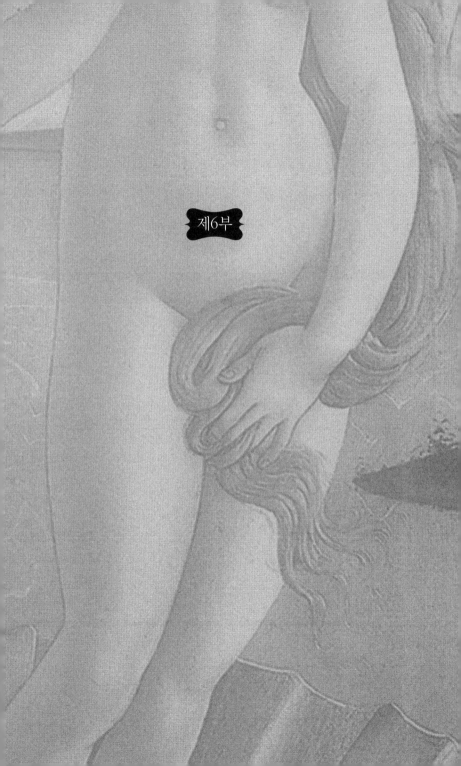

제6부

삼위일체

I

1559년 어느 겨울 새벽, 해가 뜨기 직전에 카스티야 지방의 강추위 때문에 온기를 찾아 나온 것 같은 한 무리의 사람이 광장을 빽빽하게 에워싼 채 사형 집행인이 장작에 불을 붙이는 모습을 지켜보고 있었다. 이네스 데 토레몰리노스가 광장 한복판에 세워진 기둥에 묶여 있었다. 그녀의 등 뒤로 세 딸의 작은 키를 훨씬 웃도는 높이의 기둥 세 개가 세워져 있었다.

"마녀들을 불태워버려요!" 부인들이 소리를 질러대면서 자기 아이들이 그 징계의 광경을 볼 수 있도록 어깨에 목말을 태우고 있었다.

딸들의 비명 소리가 엄마 마녀의 고통을 배가시킬 것이라는 재판관들의 견해에 따라 사형 집행인이 먼저 어린 딸들의 발 아래 쌓인 장작에 불을 붙였다. 그러나 딸들은 나뭇가지가 활활 불타고 있을 때도 신음 소리 한 마디 내뱉지 않았다. 혀처럼 널름거리는 불길이 기둥 꼭대기까지 완전히 덮어버리면서 그 작은 아이들은 형체가 일그러지기 전에 이미 연기에 질식해 죽은 것이다.

바닥에서 올라오는 열기에 구워지기 시작한 것은 한 여자의 섬세한 발이 아니라 불도마뱀의 무감각한 발이었다고 말할 수 있을 정도였다. 이네스 데 토레몰리노스는 행복한 눈길을 보내며 고통을 견뎌내고 있었는데, 그녀의 가벼운 몸뚱이가 기둥에 묶여 있지 않았더라면 까맣게 탄 발목에서 피어오르고 있던 검은 연기와 함께 하늘로 올라가버릴 것처럼 보였다. 마치 전지전능한 하느님으로부터 기운을 받은 것처럼 그녀는 자기 몸이 지닌 온기보다 천 배는 더 뜨거운 열기를 한마디 불평도 내뱉지 않은 채 잘도 견뎌내고 있었다.

갑자기 돌풍이 불어와 화염이 맹렬해진 가운데, 불의 혀 하나가 그녀를 덮치더니 몸을 완전히 덮어버렸고, 화염이 가라앉자 형체를 분간할 수 없을 정도로 시커멓게 변한 그녀의 몸이 드러났다. 그녀는 아직 살아 있었다. 불길을 되살리던 사형 집행인의 눈길이 그를 내려다보는 사형수의 동정 어린 눈길과 마주쳤다. 일순간 사형 집행인은 자신이 인간인 것처럼, 아니 적어도 인간과 비슷한 존재인 것처럼 느꼈다. 왜냐하면 그 여죄수가—아니면 그 여죄수에게 남아 있던 것이—마침내 죽은 순간에 그는 수치심 비슷한 감정을 경험했기 때문이다.

그때 시각을 알리는 바실리카의 종소리가 들렸다.

Ⅱ

바로 그 시각, 베네치아에서 포지아를 눈썹까지 푹 눌러써서 얼굴을 가린 남자가 보치아리의 골목길을 경쾌한 발걸음으로 걸어가고 있었다. 그는 날개 달린 사자상과 성 테오도로 상 사이로 해가 올라오기 전에 목적지에 도착하겠다고 작정한 사람처럼 걷고 있었다. 무어인들의 시계탑에서 여섯 시를 알리는 종소리가 들리기 전이었다. 남자는 파우노 로소 유곽의 좁은 현관으로 연결된 돌계단을 오르기 전에 포지아를 고쳐 쓰고는 산타 트리니다드 성당의 첫 미사에 가기 위해 지나가는 행인들 가운데 혹시 누군가가 유곽으로 들어가는 자기 모습을 보고 있지나 않은지 확인했다.

마돈나 시모네타가 그를 맞이해 즉시 안으로 들여보냈다.

"우리 집에서 접대를 받아보신 적이 있나요?" 그녀가 물었다. 방문객이 아무 대답도 하지 않자, 그녀는 그를 소심한 여행자로 판단하고서 목록 하나를 건네주고 포도주 한 잔을 대접했다.

그 남자가 머리를 덮고 있던 두건을 벗지 않는 것으로 보아 자신의 신분이 노출되는 것을 꺼린다고 할 수 있었다. 그는 포도주를 거들떠보지도 않았다.

"모나 소피아를 만나고 싶소." 남자가 간단명료하게 말했다.

여자가 아무 말 없이 고개를 숙였다.

"지금은 적합한 시간이 아닌 줄 알고 있습니다." 남자가 구실을 댔다. "하지만 지금 급히 그녀를 만나야 해요."

"누구신데 그애를 찾는 건가요?" 그녀가 눈길을 내리깐 채 중얼거렸다.

마테오 콜롬보는 그녀가 그렇게 딱딱하게 굴며 형식을 차리는 이유가 무엇인지 이해하지 못하고 있었다.

"옛 손님이오……" 그는 이렇게만 대답했다.

"그애가 손님의 시중을 들지는 못할 텐데요……"

"나는 지금 시간이 촉박하지만, 그 아가씨가 바쁘다면 기다리겠소." 해부학자는 여자의 눈가에 물기가 어리는 것을 놓치지 않았다. 영문을 알 수 없는 일이었다. 그가 그녀의 팔을 붙잡고 거칠게 흔들어댔다.

"무슨 일이 일어난 거요?" 그는 소리를 지르며 위층으로 올라가는 계단을 향해 뛰어갔다.

"제발 부탁이니, 그애 방에는 들어가지 마세요!" 여자가 그의 루코를 붙들려고 하면서 애원했다.

Ⅲ

모나 소피아의 방으로 들어간 마테오 콜롬보는 방 안 광경을 보고 피가 얼어버렸다. 공포를 느꼈다. 대참사를 겪는 것 같은 느낌이었다. 정확하게 말해 이 세상의 종말이나 다름없었다.

방에서는 숨을 쉴 수 없을 정도로 악취가 풍겼다. 침대 한가운데에 병신이 되어버린 비참한 몰골의 유해, 즉 자줏빛 종기가 점점이 돋아 있고, 푸르스름한 잿빛을 띤 썩은 피부 몇 조각이 뼈를 덮고 있는 해골이 누워 있었다. 마테오 콜롬보는 벽에 몸을 지탱한 채 가까이 다가 갔다. 살아 있는 그 시체가 모나 소피아라는 사실을 에메랄드처럼 푸른 눈동자를 통해서만 겨우 알아볼 수 있었다. 얼굴에서 불룩 튀어나와 있는 눈동자에는 일종의 광기가 어려 있었다.

의사로서 살아오는 동안 그처럼 지독한 매독은 결코 본 적이 없었다. 담요를 젖히자 단 한 번도 본 적이 없는 끔찍한 몰골이 드러났다. 야수처럼 단단하고 나무로 깎아놓은 것처럼 부드러운 곡선을 자랑하던 허벅지는 이제 쓸모없는 두 개의 뼈로 변해 있었다. 발기한 음경을 감쌀 수도 없을 정도로 작은 손은 가을철의 나뭇가지처럼 변해 있었고, 만약에 그런 꽃이 있다면 어느 꽃처럼 둥글고 부드러웠던 젖꼭지는 정말 모나 소피아의 젖꼭지인지 도무지 믿을 수가 없었다……

마테오 콜롬보는 침대 가장자리에 걸터앉아 그녀의 머리카락—듬성듬성하고 말라비틀어진—을 쓰다듬고, 고랑처럼 깊게 주름진 이마를 손바닥으로 어루만졌다. 마테오 콜롬보는 울고 있었다. 슬퍼서 운 것이 아니었다. 연민 때문에 운 것이 아니었다. 사랑에 빠진 사람이 느끼는 그런 감정이 복받쳐 울었다. 마테오 콜롬보는 병으로 죽어가는 그녀 몸의 온 부위를 사랑해주고 있었다. 최대한 부드럽게 모나 소피아의 발목을 잡고서 천천히 가랑이를 벌렸다. 치아가 다 빠진 노파의 입처럼 바싹 마르고 시들어버린 음부를 보았고, 작은 살을 벌려 '비너스의 사랑'을 쓰다듬었다. 부드럽게, 사랑을 듬뿍 담아 쓰다듬었다. 한없이 다정하게 쓰다듬었다. 사랑의 감정이 복받쳐 목이 멜 정도로 울었다.

"내 사랑……" 마테오 콜롬보가 영혼을 실어 그녀에게 말했다. "내 사랑……" 그녀의 달콤한 '아메리카'를 쓰다듬으며 다시 말했다.

해부학자는 손가락의 물렁살 사이로 미세한 떨림을 감지했고, 뭐라고 속삭이는 소리를 들을 수 있었다. 눈물이 뺨을 적시는 가운데 그가 그녀에게 물었다.

"날 사랑하지?" 그것은 간청이었고 애원이었다.

모나 소피아가 창문 쪽으로 눈길을 돌리더니 고통스러운 폐로 안간힘을 다해 공기를, 고작 한 모금의 공기를 들이마셨다. 그러고는 입술도 움직이지 않은 채, 동굴 깊숙한 곳에서 울려 나오는 것 같은 목소리로 말했다.

"시간 다 됐어요." 해부학자는 그녀가 숨을 거두기 전에 이렇게 말하는 소리를 들었다.

정점

I

베로나와 트렌토를 가르며 육중하게 솟아 있는 산의 최정상, 몬테벨도 산의 꼭대기에서 까마귀 한 마리가 아직 신선한 고깃덩이 위로 내려앉는다. 까마귀는 풍성한 시체에 깊숙이 부리를 박기 전에 자신이 제일 좋아하는 냄새를 음미한다. 가장 오랫동안 기다려온 식사라고 할 수 있을 것이다. 까마귀는 눈알을 부리로 쪼아 눈구멍에서 뽑힐 때까지 흔들어댄다. 눈알을 잠시 내려놓았다가 순식간에 게걸스럽게 먹어치운다. 까마귀가 죽은 고기의 가슴께로 걸어가 부리로 상처 부위를 찌르자 상처에서 대못처럼 길고 뾰족한 칼 하나가 드러난다. 까마귀는 배가 터질 정도로 먹는다. 하늘로 날아올라 베네치아를 향해 날아가기 전에, 여느 아침과 마찬가지로 시체를 모아 운반하는 거룻배가 수시로 지나갈 그란데 운하를 향해 비상하기 전에, 부풀어 오른 시체의 어느 손가락에 내려앉아, 손가락의 물렁살이 떨어질 때까지 부리로 쪼아댄다. 레오나르디노는 주인이 준 음식을 난생처음으로 겁 낼 필요 없이 실컷 먹을 수 있었다. 내일 나머지 고기를 먹으러 돌아 올 것이다.

'비너스의 사랑' 찾기

1997년, 기발한 상상력과 실험정신으로 무장한 아르헨티나의 젊은 작가 페데리코 안다아시가 『해부학자』라는 독특한 제목의 소설을 출간한다. 한 해 전, 이 소설은 스페인어권의 권위 있는 문학상인 '플라네타상' 최종 후보에 뽑히고, 뒤이어 '아말리아 라크로세 데 포르타바트 재단' 문학상 심사에서 심사위원 만장일치로 수상작으로 선정된다. 그러나 재단의 후원자인 아말리아 라크로세 데 포르타바트는 본 작품이 과도한 에로티시즘을 추구함으로써 "인간 정신의 고매한 가치를 고양시키는 데 기여하지 못한다"는 이유로 문학상을 수여할 수 없다는 견해를 부에노스아이레스의 모든 신문에 표명하고 시상을 거부한다. "여성적인 쾌락의 발견을 재현한 불경스러운 소설"이라는 니카라과 일간지 〈라 프렌사〉의 평가나 『해부학자』가 지닌 폭발력을 능가하기는 어렵기 때문에, 소설이 만들어진 순간부터 하나의 스캔들이었다"고 한 영국 소설가 마틴 에이미스의 견해를 놓고 판단해보자면, 가톨릭 국가 아르헨티나의 보수적인 여성이 취한 조치가 어느 정도는 타당했다고 할 수도 있을 것이다. 어찌 되었든 저명한 작가들로 이루어진 심사위원단은 아말리아 라크로세 데 포르타바트의 독단에 의해 심사위원 자격을 박탈당하고, 본 '추문'이 발생한 뒤에 포르타바트 재단의 문학상 콘테스트는 더 이상 열리지 않게 된다. 결국 스페인의 플라네타 출판사가 『해부학자』를 출간하고, 미국의 유명 출판사 더블데이가 20만 달러에 번역 계약을 체결하게 된다. 그 후 『해부학자』는 30개가 넘는 언어로 번역되어 수백만 부가 팔리는 베스트셀러가 되었다. 2010년 4월, 이 소설은 아르헨티나에서 연극으로 제작되어 상연되기도 했다.

클리토리스의 발견

"오, 나의 아메리카여, 나의 달콤한 신대륙이여!"라는 감탄문으로 시작되는 소설 『해부학자』는 근대 해부학의 창시자로 알려진 안드레아스 베살리우스의 제자이자 16세기 최고의 해부학자 마테오 레알도 콜롬보(콜럼버스)의 독특하지만 위험스러운 '발견'에 관한 이야기다.

르네상스 시대를 지배한 동사는 '발견하다'였다. 그리고 16세기는 여자들의 세기였다. 어디에든 여자가 있었다. 여자는 사회 계급의 맨 꼭대기에서 바닥에 이르기까지 모든 공간을 차지했다. 사회를 구성하거나 변화시키거나 해체시키는 각종 사건에 여자가 있었다. 마테오 콜롬보의 발견은, 정확히 말해 늘 대문 안으로 제한되던 여자들의 활동 범위가 차근차근, 부지불식간에, 수도원의 담 밖으로, 가정 밖으로 나가기 시작하면서 이루어진 것이다.

마테오 콜롬보가 발견한 '아메리카'는 크리스토포로 콜롬보(콜럼버스)가 발견한 '아메리카'보다 훨씬 덜 먼 곳에 있고, 한량없이 작다. 실제로 제법 큰 못대가리만 하다. 유사 이래 마술사, 마녀, 무당, 연금술사 들이 '신이나 악마들의 호의를 입어' 또는 온갖 약초를 섞어가며 찾아 헤매던 것이고, 사랑에 빠졌다가 자신의 불면과 불행을 유발하는 대상이 사랑을 제대로 주지 않음으로써 상처받은 모든 남자가 늘 갈망하던 것이다. 항상 모호하기 때문에 도저히 파악할 수 없는 여자의 자유의지를 지배할 수 있는 도구, 여자의 신비한 사랑이 지닌 비밀의 문을 여는 열쇠, 여자의 사랑을 지배하는 기관(器官)이다. 그 이름은 바로 '비너스의 사랑'이다. 더 정확하게 말해 '클리토리스'다.

마테오 콜롬보의 '발견'과 운명은 두 여자에 의해 이루어진다. 첫번째 여자는 베네치아에서 가장 아름다운 창녀 모나 소피아다. 에메랄드 같은 초록빛 눈에 완벽한 몸을 가진 여자로, 베네치아의 얼굴이다. 그녀는 마테오 콜롬보의 마음을 사로잡음으로써 그가 평생 그녀를 정복할 수 있는 방법을 모색하도록 이끈다. 그녀의 사랑을 사려고 시도하던 마테오 콜롬보는 여자의 신비로운 몸에 대한 탐사를 시작해, 그 대상을 창녀뿐만 아니라 당시에 금기되어 있던 시체까지 확대한다. 두번째 여자는 스페인 귀족 가문 출신인 이네스 데 토레몰리노스다. 그녀는 성녀의 반열에 오를 수 있을 정도로 정결하고 신심이 깊은 여자로, 그 지역의 어떤 의사도 치료할 수 없는 특이한 병에 걸림으로써 결국 마테오 콜롬보를 불러들이게 된다. 그리고 마테오 콜롬보는 그녀의 몸에서 가장 놀라운 발견을 하게 되고, 이로 인해 종교재판에 회부된다. 한마디로 말해 이 두 여자와 마테오 콜롬보는 '치명적인' 삼각관계 속에서 서로 균형을 이루고 있다. 당시 유럽에서 클리토리스의 발견은 종교재판에 회부될 만한 대사건으로, 심각한 결과를 초래할 수 있는 것이었다. 악마의 군대가 죄의 대상인 여자를 장악해버린다면 기독교가 엄청난 불행을 당할 수 있었기 때문이다. 아니, 이브의 딸들이 자기 가랑이 사이에 '천국과 지옥의 열쇠'를 가지고 다닌다는 사실을 알게 됨으로써 초래될 혼란이 걷잡을 수 없었기 때문이다.

우연으로 시작된 탐색

『해부학자』는 '역사소설'일까 '허구적인 역사'일까?

이 소설이 탄생하게 된 배경을 잠시 살펴보자.

페데리코 안다아시가 우리 시대를 관통할 만한 소재를 다루는 소설을 쓰고 있을 때였다. 소설과 관련해 어떤 해부학적 지식이 필요했고, 어느 여의사가 그에게 책 한 권을 소개해준다. 스페인의 타우루스 출판사가 펴낸 『인체의 역사*Historia del cuerpo humano*』다. 안다아시는 이 책에서 찾고자 하던 바를 발견하지 못하고, 대신 한 가지 사실을 알게 된다. 마테오 콜롬보라는 이탈리아 해부학자가 클리토리스를 발견했다는 것이다. 마테오 콜롬보는 자신이 발견한 신체기관을 '비너스의 사랑'이라 명명하고는, 저서『해부학에 관해 *De re anatomica*』
에 기록한다. 사실 마테오 콜롬보는 아주 중요한 해부학자였다. 영국
의 해부학자 윌리엄 하비보다 먼저 혈액의 폐순환에 관해 발견했던
것이다. 그럼에도 불구하고 자기보다 덜 유능한 다른 해부학자들에
비해 인정을 받지 못했다. 호기심 반 연민 반, 마테오 콜롬보에 매료
된 안다아시는 가장 단순한 것부터 연구하기 시작해, 스페인에서 발
행하는 대백과사전『에스파사 칼페 *Espasa Calpe*』를 뒤진다. 사전에
는 피에 관한 것만 단 세 줄 언급되어 있을 뿐 '비너스의 사랑'에 관한
것은 단 한 마디도 없었다. 대영백과사전에 실린 관련 정보는 그보다
적었고 이탈리아 백과사전은 마테오 콜롬보가 어느 교황의 주치의였
다는 사실만 밝혀놓고 있었다.

마테오 콜롬보의 '발견'에 관한 정보가 없다는 데 놀란 안다아시는
그 발견이 아마도 혹독한 검열을 받음으로써 기록이 남아 있지 않았
을 것이라 생각하고는 이를 픽션화하기로 작정한다. 그렇게 해서 소
설의 대략적인 플롯이 탄생한다. 안다아시는 자신이 그에 관한 소설
을 쓰지 않으면 다른 누군가가 써버릴 것 같다는 생각을 도저히 떨쳐
버릴 수 없었기 때문에 온전히 소설 쓰기에 몰두한다. "글을 쓴다는
것은 속이는 것이다"라는 명제를 가슴에 새긴 채 감춰진 역사적 사실
을 문학적으로 확대 재해석하고 재생산해나간 것이다. 그런데 여기서
안다아시는 마테오 콜롬보가 크리스토포로 콜롬보와 성이 같다는 사
실에 주목한다. 더욱이 '비너스의 사랑'이라는 신체기관은 아메리카
가 '발견'되기 전까지 발견되지 못했다는 사실을 알고서 전율한다.

역사와 문학 사이

그렇다면 '역사와 소설 사이의 경계'를 어떻게 설정해야 할까? 역사는 실제로 일어난 사실을 기록한 것이므로 역사가는 사건이나 인물을 정확하고 공정하게 기술해야 한다. '누가' '언제' '어디서' '무엇을' '어떻게'에 관한 문제를 정교하게 따지는 것이다. 문학은 실제로 존재하지 않았다 할지라도 '있을 법한 것'을 필연성의 법칙에 맞게 확대하거나 심화해 꾸며놓는다. 작가는 실제로 존재했던 특정 인물을 작품에 등장시키는 경우에도 과거 사실의 실체를 모두 알 수는 없으므로 그 인물을 역사적 사실과 동일하게 형상화하지 않고, 그로부터 파생될 수 있는 여러 가지 가능성을 창조적인 상상력을 발휘해 자유롭게 그려낸다. 작가의 상상력이 동원되어 이루어진 구조물인 역사소설이 특정 사건이나 인물을 새롭게 해석하게 되는 이유는 과거에 대한 기록과 허구가 서로 조화롭게 결합되기 때문이다. 따라서 역사가가 기술한 역사는 모든 사람이 그렇게 볼 수밖에 없는 필연성이 입증되어야 하지만, 작가 특유의 주관적인 관점과 해석이 들어 있는 '이야기'는 역사를 새롭게 볼 수 있는 가능성을 열어놓는 것만으로도 충분하다. 그럼에도 불구하고 작가는 자신이 속해 있는 상황에, 자신의 세계관에 어느 정도는 구속되어 있기 때문에 역사적 기록과 상상력의 결합은 작가가 처한 역사적, 사회적 조건으로부터 온전히 자유로울 수 없다. 작가 자신의 역사적 관점, 세계관이 은연중 드러날 수밖에 없다는 것이다.

이와 관련해 안다아시가 스스로 밝힌 바에 따르면, 그는 역사적

'사실' 자체에 관심을 두는 작가가 아니며, 따라서 『해부학자』는 엄밀히 말해 '역사소설'이 아니다. 안다아시는 문학의 주안점을 픽션에 두고 있으며, 문학을 견지하기 위해 역사를 왜곡할 필요가 있다면 그렇게 한다. 『해부학자』의 경우 의도적으로 역사적 사실을 다르게 취했다. 따라서 소설의 얼개는 허구적이다. 문학은 허구에 바탕을 둔 것, '상당히 잘 이야기된 거짓말'일 뿐이기 때문이다. 보들레르가 말했다시피 "문학은 다시 쓰이는 원고다."

같은 맥락에서 『해부학자』의 문체와 관련하여 말해보자면, 마테오 콜롬보가 종교재판을 받는 동안 두 가지 범주의 문체가 존재한다. 첫번째는 증인들의 증언으로, 작가가 상상해낸 옛 스페인어의 고색창연한 어투로 묘사된다. 두번째는 마테오 콜롬보가 자신의 발견은 악마적인 것이 아니라고 변론하는 부분이다. 데카르트의 『방법 서설』에서 차용한 목소리로 서술되고 있는 이 변론에서 르네상스 시대를 꿰뚫는 다양한 지식에 대한 안다아시의 내공이 유감없이 발휘된다. 물론 영화적인 기법도 눈에 띈다. 대부분의 장면에서 우리는 카메라 역할을 하는 화자의 눈과 손을 통해 마테오 콜롬보의 탐색 과정을 거시적, 미시적으로 관찰하게 된다.

해부학자의 '발견'에 동참하는 행운

그런데 과연 무엇이 독자로 하여금 『해부학자』를 탐하고 마지막 책장을 덮을 때까지 쉼 없이 읽게 하는가? 어떤 신비스러운 면모들이 소설 한 권을 그토록 잊지 못하게 만드는가?

　주인공 마테오 콜롬보가 자신의 '발견'에 몰두할 때의 인내력을 가지고 천천히, 즐겁게, 음미하며 만들어낸 소설 세계를 움직이는 주요 인은 '사랑'과 '쾌락'이라고 할 수 있다. 그렇기 때문에 겉으로 보면 외설적인 느낌을 충분히 줄 수도 있는 소설이지만, 풍부한 해부학적, 종교적, 인문학적 지식을 통해 가톨릭 권력을 희화함으로써 중세의 음울하고 폐쇄적인 도덕관념과 종교적 금기, 인간의 무지에 예리한 메스를 들이대고 인간의 보편적인 욕망과 쾌락, 여성의 존재 의미를 부각하는 데 일조한다. 아니 하느님의 창조 섭리와 인간의 본질에 관해 과격하지만 솔직하고 진지하게, 무엇보다도 정확하게 알린다. 한마디로 말해 안다아시는 『해부학자』를 통해 역사를 새롭게 해석해내는 능력, 기발한 상상력, 독특한 방식의 글쓰기 등을 유감없이 보여주고 있다.

　잭 런던, 호세 카밀로 셀라, 세르반테스, 도스토옙스키, 카프카의 열렬한 독자인 페데리코 안다아시가 시도한 문학적 모험은 긴박감 넘치고 그 성과는 아주 크다. 우리가 그의 문학 세계에 들어가보는 것, 여자의 쾌락을 지배하는 어느 신체기관의 탐색 과정에 은밀하게 동참해보는 것은 커다란 행운이다.

조구호

1963년	6월 6일 아르헨티나 부에노스아이레스에서 헝가리 출신의 시인이자 정신분석가인 아버지 벨라 안다아시와 어머니 후아나 메를린 사이에서 태어남. 청소년 시절 아르헨티나 문학과 세계문학 작품을 읽기 시작함. 군부독재의 억압적인 분위기 때문에 학교를 뛰쳐나와 부에노스아이레스 문화의 상징인 코리엔테스 거리의 서점과 바에서 같은 또래 친구들과 어울려 다님. 당시 첫번째 단편소설을 쓰기 시작함. 부에노스아이레스 대학에서 심리학을 전공하고, 몇 년 동안 심리분석가로 활동하며 단편소설을 씀.
1989년	소설 『성자들의 직무*El oficio de los santos*』를 탈고하나 개인적인 이유로 출간하지 않음.
1996년	단편소설 「자비로운 영혼들*Almas misericordiosas*」로 젊은 예술을 위한 제2회 부에노스아이레스 비엔날레에서 단편작품상 수상. 단편소설 「공정한 자들의 꿈*El sueño de los justos*」으로 데스데 라 헨테 출판사가 수여하는 '올해의 문학상' 수상. 단편소설 「주문에 따라*Por encargo*」로 카메드상 수상. 소설 『해부학자*El anatomista*』가 플라네타상 최종 후보작으로 선정됨. 심사위원 만장일치로 아말리아 라크로세 데 포르타바트 재단 문학상 수상작으로 선정됨. 하지만 재단의 후원자 아말리아 라크로세 데 포르타바트는 본 작품이 과도한 에로티시즘을 추구함으로써 "인간 정신의 고매한 가치를 고양시키는 데 기여하지 못한다"는 이유로 문학상을 수여할 수 없다는 견해를 밝히고 시상을 거부함.

1997년	스페인 플라네타 출판사가 『해부학자』를 출간하고, 미국의 유명 출판사 더블데이와 20만 달러에 번역 계약을 맺는 등 30개가 넘는 언어로 번역되어 수백만 부가 팔림.
1998년	바이런, 메리 셸리 등의 작가들이 여름 별장으로 이용했던 제네바 호수 인근의 장원(莊園) '빌라 디오다티'를 배경으로 한 『자비로운 여인들Las piadosas』 출간. 단편소설집 『유혹의 나무El árbol de las tentaciones』 출간.
1999년	멕시코 작가 호르헤 볼피, 콜롬비아 작가 산티아고 감보아, 볼리비아 작가 에드문도 파스 솔단과 함께 단편소설집 『항공노선들Líneas aéreas』 출간.
2000년	마술적 사실주의 전통에 따른 소설 『왕자El príncipe』 출간. 파블로 데 산티스, 로드리고 프레산, 에스테르 크로스 등 아르헨티나 작가들과 함께 단편소설집 『아르헨티나 대표팀La selección argentina』 출간.
2001년	엑토르 티손, 알베르토 라이세카, 블라디 코시안시치, 로돌포 엔리케 포그월 등 아르헨티나 작가들과 함께 『새로운 주요 죄들에 관한 책El libro de los nuevos pecados capitales』 출간. 아르헨티나 만화가이자 작가 로베르토 폰타나로사, 아르헨티나 작가이자 정치가 파초 오도넬과 함께 『디에고 마라도나를 기리며Homenaje a Diego A. Maradona』 출간.
2002년	르네상스 초기를 배경으로 완벽한 미술기법, 즉 수학적인 비밀과 색깔의 미스터리를 찾기 위한 전쟁을 그린 『플랑드르 사람들의 비밀El secreto de los flamencos』을 출간해 비평계와 독자로부터 널리 인정받음. 콜롬비아 최고의 여성 작가 라우라 레스트레포, 멕시코 작가 앙헬레스 마스트레타 등과 함께 단편소설집 『밤의 세계에서 휘파람 부는 사람 A whistler in the nightworld』 출간.

2004년	아르헨티나의 전설적인 탱고 아티스트 카를로스 가르델이 등장하는 독특한 음악소설 『어둠의 방랑자*Errante en la sombra*』를 출간하는데, 안다아시는 이 소설을 위해 40편이 넘는 탱고 음악의 가사를 작사함.
2005년	여름, 안다아시와 독자들은 세계 최초로 흥미롭고 새로운 실험을 함. 즉 『세상 끝의 지도들*Mapas del fin del mundo*』 이라는 제목의 연재소설을 집단으로 창작해 일간지 〈클라린〉에 게재한 것. 안다아시가 첫 부분을 쓰면 독자들이 이어서 쓰는 형식으로, 각자 등장인물과 플롯을 만들어내고, 수수께끼를 풀어서 이메일로 발송하는 형식임. 유례가 없는 이 작업에서 안다아시는 일주일치 메일 수천 통을 읽고 답하면서 다양한 관점과 견해를 포함하는 이야기를 만들어감. 매주 토요일 이 소설에 새로운 장(章)이 추가되고 공동 작가로서 독자들의 참여와 기대가 증대됨. 중세 프랑스에서 '토리노의 수의'를 둘러싸고 벌어진 가톨릭교회와 세속 권력의 암투를 다룬 소설 『이단자들의 도시*La ciudad de los herejes*』 출간.
2006년	콜럼버스보다 먼저 하나의 새로운 대륙, 즉 유럽을 발견한 아스테카의 청년 케차에 관해 다룬 소설 『정복자*El con-quistador*』로 아르헨티나 플라네타상 수상.
2007년	유니세프와 세계식량계획(WFP)을 후원하기 위해 주제 사라마구, 카를로스 푸엔테스, 에르네스토 사바토, 마리오 바르가스 요사 등 유명 작가들과 함께 단편소설집 『말은 가능하다: 작가들과 유년시절*Las palabras pueden: Los escritores y la infancia*』 출간.
2008년	사회를 구성하는 다양한 섹스 관계의 복잡한 구조를 이해하지 않고서는 사회의 본질을 이해할 수 없다는 내용을 담

고 있는 논픽션『하느님의 명에 따라 죄짓기. 아르헨티나인
들의 성의 역사*Pecar como dios manda, Historia sexual
de los argentinos*』출간.

2009년   1989년에 탈고했으나 묵혀둔 단편소설집『성자들의 직무』
출간.

문학동네 세계문학전집 발간에 부쳐

세계문학은 국민문학 혹은 지역문학을 떠나 존재하는 문학이 아니지만 그것들의 총합도 아니다. 세계문학이라는 용어에는 그 나름의 언어와 전통을 갖고 있는 국민문학이나 지역문학의 존재를 인정하면서 그것을 넘어서는 문학의 보편적 질서에 대한 관념이 새겨져 있다. 그 용어를 처음 고안한 19세기 유럽인들은 유럽문학을 중심으로 그 질서를 구축했지만 풍부한 국민문학의 전통을 가지고 있는 현대의 문학 강국들은 나름의 방식으로 세계문학을 이해하면서 정전(正典)의 목록을 작성하고 또 수정한다.

한국에서도 세계문학 관념은 우리 사회와 문화의 변화 속에서 거듭 수정돼왔다. 어느 시기에는 제국 일본의 교양주의를 반영한 세계문학 관념이, 어느 시기에는 제3세계 민족주의에 동조한 세계문학 관념이 출현했고, 그러한 관념을 실천한 전집물이 출판됐다. 21세기 한국에 새로운 세계문학전집이 필요하다는 것은 명백하다. 우리의 지성과 감성의 기준에 부합하는 세계문학을 다시 구상할 때가 되었다.

문학동네 세계문학전집은 범세계적으로 통용되는 고전에 대한 상식을 존중하면서도 지난 반세기 동안 해외 주요 언어권에서 창작과 연구의 진전에 따라 일어난 정전의 변동을 고려하여 편성되었다. 그래서 불멸의 명작은 물론 동시대 세계의 중요한 정치·문화적 실천에 영감을 준 새로운 작품들을 두루 포함시켰다.

창립 이후 지금까지 한국문학 및 번역문학 출판에서 가장 전문적이고 생산적인 그룹을 대표해온 문학동네가 그간 축적한 문학 출판 경험을 바탕으로 새로운 세계문학전집을 펴낸다. 인류가 무지와 몽매의 어둠 속을 방황하면서도 끝내 길을 잃지 않은 것은 세계문학사의 하늘에 떠 있는 빛나는 별들이 길잡이가 되어주었기 때문이다. 우리가 자부심과 사명감 속에서 그리게 될 이 새로운 별자리가 독자들의 관심과 애정에 힘입어 우리 모두의 뿌듯한 자산이 되기를 소망한다.

문학동네 세계문학전집 편집위원
민은경, 박유하, 변현태, 송병선, 이재룡, 홍길표, 남진우, 황종연

지은이 **페데리코 안다아시**

1963년 아르헨티나 부에노스아이레스에서 태어났다. 1997년 출간된 첫 장편소설 『해부학자』로 베스트셀러 작가로 이름을 알렸고, 2002년 수학적인 비밀과 색깔의 미스터리를 풀어나가는 소설 『플랑드르 사람들의 비밀』을 출간해 비평가들에게 널리 인정받았다. 2006년 아스테카 청년 케차의 이야기를 다룬 소설 『정복자』로 아르헨티나 플라네타상을 수상했다.

옮긴이 **조구호**

한국외국어대학교 스페인어과를 졸업하고, 콜롬비아의 카로 이 쿠에르보 연구소에서 문학석사, 하베리아나 대학교에서 문학박사 학위를 받았다. 경희대학교 비교문학연구소와 한국외국어대학교 외국문학연구소에서 Post Doc. 과정을 이수했다. 현재 한국외국어대학교에서 강의를 하며 글을 쓰고 있다. 가브리엘 가르시아 마르케스의 『백년의 고독』 『칠레의 모든 기록』 『이야기하기 위해 살다』를 비롯하여 『터널』 『어느 미친 사내의 5년 만의 외출』 『룰루의 사랑』 『소금기둥』 등 스페인, 중남미 문학 작품을 다수 번역했다.

세계문학전집 067
해부학자

양장본 초판 인쇄 2011년 2월 18일
양장본 초판 발행 2011년 2월 25일

지은이 페데리코 안다아시 | 옮긴이 조구호 | 펴낸이 강병선
책임편집 이은현 | 편집 오효순 | 독자모니터 행운바다
디자인 윤종윤 송윤형 한충현 김민하 | 저작권 김미정 한문숙
마케팅 정민호 김도윤 박보람 장선아 | 온라인 마케팅 이상혁 한민아 정진아
제작 안정숙 서동관 정구현 김애진 | 제작처 영신사(인쇄) 경일제책사(제본)

펴낸곳 (주)문학동네
출판등록 1993년 10월 22일 제406-2003-000045호
주소 413-756 경기도 파주시 교하읍 문발리 파주출판도시 513-8
전자우편 editor@munhak.com | 대표전화 031) 955-8888 | 팩스 031) 955-8855
문의전화 031) 955-3576(마케팅), 031) 955-2687(편집)
문학동네카페 http://cafe.naver.com/mhdn

ISBN 978-89-546-1405-4 04870
     978-89-546-1020-9 (세트)

www.munhak.com

● 문학동네 세계문학전집은 계속 출간됩니다